KB097542

이레

이레

초판 1쇄 발행 2020년 5월 1일

지은이 김달리
펴낸이 배선아
펴낸곳 (주)고즈넉이엔티

출판등록 2017년 3월 13일 제2020-000053호
주소 서울특별시 강남구 역삼로 221, 6층 601호
대표전화 02-6269-8166 **팩스** 02-6166-9199
이메일 gozknock@naver.com

ⓒ 김달리, 2020
ISBN 979-11-6316-081-6   03810

이 소설은 밀리의 서재와 고즈넉이엔티가 공동으로 주최한
'K스릴러 작가 공모전'을 통해 개발된 작품입니다.

이 도서의 국립중앙도서관 출판예정도서목록(CIP)은 서지정보유통지원시스템
홈페이지(http://seoji.nl.go.kr)와 국가자료공동목록시스템(http://www.nl.go.kr/kolisnet)에서
이용하실 수 있습니다. (CIP제어번호: CIP2020004272)

이레

김 달 리 미 스 터 리 스 릴 러

고즈넉이엔티 GOZKNOCK ENT

차례

프롤로그

함부로 자란 갈대들을 마구잡이로 뜯었다.

그럴 때마다 윤경의 하얀 손이 피로 얼룩졌다. 갈대는 생각보다 험했고 억셌다. 종이 단면에 베인 것처럼 예리하고 기분 나쁜 통증이 느껴졌다. 그러나 그뿐이었다. 그녀는 연신 주변을 돌아보며 사방을 경계했다. 위장을 하는 군인들처럼 뜯은 갈대 잎으로 얼기설기 온몸을 휘감았다. 어설프고 거칠었다.

인적 하나 없는 끝 모를 갈대밭이었다.

스스슥.

발밑으로 민물 게들이 유령처럼 지나갔다.

눈길을 돌리면 이미 바위 밑으로 사라진 후였다. 흠칫 놀란 코카 스패니얼 종의 코니가 껑충 뛰었다.

코니는 훈련이 잘된 개였다. 아무데서나 짖어서 윤경을 곤란하게 하지는 않았다. 윤경은 놀란 코니의 머리를 쓰다듬었다. 익숙한 개

냄새에 그녀는 잠시 안도감을 느꼈다.

그래, 여기만 빠져나가면 된다.

그녀는 마음을 다잡고 주변을 살폈다. 샨티를 빠져나온 후 이미 이틀이나 산 속에서 시간을 허비했다.

가을 해가 구름 한 점 없이 쨍했다. 버려진 망루에서는 까마귀 두 마리가 터를 잡았다. 어디에도 위협은 전혀 보이지 않았다.

나지 않은 길로 윤경은 뛰었다. 멀리 지나다니는 차들과 공단의 굴뚝이 보였다. 저기까지만 가면 인가였다.

질퍽한 진흙과 바위들, 종종 발이 빠지고 미끌거리긴 했지만 멈추지 않았다. 앞서 길잡이 노릇을 하던 코니가 갑자기 옆으로 가로지르기 시작했다.

"코니!"

윤경이 무성한 갈댓잎 사이로 모습을 감춘 코니를 새되게 부르짖었다.

갈댓잎만 바람에 흔들릴 뿐 거짓말같이 코니가 보이지 않았다.

윤경은 불안함에 입술을 잘근잘근 씹었다. 두고 갈 수는 없었다. 아주 찰나 고민하던 윤경은 어쩔 수 없이 코니가 사라진 곳으로 발걸음을 옮겼다.

툭.

바닥에 윤경의 핸드폰이 떨어졌다. 목에 걸어둔 줄이 오래되어 끊어진 것이다.

윤경은 핸드폰을 집으려고 몸을 숙였다. 그 순간, 뾰족한 코니의 코가 나와 킁 그녀의 체취를 맡았다. 안도의 한숨과 함께 윤경은 신경질적인 웃음을 흘렸다.

인기척이 느껴진 건 그때였다.

"선생을 어떻게 할 거야?"

파수꾼이었다. 파수꾼의 목소리는 민물 게처럼 모르는 사이에 다가와 그녀를 짓눌렀다.

"선생은 무슨."

또 다른 목소리가 싱겁게 웃다가 덧붙였다.

"팔자 좋은지 모르고 쏘다니는 어린애였지."

"집이 좀 살았다며……. 어디 물산 딸내미였다나. 없애면 뒷감당하기 피곤할 텐데."

"그러니까 돈 좀 있는 것들은 연구소로 보내는 게 나을 거야."

잔뜩 몸을 웅크린 채 코니를 꽉 잡은 윤경은 차마 돌아보지 못했다. 아니, 숨을 제대로 쉴 수조차 없었다.

파수꾼들은 한가롭게 갈대를 헤치며 걸어갔다. 느릿느릿한 대화들이 바람에 섞여 더 이상 들리지 않을 즈음 그녀는 고개를 살짝 틀었다.

둘은 샨티의 잡역부들이 입는 자줏빛 잠바를 걸치고 있었다. 키가 작은 사내가 사냥용 엽총을 들고 허공을 향해 이리저리 겨누었다. 그러다 까마귀를 향해 주저 없이 방아쇠를 당겼다.

탕.

총성이 울렸고, 동시에 놀란 코니가 컹! 하고 짖었다.

사내들은 서로를 마주봤다. 그리고 동시에 차가운 미소를 흘렸다.

시간이 없었다.

뛰어, 뛰어, 뛰어! 윤경의 머릿속을 지배하는 건 그 명령뿐이었다. 코니를 챙길 겨를도 없었다. 윤경은 멀리 아스라이 연기를 내뿜는 굴뚝을 향해 죽을힘을 다해 뛰었다.

엽총을 어깨에 단단히 멘 키 작은 사내의 눈이 가늘어졌다.

스스슥.

민물 게가 사내의 낡은 운동화 위로 모습을 드러냈다. 가늠쇠 안으로 하얀 얼굴이 얼핏 스쳤다.

컹. 뛰어나온 코니가 사내의 총구로 달려들었다.

타앙.

대지를 뒤흔드는 총성과 마지막 숨이 끊어지는 짐승의 비명이 뒤따랐다.

돌연 무서운 정적이 찾아왔다. 그녀는 다리에 힘이 풀려 더 뛰어가지 못하고 주저앉아 울음을 삼켰다. 그들이 뒤에서 묵묵히 걸어오는 소리가 들렸다. 윤경은 포기했다.

1부

느낌이 좋은 아이야. 이레는 가만히 아랫배 위로 두 손을 올려두었다.

이제 12주. 배는 조금도 나오지 않았지만, 이레는 확실히 느낄 수 있었다. 손바닥에서 뭉근한 온기가 전해졌다. 도훈과 도훈의 엄마가 오면 생명을 품고 있다는 게 얼마나 신비한 일인지 설명해야겠다고 다짐했다. 반대하는 도훈의 엄마도 마음을 바꿀 거라고 낙관했다.

하지만…….

아냐, 아니다. 아이는 절대 지울 수 없다고 몇 번이고 도훈에게 다짐을 받아둔 터였다. 좀체 화를 낼 줄 모르는 도훈은 마지못해 난처한 얼굴로 고개를 끄덕였었다.

'일단 우리 엄마 만나서 상의하자. 지금 우리한텐 어른이 필요해. 우리 엄마는 의사니까 네 상태도 봐줄 거야.'

도훈의 말에 이레는 지그시 아랫입술을 깨물었다. 어쨌든 열일곱

이었다.

덜컥 생겨버린 아이를 지우고 싶어 하는 도훈의 입장도 이해할 수 있었다. 자신이 다 책임지고 키울 것이라고 고집을 부렸지만 이레 역시 대책은 없었다. 배가 불러오면 당장 학교부터 그만둬야겠지.

이레는 터져 나오려는 눈물을 가까스로 꾹 참았다.

점심시간이 끝난 카페 안은 명찰을 목에 건 회사원들로 바쁘게 돌아갔다. 뭐가 즐거운지 더러는 손뼉을 치며 웃음을 터트렸다. 어른이 되면 나도 저런 표정을 지을 수 있을까.

잠깐 상상한 미래는 검은 화면으로 가득했다. 늘 돈이 너무 없었고, 누군가의 선의를 필요로 했고, 혼자였다.

"네가 이레니?"

화려한 인상의 중년 여자가 이레에게 악수를 내밀었다.

"네, 아줌마."

이레는 황급히 일어나 손을 마주 잡았다.

티브이에서 몇 번 본 기억이 났다. 교양 프로그램에 패널로 간간이 출연한다고 도훈에게 들었다.

선이 얇은 도훈과 달리 도훈의 엄마는 한 번 보면 쉽게 잊히지 않는 인상을 가진 여자였다.

혼혈인가 싶을 만큼 깊게 들어간 눈매와 높은 콧날, 팽팽하게 당긴 피부가 주름 하나 없어서 나이를 가늠하기 힘들었다. 꼼꼼하게 여민 코트, 진주 목걸이, 채도 낮은 보랏빛 광택이 나는 손톱. 가난만큼 부유함도 숨길 수 없는 것일까.

이레는 심심풀이로 발랐던 매니큐어가 떨어져 나가 지저분한 손톱을 소매로 감췄다. 자신을 바라보는 서경의 눈길은 사람을 급으로 따지는 사람처럼 사정없이 고약한 데가 있었다.

"예쁘구나. 도훈인 학원 수업이 있어서 못 왔다."

"괜찮아요."

이레는 조금도 수그러들지 않고 상냥하게 웃었다. 호기심 어린 눈이 계속해서 서경을 경계하듯 살피고 있었다.

"그래, 내가 돌려 말하는 법을 모른다. 아이를 지우지 않겠다고?"

"네, 도훈이한테 피해 가지 않게 할게요. 이미 걔랑은 헤어졌어요. 그냥 아이만 제가 갖게 해주세요."

애원하거나 구걸하는 말투가 아니었다. 결의였다. 꼭 그렇게 해야만 한다는 듯 이레의 목소리에 뜻밖의 힘이 실려 있었다.

이리 저리 옮겨 다니며 더부살이를 해왔다더니. 눈치는 개나 준 모양이었다. 이레는 요즘 아이들답지 않게 화장기 하나 없는 수수한 외모, 까만 눈과 숱 많은 눈썹이 강단 있어 보이는 인상이었다.

서경은 잠자코 차를 마셨다. 두 사람 사이에 아무 말도 오가지 않았다. 서경은 마침내 결단을 내린 듯 불쑥 명함을 내밀었다.

하얀 백지에는 '샨티Shanti, 치유와 수목'이라는 황금빛 글자가 음각되어 적혀 있었다.

"낳을 거면 여기서 조리를 하는 게 좋겠구나. 웬만한 쉼터보단 나을 거야. 티브이에서 본 적 있지? 수목원도 같이해서 일반인들은 돈 주고 놀러와. 도훈이 잘못도 있으니까 선생님이 책임지는 거야."

"그럼…… 낳게 해주시는 거예요?"

서경은 속을 알 수 없는 눈으로 말없이 고개를 끄덕였다.

순식간에 긴장이 탁 풀리면서 이레는 환하게 생글거렸다. 순간 기쁨을 담은 이레의 검은 눈이 반짝였다.

영혼의 눈이 발달했구나.

그제야 도훈의 엄마, 이서경은 이레를 처음 본 순간부터 자신도 모르게 위축되었던 이유를 깨달았다.

'엄마, 이레는 정말 눈이 맑아. 걔 눈을 보고 있으면 밤바다에 홀로 뜬 보름달 같다니까. 난 그 눈을 사랑해.'

무뚝뚝한 아들이 장황하게 이레에 대한 칭찬을 늘어놓았을 때도, 서경은 그저 아들의 풋내기 사랑 정도로 귀엽게만 여겼다. 어느 날, 아들이 갑자기 병원에 찾아와 눈물을 떨구었을 때 서경은 이레에게 강렬한 질투와 호기심에 사로잡혔다.

조산아로 태어나 어렸을 때부터 병치레가 잦던 도훈은 걸어 다니는 종합병원이었다. 일곱 살 무렵 급성 백혈병 판정을 받고, 이후로 끊임없이 드나든 병원 생활은 도훈이 중학교 가던 해 완치판정을 받고서야 끝날 수 있었다.

어렵게 돌아온 일상이었지만, 도훈은 여느 남자애들과 달랐다. 예민하고 신경질적이고 웃을 줄도 모르는, 친구 하나 없는 외톨이로 자랐다.

정신분석의인 엄마에게조차 소독약 냄새가 난다며 가벼운 포옹이나 터치조차 싫어했고, 서경의 병원도 기피했다.

그런 아들이 찾아와 자신의 손을 잡고 눈물을 흘렸다.

처음이었다. 길고 긴 고된 투병 생활 중에도 아들은 결코 약한 모습을 드러내지 않았다. 그만큼 표현에 인색한 아들이었다. 도훈은 서글서글한 외모 때문에 가려졌을 뿐 서경을 닮아 지독하리만치 강했다.

'이레한테 아이 지우라고 했어. 그런데 엄마, 나 못 살 거 같아. 걔 한테 어떻게 그 의자에 앉아 아이를 가위로 도려내라고 해? 잘못은 내가 했는데!'

잘못은 내가 했다고! 몇 번이나 그 말을 되뇌는 도훈은 이제껏 서경이 한 번도 본 적 없는 아들이었다.

서경은 알았다고, 내가 다 알아서 하겠다고 아들의 등을 어루만졌다. 그 와중에도 도훈은 얼른 서경에게서 몸을 뗐다. 소독약 냄새에 미쳐버리겠다는 듯 미간을 찌푸리는 것도 잊지 않았다.

'난 이레밖에 없어. 털끝 하나 안 다치게 걔를 돌봐준다고 약속해 줘. 부탁이야.'

네가 왜 그년밖에 없니! 잘난 고등법원 부장판사인 너의 아버지가 있고, 정신의학박사이자 국내 최고의 바이오재단 샨티의 대표이사인 내가 있다.

너는 갖고 싶었던 것은 말만 하면 다 가질 수도 있었다. 원한다면 이 세상까지도.

그러나 서경은 입을 꾹 다물고, 대신 도훈에게 확신에 찬 눈빛으로 알겠다고 했다.

내내 자신을 혐오하던 아들이 처음으로 하는 부탁이었다. 서경은 모처럼 만에 온 기회를 놓치고 싶지 않았다. 그리고 이레라는, 빌어먹을 어린 창녀를 만나면 아주 우아한 그녀만의 방식으로 처리할 참이었다.

아들의 심장을 빼앗아간 눈앞의 이레는 서경이 생각했던 얼굴만 예쁜 골 빈 소녀가 아니었다. 특히 밤바다에 홀로 떠 있는 보름달 같다는 도훈의 말이 그저 사랑에 빠진 눈먼 소년의 아첨이 아니었음을 알게 했다.

솔직히 서경은 이레의 순일한 눈빛에 압도당했다.

"샨티에서 너는 여느 고등학생 일 학년과 같은 교과과목을 배울 거고, 명상과 기 운동 그리고 허드렛일을 도맡아할 거다. 그게 샨티의 방식이니까 따라주어야 해. 네가 손해 보는 일은…… 하나도 없을 거야. 오히려 행운이지."

"네, 그런 거 잘해요. 저 수녀원에서도 살아봤어요. 아줌마, 아니 선생님. 정말 고맙습니다. 오면서 엄청 떨었거든요. 막 영화 같은 데 나오는 것처럼 강제로 병원에 끌고 가는 건 아닐까 별생각을 다 했다니까요."

이레가 신이 나 조잘대며 키득키득 웃었다.

그 순간, 서경은 막연한 슬픔을 느끼며 기도했다.

아버지, 저 아이를 제물로 바쳐도 되겠습니까.

***

떨어진 은행들과 낙엽이 썩은 내를 풍기며 집 안으로 들어찼다.

평경의 반지하 원룸은 가을이 특히 고역이었다. 그럼에도 베란다로 나 있는 손바닥만 한 창을 열어젖히고 평경은 크게 숨을 들이마셨다. 이레가 도훈의 엄마를 만난다고 했을 때만 해도 이런 전개는 생각지 못했다.

저게 무슨 깡으로 거길 간다고 하는 거지?

평경은 묵묵히 짐을 싸는 이레를 황당하게 바라봤다.

"네가 왜 샨티에 들어가야 하는데? 왜?"

평경이 성질난 얼굴로 이레에게 따졌다.

이레는 대답 대신 평경의 집에 둔 자신의 짐들을 챙겼다.

옷가지 몇 벌과 세면도구, 평경이 선물로 준 곰 인형이 전부였다. 교과서는 샨티에 있다고 했다. 평경은 나가겠다는 간단한 통보 후 함묵증이라도 걸린 듯 묵묵히 짐을 싸는 이레에게 배신감이 들었다.

평경은 이레의 백팩을 빼앗아 통째로 뒤집어 바닥에 다시 던졌다.

"거기 좋은 곳이야. 모든 게 특급 서비스래. 정원도 엄청 예쁘대. 너도 사진 봐서 알잖아."

마침내 이레가 부드럽게 타이르며 평경에게 말했다.

"웃기네. 거기 겉만 뻔드르르하지, 요양원이야. 아까 찾아보니까 뭐 회원제? 이딴 걸로 소개 글도 거의 없고 정보도 안 나와. 막말로 거기가 미친 연놈들 소굴이면 너 어떡할래!"

"그럼…… 네가 올 거잖아."

"하!"

평경이 기가 막힌 듯 코웃음을 쳤다.

이레는 다시 평경이 쏟아 부은 제 물건을 백팩에 넣었다.

자신을 쏘아보는 평경의 따가운 시선을 가만히 느끼고 있다가 여보란 듯이 가볍게 몸을 흔들며 춤을 췄다. 리듬이 부자연스러워 도리어 애처로워 보였다.

"하지 마라."

평경이 낮게 으름장을 놓았다.

그건 흥이 많은 평경이 기분 좋을 때 가볍게 추는 춤이었다. 화장실에서 쾌변을 하고 나왔을 때나 이레가 만든 맛있는 음식을 먹고 난 후 막춤을 추며 이레를 웃겼다.

이레에게 친구는 평경뿐이었다. 이레는 처음부터 눈에 띄는 아이였다. 수녀원에서 자란 사생아란 소문이 따라다녔고, 거기에 더한 예지 강한 눈동자는 반 아이들이 쉽게 다가갈 수 없는 부류였다. 또래 여자애들은 그녀를 흠모했고 동시에 질투했다. 일진들도 이레를 건들지 않았다. 혼자가 당연했던 이레에게 먼저 손을 내민 건 평경이었다.

'나도 찬이 좋아하는데, 점심 같이 먹을래?'

찬은 이레가 좋아한 아이돌 그룹 중 한 명이었다. 그게 평경의 첫인사였다.

한창 판타지 소설 창작에 열을 올리던 평경은 이레를 몰래 훔쳐보며 소설 주인공으로 낙점했다. 처음 말을 붙일 때 그렇게 친해질 줄은 둘 다 몰랐다.

둘은 항상 붙어 다니며 같은 대학에 진학할 꿈을 꾸었다. 대학에 올라가면 평경은 곧바로 독립을 하고 이레와 함께 자취를 할 계획이었다. 남자친구가 생기면 가끔 방도 비워주고.

그러나 이레의 할머니가 갑작스럽게 돌아가시고, 이레는 한순간에 집이 사라졌다.

찜질방을 전전하던 이레의 처지를 눈치챈 평경이 그사이 집을 얻어 자취방을 마련했다.

아직 고등학생인 평경이 무슨 핑계를 늘어놓으며 집에서 독립을 했는지 이레는 알지 못했다.

그저 나만 믿으라는 평경의 말에 말할 수 없이 고마움을 느꼈다. 그만큼 이레는 궁지에 몰려 있었다.

"야, 그냥 여기 있으면 안 돼? 너 임산부야. 보호자도 없이 어딜 가."

"원래 보호자 같은 거 없었어. 그리고 너 부모님 오시면 어떡할래? 안 그래도 나 싫어하시는데……."

이레가 담담하게 대답했다. 더 이상 평경에게 짐을 줄 수는 없는 노릇이었다.

평경도 부모님 얘기가 나오자 더 붙잡지 못했다. 평경은 무언가 생각난 듯 침대 맡 서랍 칸과 옷장을 뒤졌다. 잡동사니로 가득 찬 상자 속에서 호루라기와 호신용 전기충격기를 건넸다. 독립할 때 걱정이 된 평경의 부모가 사준 것이었다.

"뭘 이런 걸 주냐고 울 엄마 참 유별나다 했는데, 지금은 감지덕지다. 써라, 위급 시에. 엉! 아니, 근데 이런 건 도훈이 개새끼가 챙겨줘야 되는 거 아냐?"

아하하, 금방이라도 울 것 같은 평경의 반응에 이레가 상쾌한 웃음을 터트렸다.

"나 지금 전쟁터라도 들어가?"

"너는 지금 웃음이 나오냐? 하나밖에 없는 딸내미 밖으로 보내는 게 이런 기분인가."

평경이 울면서 웃었다.

"고마워."

가벼운 포옹. 둘은 서로에게 자매의 정을 느꼈다.

***

날이 궂었다. 전날 가을비가 세차게 쏟아졌고, 기온은 하루 새 10
도 가까이 내려갔다. 도로는 이른 서리가 내려 미끄러웠다.

추위에 약한 이레의 입술이 금방 새파래졌다.

도훈은 얼른 이레의 상태를 눈치채고, 서경에게 히터를 틀어달라
고 했다.

"고장 났어."

서경이 대답했다. 도훈은 앞좌석에 놓아둔 서경의 외투를 신경질
적으로 집어 이레에게 덮어줬다.

"바닥에 안 쓸리게 조심해. 오늘 드라이 맡긴 거라."

"이까짓 옷이 뭐라고."

서경의 말에 도훈의 얼굴이 딱딱하게 굳었다.

출발부터 따라가겠다는 도훈과 이미 한바탕한 터였다. 이레를 샨
티에 보내기로 했다고 하자, 도훈은 엄마마저 미쳤냐고 불같이 화
를 냈다. 경증이라지만 결국은 샨티도 정신병자들 소굴 아니냐고.
서경은 내 시야가 닿는 곳이 가장 안전한 곳이라고 응수했다. 두 사
람의 보이지 않는 신경전이 피곤해 이레는 의도적으로 무시했다.

차창 밖으로 별 볼 일 없는 후락한 상가 건물들이 스쳐 지나갔다.
미세먼지가 최후의 날처럼 전국을 급습해 시야가 뿌옜다. 차가 거
의 다니지 않아 휑뎅그렁한 도로를 서경은 위험한 속도로 빠르게
내달렸다.

대형 컨테이너 공장들이 드문드문 보였고, 도로는 점점 좁아지다
외길로 빠졌다. 수풀이 제법 우거진 길 중간쯤에 '샨티 1Km'라는

안내판이 보였다.

그제야 이레의 눈에 생기가 돌았다. 자갈이 깔린 길목에 차가 가
볍게 통통거렸다.

이레는 낯선 흥분을 감추지 못하고 도훈의 손을 잡았다. 헤어지고
나서 처음 있는 일이었다. 도훈이 손을 마주잡으며 힘을 꼭 주었다.

차창 밖으로 도로변에서 여자 하나가 종종거리며 걸어오는 게 보
였다.

여자는 하얀 환자복을 입고 있었다. 옷이며 드러난 팔다리가 말
도 못 하게 더러웠다.

서경의 차가 보이자, 여자는 본능적으로 뛰어 얼른 나무 뒤로 몸
을 숨겼다.

빠르게 돌아가는 여자의 눈동자가 사방으로 흩어지다가 어느 순간
이레와 딱 마주쳤다. 이레는 순간적으로 저도 모르게 몸을 떨었다.

"아줌마, 소나무 뒤에 누가 있어요!"

서경과 도훈이 일제히 이레가 말한 소나무 쪽으로 눈길을 돌렸다.

서경은 속도를 늦추지 않았다. 여자는 서경의 차가 지나간 뒤에
도 그 자리에서 붙박인 듯 움직일 줄 몰랐다. 잔뜩 겁을 집어먹은
것 같기도 했고 경기라도 일으킬 것처럼 온몸을 달달 떠는 것이 괴
이쩍어 보였다.

"저거 정신병자 아냐?"

도훈의 말에 이레가 몸을 움츠렸다.

"레크리에이션 담당 조윤경 선생이야."

"그런데?"

도훈이 더 설명을 해보라고 채근했다.

"우울증. 키우던 강아지가 죽고 나서 심리치료 중이야."

"차 돌려."

서경의 말이 끝나기 무섭게 도훈이 명령했다. 상대를 하대하는 말투가 꼭 남편과 똑같았다. 묵묵부답. 서경은 못 들은 체했다.

"엄마!"

도훈이 딱딱하게 끊어 서경을 불렀다. 백미러에 꿈틀거리는 도훈의 눈썹이 보였다.

이레는 입을 꼭 다물고 창밖만 내다보았다. 꾹 누르고 있던 불안이 서서히 고개를 들었다. 외투 밑에 가려 보이지 않는 손을 손톱으로 아프게 눌렀다. 쳐드는 불안을 익숙한 고통으로 잠재웠다.

차 안의 온도는 급격히 냉랭해졌다. 핸들을 잡은 서경의 손에 힘이 들어갔다.

그녀는 속에서 이는 불을 가까스로 다스렸다. 차는 길 중간에서 끼익 새된 소리를 내며 멈췄다. 그 탓에 도훈과 이레의 상체가 앞으로 쏠렸다. 도훈이 얼른 이레의 어깨를 감쌌다.

"조심해야지."

도훈이 말했다. 마치 서경의 윗사람 같은 말투였다.

서경이 뒤를 돌아봤다.

"잘못은 내가 아니라, 네가 했어. 그걸 꼭 내 입으로 말해야 하니?"

서경의 잔소리에도 도훈은 태연했다. 아이는 어른을 보고 자란다더니. 수시로 외도를 하고 뒤처리는 알아서 해놓으라는 남편과 도훈은 똑같이 경우가 없었다.

"엄마, 잘 들어. 나는 잘잘못을 따지자는 게 아니야. 나는 이레를 지키고 싶어. 그걸 방해하는 사람은 엄마라도 용서하지 않겠어. 내뜻 알아들었으면 차 돌려."

턱, 말문이 막혔다.

아들에게 저런 면이 있었던가. 이렇게 무모하게 나온다면, 차라리 경우 없이 행동하는 것이 나았다. 무모함은 어디로 튈지 몰라 다루기 어려운 감정이었다. 서경은 부모와 자식 간의 형언할 수 없는 거리감을 느꼈다.

잠자코 있던 이레가 갑자기 차에서 내렸다.

"여기서부터 걸어갈게요. 표지판 있으니까 안 잃어버려요."

이레는 두 사람의 신경전이 지루하다는 얼굴로 말했다. 도훈이 얼른 이레를 따라 내렸다.

"너 위험해."

"나 안 위험해. 나 무기도 있어."

이레가 은근히 자랑하듯 말했다.

"뭔데?"

"비밀인데."

두 사람이 장난스러운 미소를 주고받았다.

서경은 눈앞의 어린 연인들이 꼴도 보기 싫었다.

"그러렴."

서경이 대꾸했지만 누구도 귀 기울이지 않았다. 그녀는 액셀러레이터를 힘껏 밟고 두 사람을 칠 듯이 스쳐갔다.

이희원에게 전화를 거는 서경의 손가락이 파르르 떨렸다. 딱 한 번의 신호음 끝에 곧바로 이희원이 예, 하고 짧게 대답했다.

"조 선생을 어떻게 한 거야?"

"본보기입니다."

"저대로 놔둘 거니?"

저쪽에서 잠시 생각하는 듯 침묵이 이어졌다.

"사람들이 무서워합니다."

그 말에 서경도 더 이상 할 말이 없었다. 사람들이 무서워한다라……?

최근 샨티에 있는 직원들이 돌발적으로 도망을 쳤다. 그래, 그렇다면 반대할 이유가 없지.

**

간밤에 사람 하나가 또 죽었다. 이번엔 직원이 아닌 요양객 중 하나였다.

시역은 늘 입고 다니는 자주색 잠바 대신 정장을 꺼내 입었다. 두 동으로 이루어진 기숙사 뒤로는 울창한 삼나무 숲이었다.

그래서 그런지 기숙사는 늘 썰렁했고, 볕이 잘 들지 않았다. 음울한 얼굴을 한 동료들이 떠나지 못하고 묶여 있는 서로를 미워했다.

일주일 전에 낸 시역의 사표는 아직 수리되지 않았다.

샨티는 언덕에 위치한 명상원을 중심으로 굽어보면, 중심에 요양객들이 묵는 본관, 체육시설과 지하식당이 있는 회관, 샨티의 직원들이 일하는 사무관 이렇게 세 건물이 세모꼴로 서로를 경계하듯 마주보고 있었다. 그리고 어마어마한 대지를 자랑하는 정원과 온실, 텃밭, 그 뒤 멀찍이 높은 담으로 쌓아올린 연구소가 위치해 있었다.

시역은 곧장 본관 열두 개의 특실 중 3호실로 향했다.

페르시안제 카펫이 깔린 중앙 계단을 등지고 왼편으로 3호실과 2

호실이 있었다. 두껍게 쌓은 벽돌 마감재와 넓은 복도, 누군가 밤새 비명을 질러도 소리는 잘 전달되지 않았다. 방들은 이어져 있으나 개개의 섬처럼 멀찍이 떨어져 있었다. 열두 개의 독채라고 해도 좋을 만큼 독립적이었다.

그곳에서 온갖 일들이 벌어졌다가 사라졌다. 아무도 모르게.

메이드가 분명 방을 구석구석 치웠을 텐데도, 락스에 섞인 피비린내가 후욱 끼쳤다.

은은하게 밝혀둔 조명 아래 죽은 여자는 명화 속 인물처럼 숨 막히게 아름다웠다.

엄청난 미인이었기에 샨티의 사내들은 모두 한 번씩 그녀에게 추파를 던졌다. 미스코리아 출신이다, 유명한 화류계 여자다, 그런 소문들이 떠돌았고, 여자는 좀체 방 안을 나서는 일이 드물었다.

침대 위에 벌거벗은 여자의 가슴은 흉측하게 엑스 자로 벌어져 상흔을 그대로 드러냈다.

쯧, 좀 덮어두기라도 하지.

테이블보를 집으려던 시억은 유족이 도착했다는 보고를 받고 문가로 가 부동자세를 취했다.

그녀의 유족은 단 한 명이었다. 체구가 단단해 보였으나 환갑은 족히 넘었을 늙은 남자였다.

표정도, 눈물도 없었다. 낮고 가벼운 한숨을 몇 번 쉬었을 뿐이었다. 문 앞을 지키며 서 있던 시억은 남자의 등 너머로 죽은 여자를 훔쳐봤다. 생전 웃지 않던 여자의 눈을 기억해내려고 애썼으나 허사였다.

누군가 늙은 남자를 찾았다. 어울리지 않는 차임벨 소리가 울렸고, 남자는 핸드폰을 확인하고 전화를 받았다. 목소리가 쉬어서 쉿소리가 났다.

"오늘 권 의원 만난다고 하지 않았나. 뭐하긴, 있다가 의원회의가 있어. 내가 뭐 시간이 남는 줄 아나? 끊어."

늙은 남자는 퉁명스럽게 전화를 끊고, 그사이 핸드폰에 수신된 연락을 확인했다.

눈이 침침한지 양복 상의에서 돋보기안경을 꺼내봤다. 그러고는 슬쩍 곁눈으로 죽은 여자를 봤다. 여자의 아름다운 나체에 시선이 가 있었다. 지난날을 그리워하는 애상에 젖은 눈길이었다.

쩝, 쓴 입맛을 다신 남자는 일어나 시억을 지나치기 전 까먹을 뻔했다는 듯 악수를 건넸다. 시억은 별 수 없이 늙은 남자의 손을 맞잡았다.

"참 예쁜 사람이었는데, 잘 처리해주세요."

처음으로 그가 사진이라도 찍듯 판에 박힌 미소를 흘렸다. 이제 보니 오래 앓던 썩은 이가 빠진 듯 시원한 얼굴이었다. 늙은 남자가 방을 나섰다.

그는 금방 다시 전화를 하는지 복도에서 쉿소리가 응응 울렸다.

"혜주 죽었다. 자살했어…… 내 나이에 맞지는 않았지……."

혜주. 이름이 혜주였구나.

시억은 마침내 레이스가 수놓인 테이블보를 집어 그녀의 몸 위에 덮었다.

시억은 아주 잠시 머뭇거리다 혜주의 손을 잡았다. 이미 사후경직이 시작되어 뻣뻣하고 무거웠다. 두근. 시억의 심장이 걷잡을 수 없이 빠르게 뛰었다. 시억조차 자신의 반응이 놀라울 뿐이었다. 내게도 이런 감정이 있었던가.

그때, 예리한 칼날로 벌어진 혜주의 심장 부근에 무언가가 반짝였다.

손을 대려는 순간 무전기가 울렸다. 관리팀장 이희원이었다.

방을 나서는 시억은 기묘한 기분에 휩싸였다.

그것은 분명 금색이었고, 꺼내보지 않아도 사실 알 수 있었다.

금니였다.

관리팀장 이희원은 꽃나무에 환장한 놈이라서 사무실에 앉아 있기보다는 늘 정원을 제 집 마당처럼 한갓지게 걸어 다니길 좋아했다.

드넓은 정원은 계절마다 설치예술가와 플로리스트들에게 많은 돈을 주어가며 장식해 예술 무대를 방불케 했다. 아기천사를 본 뜬 거대한 토피어리가 연못 중심에 자리해 있었다.

그러나 이 모든 게 무슨 소용일까. 조울증을 달고 사는 요양객들은 방에서 거의 나오지 않았으며 직원들은 수시로 땅을 파고, 심고, 가꾸는 일들에 진절머리가 난 상태였다. 샨티의 정원은 겨우 한 달에 한 번 일반인들을 상대로 방문을 허락할 뿐이었다.

결국 이 아름다운 정원은 오롯이 이희원의 차지였다.

시억은 정원 한 켠, 높은 담으로 늘 그늘진 구석에 앉아 있는 희원을 찾았다.

희원은 요즘 이름 모를 희귀종 음지식물에 빠져 한창 애정을 쏟았다. 시억이 보기에는 그냥 넝쿨진 쓰레기로밖에 보이지 않았지만.

원체 말이 느리고 유유했으므로 시억은 희원의 입이 떨어지기를 지겹게 기다렸다. 이희원은 심한 안면비대칭이었고, 축 처진 눈꼬리와 자리 잡은 주름들이 하회탈을 연상케 했다. 누구라도 한 번 보면 잊기 힘든 외모였다.

그는 샨티의 대표 이서경의 눈과 발이었으며, 50명 남짓한 직원들이 무서워하는 감독관이기도 했다.

"나가서 뭘 할 거냐?"

한참 만에 희원이 물었다. 자신도 모르는 질문이었다.

시억은 샨티에 열다섯에 들어와 십 년을 머물렀다. 지금처럼 샨티가 SNS에 소개돼 명소가 되기 훨씬 전이었다.

"넌 내 새끼야."

넝쿨식물을 쓰다듬으며 희원이 시억을 올려다보았다.

우리는 공동체, 하나의 몸.

희원이 수시로 하던 말이었다. 시억은 그 모든 말들에 신물이 나 있었다. 그런 희원의 새끼들이 하나 둘 죽어나갔다. 샨티는 모두를 미치게 만들고 있었다.

"가겠습니다."

"3호실에 여자 하나가 들어올 거야. 앤데, 글쎄 임산부라네……? 네가 담당했으면 좋겠다."

희원이 의뭉스러운 말투로 말꼬리를 길게 늘였다. 그리고 대답을 기다렸다. 어차피 희원은 3호실에서 시억이 한 모든 행동을 다 지켜보고 있었을 것이다. 2호실을 제외한 샨티의 모든 객실에는 카메라가 설치되어 있었다. 그러니 수를 쓸 수도 없었다.

"3호실 죽은 여자는 어떻게 처리됩니까?"

"아, 그 술집 마담? 신원미상."

희원이 히, 이를 드러내며 웃었다. 앞니를 죄다 금으로 박아 넣어 그의 미소는 우스꽝스러우면서도 동시에 오싹했다.

"저 주십시오."

"뭐 하게?"

희원이 의혹 가득한 얼굴로 시억을 봤다. 그러다 실실 희원이 다시 웃었다. 웃음은 오래가지 않고 멈췄다. 변태 같은 새끼, 그렇게 중얼거리더니 꺼지라는 듯 손을 내저었다.

그렇게 거래는 이루어졌다.

***

도훈은 샨티를 모르지 않았다. 투병 생활의 끄트머리에서 약 한 달간 그곳에 머물렀었다.

하늘 끝까지 닿을 것 같던 높은 담, 그 사이사이에 왕성하게 자라나던 이끼들, 축축하고 음습했던 냄새의 기억. 그 시절 엄마의 얼굴은 몽달귀신처럼 늘 하얗게 뜬 낯빛으로 도훈에게 묻곤 했다.

괜찮니?

괜찮지 않으면 세상이 무너지기라도 할 듯 서경은 묻고 또 물었다. 그때의 기억이 어찌나 강렬하게 각인되어 있었는지 도훈은 엄마를 볼 때마다 섬뜩한 기분과 함께 그러지 않으려고 해도 저절로 몸서리가 쳐졌다.

성인 남자 팔뚝보다도 컸던 잉어들, 걷어내도 다음 날이면 몇 배로 늘어난 이끼, 높은 담벼락 그리고 자신보다 더 아파 보였던 엄마.

그런 곳에 이레가 머문다고? 학대나 폭력과 뭐가 다른가.

그렇게 불신이 가득했던 도훈은 몰라보게 변한 샨티의 모습에 입을 다물지 못했다.

육중한 벽돌로 쌓아올린 둥근 아치 모양의 정문만 옛것과 그대로였다. 요정들이 머물 것 같은 정원과 길게 뻗은 수로에서는 졸졸 상쾌한 물소리가 귀를 즐겁게 했고, 흙탕물이었던 연못도 녹조 하나 없이 투명했다. 도훈의 키보다 길게 자라 있던 수풀과 공터는 완전히 사라졌다.

샨티에 들어선 이레가 작게 탄성을 내질렀다.

어릴 적 도훈이 왠지 모르게 혐오감을 느꼈던 살찐 잉어들은 여전했으나 이제 와보니 아무런 위협도 없어 보이는 그저, 잉어였다. 유명한 건축가가 설계한 유려한 미관을 가진 건물이 서로 아름답게 조화를 이루고 있었다.

"처음에는 다들 그렇게 넋을 놔요."

비음이 많이 섞인 독특한 목소리가 말했다. 김호진.

명찰 증명사진은 지금보다 훨씬 앳되어 보이는 얼굴이었다.

삼십대쯤 되었을까. 왁스로 잔머리 하나 없이 넘긴 포니테일에 두꺼운 뿔테 안경을 쓴 여자였다. 입은 웃었지만, 눈은 끊임없이 두 사람을 감시했다.

"샨티는 마음의 평화라는 뜻이에요. 우리는 여기를 방문하는 모든 이들에게 치유와 평정을 가질 수 있도록 이끕니다. 어린 친구들, 명상원부터 구경할래요?"

어린 친구들. 도훈은 자신을 유치원생쯤으로 여기는 듯한 비서의 단어 선택이 마음에 들지 않았다. 도훈은 힐난의 눈길로 호진을 내려다봤다. 자기보다 머리 두 개는 아래 있는 작은 여자였다.

비서는 이런 일에 동원된 건 처음이었는지 가이드에는 영 재능이 없었다.

명상원은 가파른 계단에도 불구하고 일부러 난간을 만들지 않았다고 했다.

집중.

단순한 것에서부터 집중이 이루어진다나. 그 핑계로 안전은 내팽개친 모양새였다. 도훈은 오리궁둥이를 실룩대는 비서를 올려다보며 이레의 어깨를 안았다.

"꼭 올라가야 돼요?"

도훈이 볼멘소리를 냈다. 이레가 자칫 발을 헛디디기라도 한다면, 머리가 깨지거나 뱃속의 아이가 다치는 건 일도 아니었다.

"이제부터 매일 오게 될 거예요. 미리 봐두는 게 좋지 않겠어요?"

"이레는 명상원에 오지 않아요. 임산부가 다닐 곳이 아니에요."

도훈이 말했다.

비서의 표정이 순식간에 호기심으로 바뀌며 이레를 훑어봤다. 이레가 난처하게 웃었다.

"얘가 장난이 좀 심해요."

이레는 도훈이 뭐라고 말을 더 붙이기 전에 얼른 계단을 폴짝 올라갔다.

언덕을 깎아 만든 명상원에 올라서자 샨티가 한눈에 들어왔다.

샨티는 전쟁이 일어나도 모를 단단한 요새처럼 만들어졌다. 서경의 말대로, 아무런 담도 없었고 언제든 원한다면 떠날 수도 있을 것 같았다.

그러나 조금만 더 생각해본다면, 명상원 뒤는 삼나무와 가문비나

무로 이루어진 숲이었고, 옆으로는 광활한 갈대밭이 끝 간 데 없이 이어졌다.

주변으로는 인가가 전혀 보이지 않았다.

명상원은 바로 회관 뒤에 자리해 있었고, 회관 양 옆으로 본관과 사무관이 나란히 서서 서로를 지키고 있었다.

사무관 뒤로 기숙사 두 동이 신의 축복을 받지 못한 처량한 여인 네처럼 낡은 콘크리트 외양을 가감 없이 드러내고 있었다. 최근에 칠한 하얀색 페인트칠이 유난히 튀었고, 나머지 건물들 사이에서 더욱 누추해 보였다.

그 광경을 보자 도훈은 잊고 있던 이끼들이 스멀스멀 머릿속에서 자라나는 것 같았다.

"저기 건물은 뭐예요?"

이레가 명상원 뒤쪽으로 지어진 푸른 건물을 보고 물었다.

높은 담. 저곳이었다.

도훈은 기억의 일부가 되살아나 골이 깨질 것처럼 지끈 두통이 일었다.

"저건 여기 건물 아니에요. 무슨 병원을 하려고 했는데 잘 안 됐나 봐. 터가 안 좋은지 사람이 계속 죽고, 사고도 많고. 요새는 깡패 같은 것들이 드나드는 거 같으니까 이레 학생은 저쪽으로는 가지도 말 아요. 금이 딱 명상원까지라고 생각해요. 혹시 여기서 도망치고 싶으 면, 뒤로 가지 말고 앞으로 가요. 정문 쪽으로. 그게 더 안전해요."

"도망을 그렇게 대놓고 해요?"

이레가 장난삼아 물었다. 이레는 위에서 보는 경치가 마음에 들 었는지 기분이 좋아 보였다.

"그러게. 것도 그러네요."

비서가 동의하며 깔깔거렸다.

거짓말. 도훈은 멍하니 푸른 건물을 바라보았다. 비서가 말한 깡패들이 드나든다는 저곳은 분명 샨티 소유의 병원이었다. 검은 먹물을 빨아들이는 스펀지처럼 순간적으로 도훈의 머릿속이 새까매졌다.

"괜찮아?"

이레가 찔끔한 눈으로 도훈을 바라봤다.

괜찮니? 이레의 얼굴이 돌연 붕 떠 허연 서경의 얼굴로 겹쳐 보였다. 도훈은 제 머리를 세게 쳤다.

한 번, 두 번, 세 번. 비서가 도훈의 행동에 놀라 뒤로 물러섰다. 가끔 골통에서 웅웅대며 무언가가 한꺼번에 몰려와 울었다. 골이 반쪽으로 뚝 갈라질 것처럼 아팠다.

도훈이 급한 손길로 점퍼에서 휴대용 약통을 찾았다.

"이리와."

이레가 부드럽게 도훈을 안았다.

이레의 정수리에서 은은하고 비릿한 풀냄새가 났다. 하고 싶은 말이 일시에 몰렸다가 괜찮다고 끄덕이는 이레의 눈동자를 보자, 순식간에 사라져버렸다. 그녀에게는 많은 말이 필요치 않았다.

엄마에게는 없는 것, 보통의 여자애들에게는 없는 것. 도훈을 완전한 존재로서 받아들여주는 것, 그게 도훈이 사랑한 소녀의 무기였다.

이레가 살게 될 본관은 채도 낮은 핑크 계열로 칠해진 외관에 각 방마다 넓은 발코니가 딸려 있었다. 4층으로 된 단층건물에 바로크 풍으로 멋을 낸 발코니와 외등이 세심하게 신경 쓴 티가 났다. 요양 원이라기보다는 주인의 취향이 완벽히 반영된 전원적인 호텔에 더 가까웠다.

비서는 멈춰 서서 태블릿을 꺼내더니 뭔가를 끄적거렸다. 고개를 들어 맞은편 사무관을 바라봤다.

사무관도 똑같이 4층 건물이었고, 비서는 서경의 집무실이 있는 4층을 올려다봤다.

언제 나왔는지 모르게 서경이 발코니로 나와 세 사람을 굽어보고 있었다.

"도훈 학생은 먼저 이사실로 오시랍니다."

지령을 받은 심부름꾼처럼 비서가 싹싹하게 말했다.

"이레 방까지 같이 갈게요."

도훈이 비서의 말을 간단히 무시하고 안으로 들어가려고 했다.

비서가 난처한 표정을 지었다. 사무관 4층을 바라보는 비서의 시선을 따라가다 도훈이 움찔했다. 서경 옆에 의자에 앉아 담배를 피우는 남자를 본 것이다.

아버지, 심주식이었다.

순간 도훈은 일격을 당했다는 표정으로 서경을 노려봤다. 도훈은 자신을 옭아매는 서경보다 하나뿐인 아들을 남의 집 똥개 보듯 무심한 아버지를 더 어려워했다. 세상이 자신을 중심으로 돌아간다고 생각하는 심주식은 대놓고 친정 사업인 샨티를 괄시했다. 그런 그가 어째서 샨티까지 행차했는지 모를 일이었다.

"당장 오시랍니다."

비서가 재촉했다.

"도훈아, 고마웠어."

이별을 예감한 듯 이레가 손을 내밀었다.

우리 사이에 악수라니. 도훈은 서운함을 느끼고 고집스레 그 손을 잡지 않았다.

"이따 볼 건데 뭘."

그러나 잡았어야 했다. 그게 마지막이었으니까.

사위가 이슥해지고 창밖으로 점점이 밝힌 가로등만 빛날 때서야 이레는 더 이상 도훈을 기다리지 않았다.

쿵쿵쿵.

일정한 박자에 맞춰 방과 맞닿은 벽면이 얇게 진동했다. 본관으로 들어설 때 이레는 같은 처지의 요양객들을 아무도 보지 못했다.

레드카펫이 깔린 중앙 계단을 사이에 두고, 좌우로 방은 두 개씩 자리했다.

번호만 덩그러니 붙은 굳게 닫힌 방들.

사람이 정말 살기는 하는 걸까. 생활 소음이 전혀 들리지 않아 마음 한구석에서 불안함이 싹트기 시작했다. 누군가의 기침 소리를 한 번이라도 들었다면 이렇게 불안하지는 않았을 텐데…….

3호실.

이레의 방이라고 했다. 벽면이 어두운 붉은 계열이어서 그런지 몰라도, 이레는 희미한 피비린내가 나는 것 같은 착각이 들었다. 흠 잡

을 데 없이 멋진 방이었다. 이곳에서 꽃은 물처럼 흔했는지 구석구
석마다 치장한 꽃무더기가 인상적이었다.

이레는 다이어리를 꺼내 아이에게 일기를 썼다.

일기는 시시콜콜 장황했고, 종종 이레는 끝을 맺지 못하고 훌쩍
이곤 했다. 특히 오늘 같이 많은 일이 일어난 날의 일기는 더욱 길
어졌다.

긴장이 풀리면서 하품이 나왔다.

벽시계가 새벽 두 시를 가리켰다. 평소였다면 지금쯤 이레는 평경
이 요란하게 고는 코골이에 머리를 흔들며 이부자리에 들었을 시각
이었다. 졸렸지만 잠은 오지 않았다.

사막의 한가운데 온 것처럼 목이 탔다. 열어본 간이냉장고는 텅
비어 있었다.

이레는 살며시 문을 열어 바깥을 내다보았다. 복도마다 조명등이
달려 있었으나 워낙 낮은 조도 탓에 반대편 끝은 희끄무레했다. 살
짝 겁이 났다. 게다가 복도 어디에도 정수기가 보이지 않았다.

참을까. 이레는 잠깐 고민하다 슬리퍼를 벗고, 몰래 들어온 도둑
고양이처럼 복도를 나섰다.

차가운 대리석 바닥이 발바닥에 닿자 목덜미의 솜털이 바짝 곤두
섰다.

괴괴한 침묵뿐. 이레는 자신의 방과 마주보고 있는 2호실 앞에 잠
시 귀를 기울였다. 인기척이 들리지 않았다. 노크를 해볼까 망설이
던 손을 내리고 복도를 누비기 시작했다.

중앙 계단을 올려다봤다.

낮에는 눈에 띄지 않던 초상화가 간접 조명을 받아 섬뜩하게 빛

났다.

그림 속 남자는 하얀 의사 가운을 걸친 채 하얗게 센 머리를 뒤로 곱게 넘기고 희미한 미소를 띠고 있었다. 아니…… 미소일까. 남자의 무릎에는 그와 분위기가 닮은 하얀색 말티즈가 얌전히 앉아 있었다.

이레는 그림에 이끌려 계단을 올라섰다. 비웃음. 가까이서 보니 고집스런 입매가 삐뚜름하게 올라가 있었다. 도훈이 억지 미소를 지을 때와 입매가 똑같았다.

이레는 코너를 돌아 정수기를 찾았다.

그 순간, 인기척이 느껴져 홱 고개를 돌렸다.

긴장으로 신 침이 입안에 가득 고였다.

후다닥 2층 기둥 뒤에 허연 형체가 숨는 것을 곁눈으로 보았기 때문이다. 이레는 두 눈에 잔뜩 힘을 주고 형체를 다시 보려고 했다. 무서웠다. 꿀꺽, 침을 삼키고 이레는 발을 뗐다. 상대는 이레와 똑같은 모양의 잠옷을 입었다. 그쪽도 아마 이레를 보고 놀란 것일까?

"혹시 정수기 어디 있는지 아세요?"

이레는 다른 사람이 깨지 않도록 최대한 작은 목소리로 물었다.

기둥 뒤에서는 아무 대꾸가 없었다.

이레는 낮게 한숨을 쉬었다. 다음 순간, 얼굴 하나가 빼꼼히 모습을 드러냈다. 이레는 질겁하며 한 걸음 물러났다. 한 명이 아니라 둘이었다. 허연 형체의 무리 중 하나가 고개를 틀어 이레를 봤다. 아니, 보지 못했다. 초점 없는 그들의 동공이 풀려 두 눈이 제멋대로 돌아다녔다.

머리카락은 없었고 이마와 정수리까지 이어진 아주 흉한 상처가 나 있었다. 수술 자국이었다. 이레는 가까스로 터져 나오려는 비명을 참았다. 온몸의 소름이 돋아났다.

"괘…… 괜찮으세요?"

놀란 이레의 목소리는 멋대로 떨려 물음보다는 비명처럼 들렸다.

순간, 이레는 그들이 낮에 소나무 뒤로 숨던 조 선생과 굉장히 비슷한 인상을 갖고 있다는 것을 깨달았다. 그 사실을 깨닫자 이레의 다리가 사시나무 떨 듯 후들거렸다.

슬금슬금 뒷걸음질 치며 곁눈으로 방금 자신이 올라온 계단을 내려다봤다.

그들에게서 시선을 떼지 않고 계단참에 발을 내디뎠다. 그들은 그때까지도 계속 숨어서 이레를 지켜보고 있었다.

숨이 턱 막혔다.

'그래, 여기는 요양원이야. 단지 그냥 마음이 아픈 사람들일 거야.'

말도 안 되는 소리! 저 모습은 괴물에 가까웠다.

괜찮아. 이레는 억지로 자신을 이해시키려고 하며 계단을 내려왔다.

아악!

계단 끄트머리에 다다라 급한 마음에 발을 헛디뎌 서너 계단을 굴렀다.

발꿈치를 모서리에 세게 부딪히면서 억눌린 신음이 터져 나왔다.

동시에 우다다다! 그들이 뛰었다.

머리 위로 들리는 소리에 온몸이 죄어들었다. 이레는 재빨리 몸을 일으켜 뒤를 돌아봤다. 이레를 쫓아오는 게 아니었다. 소리는 다행히 반대로 멀어졌다.

이레는 아픈 것도 잊고 3호실로 부리나케 뛰어 들어가 문을 잠갔다.

헉, 두 손으로 겨우 입을 막아 터져 나오려는 비명을 눌렀다.

방에는 낯선 침입자가 있었다.

남자는 이레가 활짝 열어둔 창가의 커튼을 모두 내리고 있었다.

이레는 터질 것 같은 숨을 한꺼번에 몰아쉬며 신 침을 삼켰다. 혀 끝에서 쇠 맛이 감돌았다.

이시억. 이레는 명찰에 붙은 이름을 속으로 읽었다.

단추를 끝까지 채운 날이 선 양복을 입고 있었다. 눈매가 올라가 사납고 차가워 보이는 인상이었다.

시억은 뚫어지게 이레를 보다가 테이블을 쳐다봤다. 마치 이레의 마음을 읽기라도 한 듯 테이블에는 500ml짜리 생수 두 병이 놓여 있었다.

"고맙습니다."

인사를 건넨 이레의 목소리가 가늘게 떨렸다.

시억은 가볍게 까딱 인사를 하고 이레를 지나쳐 방을 나갔다.

딸깍, 이레는 방문을 잠그고 테이블에 놓인 생수를 집어 들었다. 목이 탔다.

한참을 마시다 동그랗게 물기가 남은 곳에 접어놓은 쪽지를 발견 했다. 냉큼 집으려던 이레는 동작을 멈추고 자신도 모르게 주변을 둘러봤다. 장식장 사이 꽃무더기로 다가가 꽃 냄새를 맡았다. 진한 장미향이 돌연 현실감을 불러와 머리가 어찔했다.

이레는 침대로 가 이불을 뒤집어썼다. 잦아들었던 떨림이 다시 일 었다. 꽃무더기 사이 카메라 렌즈를 분명 보았다!

부들거리는 손으로 숨겨둔 쪽지를 폈다.

'일주일. 도망쳐.'

단순한 두 문장뿐이었다. 종이를 구기고 주먹에 꽉 쥐었다.

이불을 치우고 천장을 바라봤다. 별안간 기분 나쁘게 느껴지던 피비린내가 사방에서 진동하는 것 같았다. 이레는 메스꺼움을 느끼고, 자리를 옮길 새도 없이 바닥에 구역질을 했다.

이제는 확실하게 다가온 무서움증에 몸을 떨며 눈물을 흘렸다. 제발 누군가의 장난 혹은 호된 신고식이길.

딸깍거리는 소리가 들리더니 문밖에서 찰랑, 쇠 부딪치는 소리가 났다. 메이드가 열쇠로 문을 따고 들어왔다. 이레가 바닥에 토사물을 쏟아낸 지 불과 오 분도 안 되는 시간이었다.

"괜찮아요. 첫날은 다 그래요."

인자한 미소를 지으며 메이드가 위로했다. 그 미소에 이레는 마음이 허물어져 그간 있던 일을 다 털어놓고 싶어졌다. 그러나 소리가 되어 나오지 않았다.

메이드가 부들부들 떠는 이레의 주먹을 강제로 펴 종이를 가져갔다.

인정머리 없는 사나운 손길이었다.

거의 한숨도 자지 못한 이레의 고개가 옆으로 꺾였다.

딩동댕동, 쾌활한 자명종 소리가 울렸다. 학교에서 울리던 소리와 똑같아 이레는 이윽고 들려야 할 와자지껄한 소음을 기다렸다. 책상 끄는 소리, 아이들이 뛰어가는 소리 그리고 평경이 자신에게 지각생, 그만 일어나, 하고 부르던…….

차가운 뱀의 혓바닥에 놀란 개구리처럼 이레는 펄쩍 뛰듯이 잠에서 깼다.

창밖으로 언제 내밀었는지 환한 해가 중천에 떠 있었다. 전날 밤 뒤척였던 공포의 흔적들은 사라지고 방 안의 풍경은 더없이 안락하기만 했다.

이레는 문을 열어 밖을 훔쳐봤다. 채광이 좋은 복도는 부드러운 가을볕으로 눈부셨다. 여전히 사람은 보이지 않았다.

'절대 안정'이라는 팻말이 이레의 방 문 앞에 걸려 있었다. 그것을 보자 이레는 자신이 정말로 지쳐 있었다는 생각이 들었다. 그래서 헛것을 본 것일까.

이레는 침대에 누워 천장에 있는 조그만 얼룩을 노려봤다. 복도에서 아련한 오르간 소리가 울려 퍼졌다. 실력이 서툴러서 그런지 중간 중간 실수가 났고, 그때마다 연주자는 인내를 갖고 다시 똑같은 멜로디를 연주했다.

누가 있다! 이레는 누구라도 좋으니 이곳에 대해 말을 나누고 싶었다.

중앙 계단을 올려다봤다. 연주는 틀림없이 위에서 들렸다.

기둥 뒤에 숨었던 괴물들은 더 이상 보이지 않았다. 여전히 복도 중간쯤에 있는 초상화는 너무나 사실적이어서 기분이 나빴다. 이레는 다시 그림 속 남자를 쳐다봤다.

"일어났니?"

초상화에 정신 팔려 있던 이레가 화들짝 놀라 돌아봤다. 전날 매서운 손길로 쪽지를 가져갔던 메이드였다.

낮에 보니 메이드는 매우 늙었고, 양 볼은 심술보로 축 늘어져 마귀할멈 같은 인상이었다. 메이드는 대걸레로 대리석 계단을 이제 막 닦으려고 하던 참이었다.

"도와드릴까요?"

메이드가 살아생전 별 소릴 다 듣는다는 듯 해괴한 얼굴로 이레를 보았다. 메이드는 묵묵히 걸레질을 시작했다. 이레는 메이드의 작업에 방해되지 않게 깨금발로 재빨리 계단을 올라갔다.

"학생, 어제는 미안했어. 그놈이 항상 새로운 사람이 오면 그렇게 장난을 쳐서 요양하러 온 사람들 신경을 긁는다니까. 내 말 무슨 뜻인지 알지?"

메이드가 다시 연륜이 느껴지는 특유의 푸근한 말투로 말했다.

이레는 아리송한 얼굴로 메이드를 바라봤다. 좀체 종잡을 수가 없었다.

"그놈은 뭐하시는 분이에요?"

이레의 물음을 듣고도 메이드는 계단 청소에 정신이 팔린 듯 걸레질에 몰두했다. 굽은 메이드의 등 뒤로 초상화 속 남자와 다시 눈이 마주쳐 이레는 더 묻지 못하고 2층을 배회했다.

오르간 연주는 어느새 뚝 끊겨 있었다.

벌컥, 안쪽 6호실에서 문이 열리고, 젊은 여자가 쿵쿵대며 나왔다. 여자는 이레를 지나쳐 메이드에게 벼락같이 소리를 질렀다.

"쌍년아, 조용히 못 해! 아침부터 신경 거슬리게."

서슬 퍼런 악다구니를 받은 메이드는 아무것도 듣지 못한 사람처럼 여전히 걸레질만 했다.

이레는 여자의 무례한 말투에 놀라 입을 다물지 못했다. 여자는 노랗게 뜬 얼굴에 거죽만 있는 것처럼 퀭했고, 드러난 팔뚝에는 셀 수 없는 주사 자국으로 너저분했다. 여자는 이레를 보더니 금세 흥미로운 장난감을 발견한 듯 표정이 돌변했다.

"몇 호야?"

대답을 하려는 순간 이레를 깨웠던 종소리가 울렸다. 딩동댕동.

"저년 믿지 마. 너를 지옥으로 끌고 갈 마귀 년이니까."

쓸 만한 충고를 했다는 듯 여자가 허리에 양 손을 걸치고 이레를 귀엽게 내려다봤다.

"일과 시작해야지. 회관으로 가."

메이드가 넌지시 말했다. 어느새 메이드는 걸레질을 그만두고 이레와 여자를 감시하는 눈길로 보고 있었다.

여자가 쾅 방문을 닫고 안으로 들어갔다.

이레는 계단을 내려가 회관이라는 곳으로 향했다. 쪽지를 건네준 시억을 찾았으나 보이지 않았다. 그건 정말 장난이었을까. 장난이라면 가만두지 않겠다고 다짐했다.

이레는 젊은 여자가 있던 2층 객실 창가를 올려다보았다.

여자가 가운데 손가락을 들어 보이며 싸늘한 미소를 짓고 있었다.

저 여자 역시 정상이 아닌 건 틀림없다. 이레는 그녀의 행동을 따라하며 양손을 들어 같은 욕을 해주었다. 찡긋, 가벼운 윙크도 잊지 않고.

***

이레가 방을 빠져나온 직후 시억은 곧장 3호실로 향했다.

시발점은 피 칠갑이 되었던 3호실을 급하게 정리하느라 메이드가 생수를 채워 넣지 않은 것에서 시작되었다. 아니다. 젠장, 더미들에게 일말의 희망이 있다고 여기는 것부터 잘못됐다. 그들은 그냥 죽은 거나 다름없었다.

시억은 이레의 방에 그저 생수 두 병을 놓아두고, 밤에 나다니지 말라고 충고나 해줄 생각이었다. 그러나 테이블 위에 놓인 이레의 일기장을 보고 마음이 흔들렸다.

사랑한다, 네가 있어 다행이다, 같은 유치하고 흔해빠진 문장들. 그러나 시억은 태어나서 한 번도 들어본 적이 없는 말들.

펜을 집어 든 순간부터 시억은 후회할 것을 알았다. 스스로 구렁텅이에 빠트리는 일을 시억은 하고 말았다. 혼비백산해 있는 이레를 보자, 시억은 죽은 혜주를 생각했다.

자연스럽게 자신의 배를 보호하는 소녀. 혜주의 마지막도 그랬을까.

시억은 몇 시간째 꼼짝하지 않고, 기숙사 방에서 전화를 기다렸다. 그동안 이희원에게 두 번의 호출이 왔다.

희원은 곧바로 연락이 되지 않는 것을 극도로 싫어했다. 업무태만, 충성심의 부족이라 여겼다. 아마 세 번째가 되면, 호출 대신 이희원이 직접 그를 찾으러 올 것이었다.

주로 야간 근무를 하는 연구소의 특성상 저녁 식사 시간 전에 전화가 와야 했다. 점점 시간이 옥죄어왔다. 기다리던 시억이 안절부절못하고 일어섰다. 마침내 밀당 게임에 선점을 차지했다는 듯 그 순간 전화가 의기양양하게 울렸다.

발신자번호제한.

"왜 이렇게 늦었어?"

조급했던 것만큼 시억이 짜증을 냈다.

"여자…… 직접적인 사망 사인은 가슴에 난 자상이 아니라, 질식이야. 목을 조르고 여자가 죽은 뒤에 칼을 휘둘렀어. 성폭행 흔적은 없음. 임신 중이었고, 5주가 조금 넘었던 것으로 추정."

시억과 같은 고아원 출신이자, 지금은 연구소 직원인 태영이 부검 결과를 알려줬다.

"그래서 누가 죽인 거야?"

"그걸 내가 어떻게 아냐?"

태영은 그 말을 끝으로 일방적으로 전화를 끊었다. 다시 전화를 해도 받지 않을 게 뻔했다.

혜주의 시신 부검을 은밀히 부탁할 때부터 태영은 시억에게 미쳤다고 했다. 혜주가 죽던 날의 3호실 CCTV는 당연히 삭제되어 있었다. 그런 일은 다반사였다. 숨기는 데엔 다 이유가 있다고. 그걸 알려고 하는 순간부터 죽음이 가까워지는 거라고 태영이 경고했다.

이희원에게 받고 태영에게 넘긴 혜주의 사체는 태워지겠지. 실패한 더미들과 함께.

시억은 매트리스 안쪽, 송곳으로 뚫어놓은 곳에 손가락을 가져갔다.

몇 번 손가락을 휘젓자 딱딱한 그것이 잡혔다. 우둘투둘한 모양의 금니를 점퍼 주머니에 찔러 넣었다. 꼬리가 더 드러나기 전에 은밀하게 치워야겠다.

저녁 바람에 이른 겨울이 들어찼다. 시억은 점퍼를 끝까지 채우고 양손을 주머니에 깊숙이 찔러 넣었다. 이희원을 찾아 정원과 온실을 한 바퀴 돌았다.

모습이 보이지 않았다. 저녁을 먹고 있는 건가. 시억은 회관으로 발길을 돌렸다.

저녁식사 메뉴는 카레인지 회관 입구에서부터 강황 냄새가 코를 찔러왔다. 시억은 미처 잊고 있던 허기를 느꼈다. 그제야 아침부터 한 끼도 먹지 않은 걸 깨달았다.

직원들과 요양객들의 식사 시간은 아예 달랐다. 여덟 시면 이미 요양객들의 저녁 식사는 끝나고 주방 담당자들이 늦은 저녁을 먹을 때였다. 예상대로 텅 빈 식당에 앞치마와 장화를 신은 채 담당자들이 남은 잔반을 허겁지겁 먹어치우고 있었다.

깔깔깔.

한 차례 터진 웃음이 지하의 냉기를 감쌌다. 김이레. 3호실 소녀였다.

간밤에 위험을 무릅쓰고 보낸 신호는 깡그리 잊은 듯 소녀는 쾌활해 보였다.

휠체어에 앉은 남자가 등을 진 채 이레와 함께 저녁을 먹고 있었다. 휠체어, 더벅머리, 유쾌한 언변, 2호실 한재익이었다.

멍청한 것.

시억은 단숨에 식욕을 잃고, 목젖 끝까지 열이 올랐다.

애꿎게 손가락 끝에 걸린 매끈한 금니의 표면을 부술 듯 눌렀다. 그럼에도 시억은 이레에게서 시선을 떼지 못했다.

시억뿐 아니라, 꾸역꾸역 밥을 밀어 넣고 있던 배식 담당자들 역시 소녀의 웃음소리에 귀를 기울이고 있었다.

샨티에서 그런 웃음을 터트리는 사람은 본 적도 없었으니까.

또 한 번 이희원에게 호출이 왔다. 시억은 허리춤에서 진동하는 무전기의 전원을 꺼버렸다. 지하 식당 계단을 올라가는 내내 이레의 웃음이 시억의 뇌리에 박혀 이상한 기분이 들었다.

막연한 그리움. 정작 그게 뭔지도 모르면서…….

3호실 발코니에 알록달록한 무늬의 양말이 걸려 있었다. 이레가 아침녘에 걸어둔 것이리라. 마음을 쓰게 만들었던 실체가 어렴풋하게 모양을 그려냈다.

샨티를 벗어나 인간답게 살고 싶다는 욕망. 제 스스로를 위한 양말 한 짝도 사본 일이 없다는 것. 대부분 샨티는 보급품처럼 대량으로 생필품이 달마다 지급됐다. 개인의 기호와 취향 따위는 깡그리 무시됐다.

시억은 다시 한 번 이레에게 기회를 주기로 했다. 아니, 그늘 하나 없는 저 웃음을 지키기 위해서라면 도주를 도와줄 수도 있을 것 같았다.

3호실 문은 활짝 열려 있었다.

메이드가 반듯하게 침구를 정리하고 창문을 열어 환기를 시키고 있었다. 그녀의 이름은 아무도 몰랐다. 그저 직원들은 그녀를 늙은 구렁이라 불렀다.

"정리 다 됐으면 나가주세요."

시억은 대놓고 늙은 구렁이를 싫어했다. 그녀는 곰살맞고 동시에 그악스러웠다. 필요하다면 가면을 바꿔 사람들을 쉽게 조종했다. 늙은 구렁이가 방을 맡았다는 건 방 거주자가 감시할 게 많은 표적이 됐다는 뜻이기도 했다.

"피비린내가 쉬이 빠지질 않아. 애초에 벽지를 다 뜯고 페인트칠을 했어야 됐써야. 애기 엄마가 비위가 좋질 않더라고오."

문을 닫고 갈 줄 알았던 늙은 구렁이는 마른 걸레로 이미 반질반질한 협탁과 전화기를 닦으며 변죽을 늘어놨다.

"시억아, 이게 무슨 꼴이니? 으이잉?"

늙은 구렁이가 말꼬리를 길게 잡아 빼며 호들갑을 떨었다. 예감이 별로 좋지 않았다. 시억은 손가락 끝에 쥐고 있던 금니를 바닥에 떨어트리고 탁자를 쾅 내리쳤다. 늙은 구렁이가 갸웃거리며 시억을 봤다. 시억은 자신도 모르게 비지땀을 흘리고 있었다.

그녀는 아무것도 눈치채지 못한 것 같았다.

그러나 문가 아래쪽에 낡은 구두코가 버티고 서 있었다. 언제부터 있었던 거지? 문 뒤에 있던 이희원은 선홍빛 잇몸을 드러내며 오싹한 미소를 지었다. 이희원은 전신 거울 뒤로 숨어 들어간 금니를 손을 더듬어 꺼냈다. 그러고는 후후, 금니에 바람을 불고는 호주머니 안에 챙겼다.

"시억아, 이게 무슨 꼴이니이?"

이희원이 늙은 구렁이를 따라 말했다.

둘은 서로를 마주보며 징그럽게 시시덕거렸다. 덫에 걸린 줄도 모르고 소녀를 지키려 한 놈이 재밌다는 듯이.

재익을 만난 건 첫날부터 빡빡한 일과를 끝낸 후 지쳐 늘어져 있을 때였다. 요양객 중 유일한 미성년자인 이레에게 샨티는 개인 교사를 붙여줬다. 딱딱한 말투에 과시욕이 섞인 말로 선생은 서울대 법대를 수석으로 입학했다고 자기 자랑을 했다.

그러나 이레는 타고난 몽상가였다. 성적은 뒤에서 세는 게 더 빨랐고, 수업시간에는 주로 딴 생각에 빠져 있을 때가 많았다. 그랬던 이레가 교과 수업을 독대로 따라가려니 그렇게 지루할 수가 없었

다. 달달 떠는 두 다리를 선생이 손으로 탁 쳤고, 볼펜으로 낙서를
하자 볼펜을 뺏어버렸다.

창밖으로 요양객 둘이 나와 풍경화를 그리는 게 보였다. 아까 본
오르간 연주자도 있었다. 캔버스를 앞에 두고 핸드폰을 들여다보고
있었다.

"선생님. 저도 그림 그리고 싶어요."

참다못한 이레가 용기를 내어 물었다. 선생은 블라인드를 내려
시야를 차단했다.

수업은 4시에 끝났다. 그쯤 되자, 이레는 완전히 녹초가 됐다. 졸
음이 한꺼번에 밀려왔고, 도망치라고 이레를 겁주던 전날의 일들은
모두 머릿속에 지워져 있었다.

이름 모를 새들이 저마다 개성을 담아 서로 다른 목소리로 쩍쩍
거렸다. 서울에서는 게임 속에서나 들을 수 있는 자연의 소리였다.

이레는 졸린 눈을 간신히 비비고 방으로 들어가 침대에 몸을 뉘였
다. 바스락거리는 시트가 부드럽게 몸을 감쌌다. 훌륭한 안식처였다.

똑똑.

한창 정신없이 자고 있을 때, 누군가가 노크했다. 무거운 몸을 일
으켜 문을 열자, 휠체어에 탄 건장한 남자가 손을 흔들었다. 남자는
한재익. 맞은편 2호실에 묵는 요양객이라고 했다.

함께 저녁을 먹고 싶다고 했다. 이레는 장난기가 숨어 있는 재익
의 둥글게 처진 눈이 마음에 들어 스웨터를 챙겨 입었다.

식당은 학교 급식보다 훨씬 좋았다. 여기는 유기농만 쓴다고 재

익이 자신의 집에 놀러온 손님에게 자랑하듯 샨티를 치켜세웠다. 양파가 뭉텅이로 들어간 카레는 달고 깊었다. 이레는 생각보다 양껏 먹었고, 재익은 이레가 넉살이 좋다고 칭찬했다.

사람을 편하게 해주는 재주가 있는 사람이었다. 어떤 사연으로 이곳에 들어왔는지 묻고 싶었지만 참았다. 마음에 드는 사람이 맞은편 2호실에 묵는다니, 든든한 기분이 들었다.

이레는 하루를 머물면서 궁금했던 일들과 사람들에 관해 질문을 쏟아냈고, 재익은 익살을 섞어가며 특징에 대해 설명했다. 가령 누군가에게 욕을 먹고 싶으면 6호실로 가라, 그러면 욕쟁이 피해망상증 여자에게 세상의 온갖 욕을 먹을 수 있다고 했다. 어느새 이레는 걱정 없는 고등학생 신분으로 돌아가 있었다.

돌아가는 길에 본관 입구에 놓인 공중전화기를 들었다. 평경에게 전화를 걸어 안부를 전했다.

전날 있었던 께름칙했던 일에 대해서는 말을 하지 않았다. 당장에라도 평경이 나오라고 할 것 같았기 때문이다.

"잘됐네. 심도훈은 오늘 학교 안 나왔더라. 네 얘기 좀 물어보려고 했더니 뭐 전학을 간다나, 그런 소문이 있던데? 너 거기다 두고 내빼려고 수작부리는 거 아닌지 몰라."

평경이 걱정스럽게 말했다.

"내빼라지 뭐. 더 이상 아무 사이도 아닌데 뭘."

인사도 없이 떠난 도훈의 마지막 모습이 생각나 이레는 자기도 모르게 삐죽거렸다.

수화기 너머에서 '오올?' 하고 평경이 놀리듯 추임새를 넣었다.

"이번 주에 놀러갈까?"

평경이 물었다. 이레는 전화선을 돌돌 말며 사무관을 올려다봤다. 4층의 불이 환했다.

"물어보고 금방 다시 전화할게."

"그래."

이레는 서둘러 전화를 끊고 불이 환한 사무관으로 갔다. 이번 주말에 평경을 초대해서 함께 시간을 보내고 싶었다. 고급 호텔 못지않게 꾸며진 멋진 방을 자랑하고 싶은 마음도 조금은 있었다.

본관과 사무관은 창문마다 불이 환했는데도 주위는 놀랄 만큼 고요했다.

사락사락 이레가 잔디를 밟고 가로지르는 소리만 유난히 크게 들렸다. 졸졸 흐르는 수로를 지나 이레는 사무관 앞에 다다랐다. 수위는 이레에게 문을 열어줄 생각 따위는 없어 보였다.

이레는 유리문 옆에 달린 조그만 버튼을 눌렀다.

수위가 팔을 들어 손목시계를 가리켰다. 아마도 출입시간이 지났다는 뜻 같았다.

"이사님 뵈러 왔어요! 잠깐이면 돼요."

차단된 유리문으로 목소리가 잘 전달되지 않을 것 같아 이레가 큰 소리로 말했다.

이번에는 수위가 두 팔을 들어 엑스 표시를 만들었다. 표정이 바위처럼 단단했다. 이레는 몇 걸음 뒤로 물러나 여전히 환한 4층을 올려다봤다.

"아줌마! 저 이레예요."

안쪽엔 어떤 그림자도 보이지 않았다. 섭섭한 기분이 들어 낮은 한숨이 나왔다. 수위가 문을 열고 나와 이레 앞에 섰다.

"꼬맹아, 시끄럽게 떠들지 말고 가서 잠이나 자라."

경상도 사투리가 밴 수위의 말투는 결코 친절하지 않았다. 이곳은 초면에는 나이 어린 사람에게도 존댓말을 써야 한다는 기본 예절을 모르는 것 같았다.

"전 김이레예요. 꼬맹이가 아니고."

"안다, 꼬맹아. 여기서 너 모르는 사람 없다."

수위는 다시 유리문을 통과해 들어갔다. 그러고는 다시 이레를 철저히 무시하기 시작했다. 아침에 했던 욕을 또 할 생각은 없었는데…… 이레가 가운데 손가락을 들었다.

수위는 반응이 없었다.

별 수 없이 이레는 발길을 돌렸다. 산책로를 따라 아치 다리를 건넜다.

첨벙, 외등 아래 살찐 잉어들이 뻐끔 입을 벌리고 힘차게 유영하는 게 보였다. 잿빛 어둠 속에서 잉어들의 움직임이 힘찼다. 몇몇은 다른 잉어들의 등살에 펄쩍 수면 위로 뛰었다.

이레는 까치발을 들어 끌리듯 수면 위에 코를 박았다. 잉어 수십 마리가 모여 뭔가를 열심히 먹고 있는 광경이 재밌는 눈요깃거리였다. 잉어 밥……? 이레의 상체가 더 일렁이는 물에 가까워졌다.

그때 등 뒤에서 쉬익, 하며 갑자기 분수가 터졌다.

그러자 놀란 잉어들이 한꺼번에 흩어졌다.

수면의 파문이 잠잠해진 후 잉어들이 몰려 있던 곳에서 스윽 뭔가가 수면 위로 모습을 드러냈다. 처음에 이레는 그것이 어디선가 휩쓸려 떠내려온 고깃덩어리인 줄 알았다. 물비린내에 섞인 지독한 악취가 났다.

으윽.

이레는 코를 감싸 쥐고 얼굴을 일그러트렸다. 고개를 돌리려는 순간 이상한 것이 보였다.

저게 뭐야?

눈앞에 붕 뜬, 그것은 사람의 손가락이었다.

이레는 금방 먹은 것이 역류할 듯 욕지기가 나왔다.

아닐 거야……! 그러나 이레의 소망과는 별개로 그것은 흐르는 물살 위에서 손 인사를 하듯 제 모습을 드러냈다.

잉어 떼에게 뜯겨 살점이 떨어져 나가고 허연 뼈를 드러냈지만 하늘로 쳐든 손가락은 무언가를 갈구하는 것처럼 쫙 펴진 상태였다. 손가락 마디마디가 살아 움직이는 것처럼 물살에 흔들렸다.

이레는 세차게 머리를 흔들었다. 금방이라도 주저앉을 것 같은 두 발을 겨우 버텼다. 그사이 고기 맛을 잊지 못한 잉어 두어 마리가 붕 뜬 손에 몰렸다.

안 돼!

이레는 주변에 잡히는 대로 돌을 던져 잉어를 쫓았다. 그럴수록 잉어들은 지치지도 않고 손을 뜯어먹었다. 입에서 허한 울음이 터져 나왔다.

'일주일. 도망쳐.'

까맣게 잊었던 경고장. 이레는 3호실로 뛰어 들어가 옷장 위에 올려둔 백팩을 꺼냈다. 소지품과 옷을 가방에 쑤셔 넣었다. 무조건 도망쳐야 했다.

어디로 가야 하지? 이레는 한 손에 전기충격기를 꼭 쥔 채 얼빠진 얼굴로 본관 앞에서 잠시 고민했다.

그때만을 기다렸다는 듯 건장한 남성 두 명이 이레에게 다가왔다.

직원들은 손을 쓸 틈도 없이 이레의 양팔을 결박했다. 말이 나오지 않았다. 난생 처음 겪는 공포로 혀뿌리가 단단히 얼어붙어 버렸다. 모든 신경이 일순 마비되었다.

이레는 마지막 구원의 눈길로 사무관 4층을 올려다봤다.

놀랍게도 서경이 나와 이레를 내려다보고 있었다. 굳었던 혀뿌리가 쩡하고 깨져 마침내 말문이 터졌다.

"아…… 아줌마, 도와주세요! 아줌마!"

서경은 지그시 이레를 바라보더니 이내 모습을 감췄다.

착각인가. 서경이 웃고 있는 것 같았다.

2부

이레는 거울 앞에 서서 유심히 왼쪽 목 부근을 살펴봤다.

아주 자세히 들여다봐야만 주사 바늘이 들어갔던 곳이 보였다.

붉은 점으로만 남은 자국도 하루가 지나면 깨끗이 사라질 테지. 서늘한 액체가 핏줄을 통해 흐르는 걸 느끼는 순간, 정신은 아득해 졌다.

두꺼운 암막 커튼을 열자 창밖의 풍경이 다른 때와 다르지 않다 는 것에 한시름 놓았다. 나무판자로 쾅쾅 못이라도 박아놓을 줄 알 았다.

전신거울 옆에 붙어 있던 동그란 벽시계는 사라져 있었다. 창밖 은 깜깜했다. 몇 시간이나 흘렀는지 이제 이레에게 남은 시간이 6일 인지 아니면 5일인지 알 방법이 없었다. 이레는 그밖에 사라진 것이 무엇인지 방 안을 꼼꼼히 살폈지만 딱히 특별한 건 찾을 수 없었다.

다만, 기분 나쁜 상상이 꼬리를 물고 펼쳐졌다. 내일이면 정말로 두 손을 묶고 감금할지도 몰라. 서경을 믿을 수가 없었다. 아니 처음부터 너무 쉽게 믿은 자신이 어리석었다.

이레는 문밖의 동정을 살피기 위해 문가로 갔다. 슬그머니 문고리를 돌렸다. 철컥 소리가 나면서 돌아가지 않았다. 이로써 이 방에서 달라진 두 번째 변화를 알아챘다.

문고리가 밖에서 잠글 수 있게 뒤바뀌어 있었다. 그걸 깨닫자 심장이 죄어들면서 방 안의 가구들이 이레를 향해 달려들었다.

아, 안 돼!

'숨을 세 번 크게 들이마셨다가 내뱉어. 할 수 있어, 네가 할 수 있는 가장 쉬운 일이야. 가슴을 최대한 열어, 이레야.'

라우렌시아 수녀님의 침착한 목소리가 불안에 갇힌 이레를 타일렀다.

'눈을 떠.'

다시 한 번 목소리가 수면 위로 떠올랐다. 이레는 겨우 심호흡을 가다듬고 문을 등졌다. 그러자 침대와 테이블, 간이 냉장고, 장식장이 바로 코앞으로 다가와 덮칠 것만 같았다. 방 안의 공기가 희박해지는 것을 느꼈다.

수녀님!

이레는 검은 베일을 쓴 인자한 미소를 지닌 라우렌시아 수녀를 떠올리며 의지하려 애썼다.

"이레야, 누구도 너를 굴복시킬 수 없다. 설사 그게 하느님이라도."

괜찮아진 줄 알았는데. 이레는 갇혔다는 것을 알자 제대로 숨을 쉴 수가 없었다. 눈물이 비어져 나왔다. 감금은 이레가 가장 싫어하는 것이었다.

살려주세요, 제발.

어린 시절 겪은 공포스러운 기억은 중요한 순간 이레를 괴롭혔다. 엄마의 얼굴은 기억나지 않는다. 기억을 하려고 애쓰는 것조차 이레에게는 꽤나 힘든 일이었다. 수시로 옷장 안에 가두었고 자주 맞았다. 좋은 사람이 아니었다.

어둠에도 냄새가 있었다. 숨이 꽉 막혀 텁텁한 나프탈렌 냄새.

엄마는 갑작스럽게 짐 가방을 들고 사라졌다. 나도 데려가 달라는 이레의 말에, 엄마가 말했다.

"넌 내 새끼 아니야."

엄마가 사라진 후 며칠 뒤 집을 나갔던 아빠가 돌아왔다. 이레는 엄마의 말이 무슨 뜻인지 제대로 물어볼 수가 없었다. 아빠는 좋은 사람이어서 더더욱 이레는 조심스러웠다.

이레는 더 이상 옷장 안에 갇히지 않았다. 대신 혼자서 작은 안방을 지켰다. 어린 딸을 걱정한 아빠는 아예 방문을 밖에서 잠그고 일을 나갔다.

그 긴 시간의 하루를 이레는 혼자서 잘 놀았다. 동화책을 보다가 먹으라고 놔둔 식빵으로 기차를 만들고, 마을을 만들었다. 그러고도 심심하면 옷장 옆에 걸린 아빠의 외투에 코를 박고 안심했다.

큼큼한 그 냄새. 이레는 중학교를 졸업할 무렵, 그 냄새가 아이들이 소위 말하는 '담배 쩐내'라는 것을 알았다. 선잠에 깬 눈을 뜨면, 아빠가 나타나 대견하다는 듯 이레를 내려다보고 있었다.

사단은 몇 개월째 밀린 전기세를 내지 않아 전기가 끊어진 날이었다. 딸깍딸깍, 아무리 스위치를 눌러도 불은 켜지지 않았다. 행거에 걸린 옷들과 텔레비전에 언뜻 비치는 검은 그림자는 기괴한 형상을 띠고 이레의 상상력을 부채질했다. 그때 이레는 처음으로 원초적인 공포가 뭔지 어렴풋이 알았다.

귀신들이 방 안에서 파티라도 하는 듯 떠다니는 것 같았다.

방문을 긁다가 자지러지게 울던 이레가 눈을 떴을 때는 아빠의 얼굴 대신, 뭉게구름 스티커가 사방에 붙은 어린이 병동이었다. 여섯 살 이레는 더 이상 아빠와 살 수 없었고, 알음알음 친척들을 거쳐 결국엔 수녀원으로 옮겨졌다.

그때부터 이레는 '잠긴 문'을 무서워했다.

수녀원에서 이레에게 준 십자가 묵주도 밤이 되면 힘을 잃었다. 이레를 귀신들로부터 지켜주지 못했고, 이레는 수시로 헛것을 보고 공황 상태에 빠졌다. 마귀할멈 같은 큼직한 매부리코를 가진 라우렌시아 수녀는 공포에 굴복당하는 대신 무시하는 법을 가르쳤다.

결코 쉽지 않은 시간이었다.

그녀는 누구보다 상상력이 풍부한 아이였으니까. 이레는 펄떡펄떡 뛰는 가슴 위에 손을 얹었다.

숨 한 번.

숨 두 번.

숨 세 번.

그러나 결국 이레는 무너졌다. 비식비식 허한 울음이 흘러 나왔다. 온갖 기분 나쁜 상상이 이레를 늪으로 끌고 갔다. 두 팔과 다리가 침대에 묶여 이름 모를 주사를 맞아 살아있는 시체가 됐고, 이레의 시체는 댕강댕강 잘려 연못에 던져질지도 몰랐다.

호흡이 불안정해지고, 천장이 아득해졌다.

그 순간, 놀라운 일이 벌어졌다. 아이가 발길질을 한 것이다.

글쎄, 발길질이 아니었을 수도 있다. 그냥 작은 팔을 움직였을 수도 있었다. 움직임은 크지 않았지만 임신을 한 후 처음으로 느낀 태동이었다.

이레는 배 위에 손을 얹고 가만히 움직임을 느꼈다.

혼자가 아니야. 이레를 공격하던 공포는 순식간에 허물어졌다. 그 자리엔 아이를 향한 미안함과 이루 말할 수 없는 뜨거운 감정이 솟구쳤다. 이레는 아이를 향해 혼잣말을 했다.

'엄마 괜찮아.'

흘러내린 눈물을 훔쳤다. 의자에 앉아 천천히 호흡을 가다듬었다. 날이 밝으면 문이 열릴 거야. 아가야, 그리고 우리는 떠날 수 있을 거야.

해는 갑자기 들이닥쳐 더러운 오물을 뒤집어쓴 것 같았던 샨티의 정원을 말끔히 씻어냈다.

잠에서 깬 새들이 목청을 뽐내며 울어댔다. 보이지 않던 사람들이 창밖으로 돌아다니는 게 보였다. 이레는 세수를 하고 문을 열어줄 누군가를 기다렸다.

'최대한 흥분하지 말자, 아무 일도 없던 것처럼 침착하게. 그래야 도망칠 수 있어.'

이레는 전날에 싸놓은 백팩을 발치에 둔 채 반듯하게 앉아 있었다.

시간이 아주 오래 흘렀다. 벌을…… 주는 건가.

이레는 벌떡 일어나 백팩 앞주머니에서 호루라기를 꺼냈다. 창문을 열고 호루라기를 불었다. 어슬렁거리던 가드들과 맞은편 사무관

몇몇 창문에서 반응이 왔다. 그들은 하나같이 그 정도로는 어림도 없다는 듯 무표정했다.

산소 부족으로 어지럼증을 느낄 때까지 계속 호루라기를 불었다.

이러다가 수업 시간에 배운 설화처럼 호루라기를 부는 돌이 되지나 않을까 하는 생각마저 들었다.

3호실은 일 층이었으므로 아래로 잘만 뛰어내리면 그런대로 다치지 않고 도망칠 수도 있는 높이였다.

이레는 부질없는 짓을 그만두고, 창문 아래 화단의 높이를 눈으로 계산했다. 그러다가 햇빛을 받아 유리 조각같이 뾰족하게 빛나는 것을 발견했다.

사철 관목에 둘러싸여 있어서 눈에 잘 띄지 않았을 뿐, 하늘을 향해 날선 쇠 조각들이 일정한 간격으로 박혀 있었다.

도둑이라도 들까 봐 담 위에 유리조각을 놔둔 것과 비슷했다.

하……

모르고 뛰어내렸다간 날카로운 것에 찔려 제 발은 가시밭길을 걷는 예수처럼 피투성이가 될 게 뻔했다.

탈출에 너무 열중한 나머지 방문이 열리고 손님이 온 것도 몰랐다.

우연히 뒤를 돌아봤을 때, 할머니는 꼿꼿한 자세로 앉아 한 올도 흘러내리지 않은 머리칼을 귀 뒤로 넘겼다.

두 손을 반듯하게 테이블 위에 올려둔 채 수수께끼 같은 얼굴로 이레를 쳐다보았다.

이레는 할머니가 너무도 반가워 목을 꼭 껴안으며 매달렸다. 이레도 할머니가 폐암으로 고통스럽게 돌아가신 것을 잘 알고 있었다. 임종의 순간에 한시도 떨어지지 않고 할머니 곁을 지켰었다. 너무 호루라기를 분 탓일까. 한낮의 신기루라고 해도 행복했다. 할머니가 한 번쯤은 자신을 찾아와주었으면 했으니까.

"여긴 어떻게 알고 왔어, 할무니?"

이레가 응석을 부리며 물었다.

"나는 지금 좋은 곳에 있단다."

할머니가 무릎에 반듯하게 올려둔 손을 들어 이레의 머리를 쓰다듬었다.

"알아요, 할머니는 착한 사람이잖아."

"그럼, 할머니가 있는 이곳은 어떤 곳이지?"

할머니가 부드럽게 이레의 볼을 매만졌다. 손바닥이 거칠어서 말린 나무껍질 표면 같았다.

"이곳? ……좋은 곳."

이레는 홀린 듯 마지못해 대답했다. 말하는 즉시 억울함이 끼어들었다.

"할머니가 모르는 게 있어. 나는 지금 감시당하고 있어. 감금된 것 같다고."

"애야, 아무도 너에게 관심이 없단다. 넌 버려진 아이니까."

이레는 그 말을 하는 할머니를 전혀 이해할 수 없었다. 화들짝 놀라 할머니의 무릎에 기댔던 몸을 떨어트렸다.

할머니는 자리에서 일어나 할 일을 다 마쳤다는 듯 눈길도 주지 않고 방을 나갔다. 딸깍, 문은 다시 잠겼다. 이레는 자신의 뺨을 세게 꼬집었다. 너무 아팠다.

그런데 마음은 몇 배로 아파왔다. 반년 만에 만난 할머니의 영혼이 그렇게 말할 리가 없었다.

"언제부터 그러고 있었어?"

문을 열고 들어온 메이드가 구석에 엎드려 두 팔 사이에 얼굴을 파묻은 이레를 보고 놀란 듯 물었다. 이레는 겨우 고개를 들어 고통스러운 얼굴로 부탁했다.

"저 나가도 돼요? 아니, 보내주세요."

메이드가 양 어깨 사이에 팔을 넣어 이레를 부축했다.

한동안 그러고 있었는지 이레는 다리가 저려 비틀거렸다. 메이드가 호주머니에서 손수건을 꺼내 이레의 이마에 맺힌 식은땀을 닦아주었다.

"그런 건 묻지 않고 나가도 돼."

이레는 메이드의 얼굴을 살폈다. 진심인지 놀리는 건지 구분이 되지 않았다. 그녀의 수심 깊은 눈이 진정으로 이레를 걱정하고 있다고 여겨졌다. 하지만 착각이었다.

"정원이 생각보다 크니까 아줌마랑 함께 가도 괜찮겠어?"

선택의 여지라고는 없었다.

메이드가 먼저 나가 이레를 기다렸다. 화단 쪽에서 한바탕 웃음이 터져 나왔고, 이레는 복도 밖에서 캐치볼을 하는 재익과 또 다른 요양객을 볼 수 있었다.

그들의 웃음에는 아무런 무게가 없어서 이레는 끼워만 준다면 함께 놀고 싶다는 생각마저 들었다.

재익의 옆에서 양복을 입은 남자가 떨어진 야구공을 주워 건넸고, 그때마다 재익은 고맙다는 인사를 빼놓지 않았다.

남자의 무심한 얼굴이 한순간 이레를 보자 흔들렸다. 분노가 담긴 눈이었다. 그렇지만 그 역시 아주 순식간이어서 시익의 눈을 본 사람은 이레뿐이었다.

재익은 메이드와 함께 나오는 이레를 보고는 짧게 손을 흔들었다.

"아프다면서?"

재익이 살갑게 물었다.

도와달라고 불었던 호루라기 소리를 듣지 못했다고? 빤빤하게 웃는 낯이 이중인격자가 틀림없었다. 이레는 저도 모르게 톡 쏘아붙였다.

"여기에 안 아픈 사람 있어요?"

"하하, 그러네."

재익의 멋쩍은 웃음을 보자 곧 미안한 생각이 들었다. 두 사람 사이에 어색한 공기가 감돌았다. 반대편에 선 요양객이 빨리 공을 던지라고 재촉했다. 재익은 공을 든 팔을 힘껏 휘둘렀다. 상대가 예상 못한 강속구에 상체를 휘청거리다 옆으로 고꾸라졌다.

사무관 뒤쪽으로 난 둘레길 주변은 휘황한 치유의 정원과 달리 버려진 농가의 땅뙤기를 엎어놓은 듯 버려진 밭들의 무더기였다. 황무지나 다름없는 풍경이었다.

두 사람의 발밑에 으스러지는 낙엽 말고는 어떤 소리도 들리지 않았다. 숲은 이상하리만치 어둡고 스산했다.

한참을 걷던 이레는 뒤따르는 메이드의 발걸음이 들리지 않는 것 같아 돌아보았다.

순간, 메이드의 얼굴에 검은빛이 드리웠다. 그러나 그늘 속에 있던 메이드가 발을 떼자, 검은빛의 흔적은 사라졌다.

수풀 사이에서 샨티의 건물들이 슬쩍 모습을 드러냈다 사라졌다. 그냥 모르는 사람이 봤다면, 머물고 싶어 할 고즈넉한 풍경이었다.

"얘야, 샨티는 원래 너 같은 것은 받지 않는단다."

불쑥 메이드가 말을 꺼내며 이레의 손을 잡았다.

"행운이라고 여겨야지. 어쩌다 네가 선택을 받았는지 나도 잘 모르겠다. 샨티는 아주 오래전부터, 그래, 네가 태어나기 훨씬 전부터 선택받은 이들에게 축복인 곳이야. 샨티를 미워하지 말거라. 그러면 그럴수록 샨티 역시 너를 괴롭게 할 거다."

꽉 잡은 메이드의 손은 나무 등껍질같이 메마르고 딱딱했다. 신기루처럼 나타난 할머니가 제 볼을 쓰다듬었을 때와 똑같은 감촉이었다. 이레는 본능적인 두려움을 느끼고 손을 빼려고 했다.

메이드가 이레의 손을 더 세게 움켜쥐며, 다른 손으로 두꺼운 스웨터를 걸쳐 입은 이레의 옷 안으로 손을 집어넣었다.

"왜 이러세요."

이레가 반항했다. 무자비한 손길이 조금도 불룩해지지 않은 아랫배 위에 자리를 잡았다. 끈끈한 갈퀴처럼 딱 달라붙었다. 메이드는 말라터진 입술에 침을 묻히듯 혀로 한 번 훑은 후 죽은 지 오래된 조개껍데기 같은 눈으로 이레를 바라봤다.

메이드가 입을 벌리더니 세상에서 처음 들어보는 알 수 없는 나라의 말로 노래를 부르기 시작했다. 히브리어나 혹은 죽은 나라의 말이라고 해도 좋았다. 어쨌든 구슬픈 음정은 주술적 힘이 있는 것처럼 느껴졌다. 이레는 배 위에 느껴지는 메이드의 손길에서 원인 모를 비애와 참담함을 느꼈다.

그만! 온몸의 힘이 축 빠져 늘어지기 전, 이레는 있는 힘껏 메이드를 밀쳤다.

이 마녀 같은 여자가 지금 속임수를 쓰고 있어. 메이드는 이레보다 오 센티미터쯤 작았고, 흐물거리는 살집을 가진 늙은 여자였다. 메이드는 바위처럼 꿈적하지 않았다.

"이러지 말아요, 제발."

이레의 입에서 애원이 터졌다. 이레는 배 위에 올라간 메이드의 손이 폐선 아래 붙은 따개비마냥 얼마 안 가 자신마저 삼키고 죽여버릴 거라는 예감에 휩싸였다.

메이드의 노래는 끝났다. 죽은 조개껍데기 같던 메이드의 눈길은 다시 평소의 인정 많은 눈길로 변해 있었다.

"일주일 후 나는 어떻게 돼요?"

마침내 참을 수 없는 심정으로 이레가 물었다.

메이드가 이레의 검은 머리칼을 장난스럽게 흐트러뜨렸다.

"어떻게 되긴. 오늘과 똑같을 거야."

메이드가 그렇게 대답한 후 앞서 걸었다. 다시 한 번 그녀의 모습 위로 검은 장막이 쳐졌다.

이레는 메이드의 머리 위로 커다란 자고새 한 마리가 지나가는 것을 볼 수 있었다. 남의 알을 훔쳐 품는 부정한 새.

별안간 이레의 몸을 관통하는 극심한 통증이 몰려왔다. 마치 거대한 쇠망치가 배를 뭉개는 듯, 부서지는 고통이었다. 짧은 몇 초의 시간이 흐르고, 고통은 여운을 남긴 채 사라졌다. 이레는 자신의 차디찬 손으로 배를 더듬었다. 아이가 느껴지지 않았다.

내 아이가 있다는 느낌. 하나로 이어졌다는 온기가 사라졌다. 이레는 저주하듯 한 음절 한 음절 분노를 담아 메이드에게 물었다.

"내…… 아이…… 어떻게 했어요?"

***

처음에는 지저분한 치정과 맞물린 살인 사건이었다.

문상구는 지역구에서 재선에 성공하고, 이제 대선을 노리는 야심 많은 국회의원이었다. 몇 번 사석에서 만난 그는 야욕은 많았으나 기본적으로 그릇이 작고 눈치가 느렸다. 주식이 보기에 재선도 처덕이었다.

문상구 아내의 집안은 한때 악명 높았던 대통령을 배출한 집안이었다. 연줄은 철강으로 만들어진 것처럼 튼튼해서 결코 배신하는 법이 없었다.

문상구의 아내는 문상구를 스치는 여자들에 대해서 왈가왈부하는 타입이 아니었다. 밤마다 전화를 해대고, 집에 침입해 자살 협박을 하지 않는다면 말이다. 문상구가 만난 스토커 조혜주는 수시로 자살 협박을 하며 두 사람에게 이혼할 것을 종용했다.

도저히 여자를 통제할 수 없었던 문상구와 아내는 여자를 샨티에 강제 입원시켰다. 조혜주가 갑작스럽게 죽기 전까지 문상구는 단 한 번도 여자를 보러 가지 않았다. 솔직히 그는 여자의 존재를 완전히 잊고 있었다. 근 반 년 만에 다시 마주한 혜주의 얼굴을 보자 문상구는 돌고래같이 부드러웠던 여자의 살결과 수줍게 웃던 미소가 그리워졌다.

문상구는 예정되어 있던 선약을 일찍 파하고 주식의 사무실로 갔다. 사교 모임 식사 자리에서 몇 번 안면을 텄을 뿐, 심주식이 어떤 위인인지 문상구는 잘 몰랐다.

법원과 공원 사이에 낀 평범한 상가 건물 위층이 심주식의 사무실이었다.

자료들이 사방에 산더미처럼 깔려 있었고, 벽에는 모조리 심주식의 사진들이었다. 대통령 표창을 받은 사진, 판사 취임식 같은 일련의 사진들에서 충분한 과시욕을 느낄 수 있었다.

주식은 늦은 시간 불쑥 찾아온 문상구에게 그리 친절하지 않았다. 안 그래도 할 일이 산더미였고, 조혜준지 뭔지 술집 내연녀 따위를 왜 알아야 하는지 귀찮았다.

그런 건 강력반 형사들이 할 일이었다.

조혜주가 자살이 아닌 것 같다, 와이프가 샨티의 대표이니 한 번 알아봐달라는 게 찾아온 요지였다. 당연히 주식은 제일 먼저 서경에게 조혜주에 대해 물었다. 서경은 조혜주가 자살이 확실하며, 시체는 당일 빠르게 처리됐다고 말했다.

"내가 제일 의심 가는 사람이 누군 줄 아나? 바로 당신 아내야. 몇 달 전까지만 해도 요양원 등급 심사 봐달라고 만나자던 사람이 나를 피하더군. 사람이 아주 거만해졌어. 아니면 켕기는 구석이 있던지. 솔직히 그 집안 내력 유명하잖나."

"제 아내 그런 사람 아닙니다."

이혼 조정에 들어간 지 꽤 오래된 상태인데도 부러 주식은 서경의 역성을 들었다. 문상구가 한 발 물러서며 말실수를 했다고 사과했다.

가볍게 대화의 선점을 차지한 주식은 문상구를 타일러 보냈다. 조혜주가 타살인지 은밀히 알아보겠다는 말도 잊지 않았다.

주식은 원래부터 서경을 거의 믿지 않았으므로 직접 샨티로 향했다.

오래전부터 샨티는 처가 사업이었고, 밑 빠진 독이었다. 서경의 아버지 이제사는 백억 규모의 연구비를 국가로부터 손쉽게 지원받을 수 있었다. 그의 이름이 곧 보증이었으니까. 그는 그 많은 돈을 샨티에 쏟아부어 말짱 휴지 조각으로 만들어버렸다.

샨티는 장인이 노환으로 죽은 후 서경이 본격적으로 나서면서 조금씩 운이 트였다.

그러나 그뿐. 돈 많은 이들에게 특급 서비스를 한다 해도 인천 후미진 곳에 위치한 요양원이 잘 돼봐야 얼마나 잘될까 싶던 주식이었다. 집안의 돈이나 가져가지 않으면 다행이랄까.

"여보, 그냥 덮어요."

사체를 왜 경찰에 신고도 하지 않았냐, 당신도 이 일과 관련이 있는 거냐고 추궁하던 주식의 말에 서경이 말했다.

그때 서경은 장인이 앉아 주식을 한심하게 내려다보던 의자, 빌어먹을 떡갈나무로 만든 학이 조각된 의자에 앉아 그렇게 명령했다.

언제부터 저 여자에게 저런 시건방진 버릇이 생겼지? 덮자니? 그런 말은 어리숙했던 검사 시절 이후 처음 들어보는 말이었다.

또한 청개구리 기질이 다분한 주식을 부채질하는 말이기도 했다. 덮고 말 것도 없던 관심 밖의 사건을 뒤지기 시작했다. 서경이 뒤가 구린 짓을 했다면, 원활한 재산 분할은 물론이거니와 운이 좋다면 샨티를 가질 수도 있었다.

"뜯어볼수록 미궁이네."

며칠째 주식은 집에 들어가지 않고, 사무실에서 바이오재단으로 등록된 샨티의 자금 추적에 들어갔다.

무엇보다 놀란 건 샨티에 해마다 들어오는 막대한 기부금이었다. 기부자들이 모두 차명계좌를 사용했기에 찾는데 애를 먹긴 했지만 결국 주식은 기부금의 출처가 모두 해경, 에이치브이알, 대영그룹, 화이트산업 같은 한국에서 내로라하는 재벌들에서 나왔다는 사실을 알아냈다.

그 사실을 알고 나서야 티브이에 나와 프로이트에 근거해 헛소리를 떠들던 유약했던 여자가 어떻게 덮으라는 명령을 내뱉는 샨티의 여왕이 됐는지 이해했다.

돈줄을 단단히 틀어쥐고 있었구나. 그리고 실체 없는 사업에 자신은 쏙 빼놨다는 배신감에 치를 떨었다. 염병할, 우리는 가족이 아닌가?

주식은 자신의 스포츠카를 몰고 집으로 갔다. 성북동에 위치한 150평 저택 앞에 마침 서경의 감청색 랜드로버가 빠져나가려는 참이었다. 주식은 곧바로 차에 내려 서경의 차 앞에 섰다. 차창을 내린 서경의 낯빛은 그리 좋지 못했다.

"어디 가?"

"샨티에 볼일이 있어서 잠깐 갔다 오려고. 바쁜 일은 끝난 거야?"

서경이 핸들을 초조하게 손가락으로 두드리며 물었다.

"내가 데려다줄까?"

주식의 물음에 서경이 경계하듯 힐끗 남편을 올려다봤다.

"당신 피곤할 텐데 괜찮아."

"기다려. 데려다줄게. 오랜만에 당신이랑 할 얘기도 있고. 금방 차 주차하고 올게."

주식은 마침내 기회를 잡아 신이 난 듯 발걸음을 가볍게 튕겼다.

샨티는 비밀이 많았다. 직접 서경의 집무실에 들어가 뭐라도 들춰 내야 발언권을 얻고, 그 다음엔 주인이 될 수 있을 것 같았다.

주식의 차가 주차장으로 천천히 들어섰다. 뒤로 쌩, 바퀴 구르는 소리와 함께 랜드로버가 사라졌다. 차가 빠져 나간 텅 빈 공터를 백 미러로 보던 주식은 어안이 벙벙했다.

감히 저게 내 말을 무시해? 주식은 주차하다 말고, 기어를 바꿔 후 진했다. 사거리에서 서경의 랜드로버가 신호를 기다리는 게 보였다.

랜드로버는 추월과 과속을 반복하며 무서운 속력으로 질주했다.

서경을 따라가다 아찔한 순간을 모면한 주식은 100킬로미터로 주행속도를 낮췄다.

가만 생각해보니 그렇게 열 내며 따라갈 것도 없었다. 은밀하게 뒤쫓아 그녀가 무슨 짓을 꾸미는지 지켜보는 게 훨씬 이득일 거라 는 생각이 들었다.

구불구불한 비포장도로를 지나 어느덧 사람 하나 보이지 않는 시 골길로 접어들었다.

샨티를 밤에 오는 게 처음이었던 주식은 왠지 으스스한 기분이 들었다.

점점이 밝힌 가로등의 수가 현저히 줄어들었고, 헤드라이트 앞으 로 뭐가 튀어나와도 하나도 이상하지 않을 것 같았다.

평소 주식은 음악보다는 차분한 목소리로 사연을 읽어주는 라디 오를 선호했다.

라디오 버튼을 눌렀다. 지지직거리는 잡음이 섞이면서 소리는 하나도 들리지 않았다. 주파수를 맞추느라 이리저리 돌리는데, 끄악, 스쳐 지나가는 진행자의 비명 같은 외마디 소리가 라디오에 들려오자, 급하게 꺼버렸다. 염병할 놈의 시골. 겨우 주파수 하나 수신을 못 하다니.

검은 산등성이 아래, 붉은 달이 얼굴을 드러냈다.

불시착한 행성이 구조 신호를 보내듯 주홍빛으로 물든 샨티의 명상원이 언뜻 보였다.

미친 사람들이 나 미쳤소, 하고 외치는 곳. 장인이 명상원 아래 흙더미에 묻힌 후 그 노인네를 기리는 뜻에서 샨티는 한 번도 명상원의 불을 끄지 않았다. 그래도 그 유별난 미국식 장례를 치르는 동안 주식은 장인의 놀라운 인맥 덕을 많이 보기는 했다.

백 년에 한 번 나올까 말까 한 의사라는 등 장인에게 따라붙는 온갖 찬사에도 시큰둥했던 주식은 막상 대면한 거물급 인사들의 면면에 입을 다물지 못했다.

쉽게 말해 노는 물이 달랐다. 주식은 그 물에 발을 담그긴 했지만 누구도 휘어잡지 못했다. 철저히 무시를 당했다. 모두들 한결같이 이서경을 찾았다.

주식은 주차장 대신 정문 근처를 돌아 높은 담이 있는 옛 병원 앞에 차를 댔다.

차에서 내리자 도시에서는 결코 맡을 수 없는, 만물이 썩는 냄새와 물비린내가 풍겨왔고 그 모든 것을 일시에 덮어버리는 냉기에 몸을 후들후들 떨었다.

주식은 핸드폰 플래시로 앞을 분간할 수 있을 정도의 밝기로만 조정한 후 길을 잡았다.

바닥에 마구 자라난 잡초들이 무성했다. 풀벌레 소리에 귀청이 따가웠으나 그런대로 괜찮은 시골 분위기를 풍겼다.

서경에게서 전화가 왔다. 거절 버튼을 누르자, 어디냐고 묻는 문자 메시지가 왔다.

어디로 갔긴, 네 옆이지. 주식이 비틀린 미소를 지으며 낄낄 소리 내어 웃었다.

웃음 뒤에 오는 무서운 정적에 주식은 자기도 모르게 주변을 살폈다.

눈은 금방 어둠에 익숙해져 수풀과 샨티를 에워싼 벽담과 4층짜리 건물에서 나오는 형광등, 앙상한 나무들이 눈에 들어왔다.

주식은 핸드폰 플래시를 끄고, 몰래 침입한 스파이처럼 벽에 바짝 붙었다.

서경의 랜드로버가 주차장에 비뚤하게 세워져 있었다. 강박증이 있는 서경에게 저런 주차는 허용되지 않았다. 급한 일이 있나 보군.

비싼 몸값을 자랑하는 인간들이 머무는 본관은 깜깜한 어둠 속에 들어가 있었다.

혹시 정전이 난 게 아닌가 하는 착각이 들었다. 주식은 사무관이 가장 잘 보이는 맞은편, 본관 뒤로 몸을 숨겼다. 집무실에서 서경이 누군가에게 신경질적으로 쏴대는 게 보였다.

시선을 의식한 비서가 재빨리 블라인드를 모두 내렸다. 그 와중에 서경이 비서를 잡아 돌려 따귀를 후려치는 게 얼핏 보였다.

성깔 하고는. 주식은 궁금함에 몸이 달아 잠깐 안면몰수하고 사무관으로 쳐들어갈까 고민했다. 그렇게 초조하게 주변을 관망하던 주식은 눈앞에 얼굴 하나가 다가온단 사실도 몰랐다.

주식은 움직이는 형체가 산발머리에 흰 옷을 입고 있었기에 샨티의 미친 요양객쯤으로 여겼다. 저 여자가 탈출해서 저토록 소란인가, 싶어 여자를 잡아둘까 했다.

그런데 여자는 알아서 주식 쪽으로 다가왔다.

주식은 자신의 정체를 들킬까 봐 여자를 향해 손을 휘휘 저었다.

저리 꺼져. 그래도 여자는 주식을 향해 걸어왔다. 점점 거리가 가까워지고 그는 여자의 얼굴을 자세히 볼 수 있었다.

적어도 이목구비는 멀쩡했다. 굳이 분류하자면 예쁜 얼굴에 가까웠다. 그러나 곧 여자가 정상이 아니라는 것을 알았다. 주식은 여태껏 사건사고로 희생된 많은 피해자 사진을 봐왔고, 웬만한 일에는 놀라지 않았다.

하지만 지금 다가오는 여자의 눈은 난생 처음 보는 광경이었다. 여자의 눈알은 흰자가 거의 없었으며 크나큰 동공만이 깊은 동굴마냥 칠해져 있었다. 차라리 여자가 죽어 있었다면 그리 놀라지 않았을 것이다.

여자의 손은 몹시 더러웠고, 부질없이 떨면서 주식을 향해 손을 내뻗었다.

신트림을 삼키며 주식은 멍청히 선 채 이 여자의 존재에 대해 깊은 고민에 빠졌다.

"아저씨, 핸드폰이요!"

그때, 앳되지만 강단 있는 목소리가 말했다.

다가온 소녀는 주식의 손에 들려 불빛이 반짝거리는 핸드폰의 전원을 껐다. 그러자 그 이상한 것은 더 이상 다가오지 않았다.

돌아서서 환한 사무관을 향해 주춤주춤 서 있었다. 여자의 손가락이 화상을 입어 녹아내린 것처럼 심하게 곱아 있었다.

"빛에 반응하는 것 같아요."

"조…… 좀비인가……?"

주식이 얼빠진 얼굴로 물었다. 주식은 가끔 즐겨보던 좀비 영화를 떠올렸다. 영화 속 좀비들은 훨씬 더 기괴했고, 사람을 뜯어먹었는데…….

"몰라요. 아픈 게 아닐까요?"

소녀는 측은하다는 듯 그 여자를 바라봤다. 소녀의 근심 어린 얼굴은 진심처럼 보였다.

요양객의 옷을 입고 있었고, 좀 슬퍼 보이기도 했다. 그리고 맨발은 피로 얼룩져 있었다. 도망치는 거냐고 물을까 하다 주식은 소녀를 이용할 수도 있을 것 같다고 생각했다.

"발을 다쳤구나. 치료가 필요할 것 같은데."

"여기 사람 아니죠?"

이레의 말투에 한 줄기 희망이 서려 있었다.

"그래."

"도와줄 수 있어요?"

"아니."

주식은 거부했다. 그러고는 음흉한 미소를 지으며 덧붙였다.

"네가 나를 먼저 도와주면 도와줄게."

주식은 이레가 거부하기 전에 항상 재킷 윗주머니에 꼽고 다니는 만년필을 꺼내 이레의 손바닥에다 자신의 핸드폰 번호를 적었다.

"나는 기자다. 샨티에서 일어나는 일을 조사 중이야. 뭐라도 좋아. 그냥 이상한 게 있으면 연락 줄래?"

이레는 주식이 쓴 번호를 흘끗 본 후 몇 번 입속말로 암송했다.

침을 뱉어 허벅지 부근에 쓱쓱 문질러 닦았다. 그때 파바박, 명상원에서 쏜 서치라이트가 켜졌다. 순식간에 샨티 일대는 대낮처럼 환해졌다.

이레와 주식은 재빨리 화단 뒤로 몸을 감췄다.

그러나 피 묻은 이레의 흔적은 풀과 돌 위에 고스란히 남아 꼬리를 드러냈다.

주식은 그대로 납작 엎드려 낮게 숨을 쉬었다. 헛웃음이 실실 나왔다. 샨티에 대한 강렬한 호기심이 고개를 들어 그는 벌써부터 발정난 짐승처럼 흥분해 있었다.

***

이레는 사람이 얼마나 고통에 취약해질 수 있는지 깨닫는 중이었다. 양쪽 발바닥 상처 부위를 살피다가 그만 고개를 돌렸다. 그녀 인생에서 가장 위험한 시도였다.

흐흡. 이레는 코를 쥐고 숨을 들이켰다.

분리수거함에 숨어 자신의 몸에서 나는 역한 냄새를 겨우 참아냈다.

3호실 활짝 열린 문에서 메이드의 얼굴이 잠깐 비췄다가 사라졌다.

이레는 코를 훌쩍이며 기회를 살폈다.

산 속의 밤은 도시보다 훨씬 빨리 찾아왔다. 산책 후 이레는 줄곧 방에 갇혀 있었다. 저녁이 되어서 메이드는 스테인리스 식판에 담긴 식사를 테이블에 두고 갔다.

딸깍. 다시 문이 잠겼다.

이레는 침대 위 머리맡에 붙은 캔버스 유화 그림을 올려다봤다. 테이블 위에 빨간 사과가 무더기로 쌓여 있는 흔해빠진 정물화였다. 저녁으로 나온 맑은 닭죽을 꾸역꾸역 먹어가며, 이레는 그림을 관찰했다. 붉은 벽과 맞춤을 한 빨간 사과 그림이 어딘가 자연스럽지 못했다. 잠깐 붓을 들고 졸던 화가가 실수를 한 듯 사과 위에는 어울리지 않는 빨간 얼룩이 져 있었다.

이레는 밥을 먹다 말고, 침대 위로 올라가 그림을 떼어냈다.

캔버스는 이레의 양팔을 쭉 편 만큼의 넓이였다. 그림을 살피던 이레는 무심코 코를 갖다 댔다.

심한 피비린내. 이거였구나.

동그란 사과 옆으로 검붉게 흩뿌려진 피의 얼룩. 침대에 들기 전 역한 냄새와 함께 몰려오는 기분 나빴던 정체를 알게 되었다. 이레는 전혀 놀라지 않았다. 이미 그러리라 짐작한 것을 확인했을 뿐이었다.

창문을 활짝 열고, 바깥을 내다봤다. 화단 밑으로 숨겨진, 검지만 한 쇠 송곳이 외등에 반사되어 시퍼렇게 빛났다.

캔버스를 쥔 손에 힘이 들어갔다.

저녁식사 시간이 끝난 가드들은 본관 뒤뜰에서 담배를 피우고 있었고, 맞은편 사무관의 문지기는 늘어지게 하품을 하며 졸음을 참지 못해 머리를 떨어트리고 있었다.

그렇다면 메이드는? 거기까지 생각하자, 이레는 마음이 조급해졌다.

이대로 있으면 안 돼. 들고 있던 캔버스를 창밖으로 떨어트렸다. 화단에 툭 떨어진 캔버스는 거의 소리가 나지 않았다. 아무도 눈치채지 못한 것 같았다. 더 망설일 수가 없다.

이레는 그 위로 몸을 던졌다.

헉, 캔버스는 이레의 생각만큼 쇠 송곳과의 사이를 안전하게 메꿔주지 못했다. 오히려 둔탁한 소리를 내며 졸고 있던 사무관 수위와 가드들의 귀를 쫑긋하게 만들었다.

그 탓에 이레는 고통을 제대로 느낄 틈도 없이 달려드는 발걸음 소리에 재빨리 분리수거 통으로 몸을 던졌다.

가드들은 3호실 화단 앞에 떨어진 캔버스를 보고, 곧바로 무전을 치고는 본관으로 뛰어 들어갔다. 소리가 멀어지자 이레는 비로소 쓰라린 통증을 느꼈다. 떨어지면서 중심을 잡느라 지탱한 팔과 다리에 구멍이 숭숭 뚫려 피가 났다.

겨우 헛구역질을 참고 쉰내 나는 쓰레기들 사이에서 고개를 들고 동태를 살폈다.

정문까지는 500미터 정도의 거리였지만, 쉽지 않은 일이었다. 벌어진 상처는 점점 더 아파왔다. 그렇게 기회만을 엿보던 때, 누가 본관의 전기를 차단한 듯 모든 점등이 꺼지고 어둠이 찾아들었다.

잠시 후 놀랄 만한 세기의 사이렌이 샨티 전체를 뒤덮었다.

어둠 속에서 더 어두운 양복을 입은 가드들이 모두 모여 정원을 가로질렀다. 그들은 쉴 새 없이 움직였다. 이레도 계속해서 술래잡기 하듯 장소를 이동해야 했다. 이레는 분리수거함에서 홀연히 빠져나와 기다란 야외 테이블 밑으로 숨었다.

발소리가 점점 군대의 한 부대만큼 많아졌다. 이레는 더 이상 옴짝달싹 할 수 없어졌다. 차가운 연못으로 들어가야 하나 고민하던 순간, 희미한 차 소리가 들려왔다.

또각또각 바닥을 찍는 구둣발 소리와 함께 서경의 날선 목소리가 허공을 갈랐다.

"김이레가 도망갔다고?"

이레는 서경이 왜, 무슨 이유로 자신을 이렇게까지 모르는지 묻고 싶었다. 그렇게 자신이 마음에 들지 않았다면, 아이를 지우라고 했으면 좋았을 것을.

순간적으로 이레는 자신의 생각에 죄책감이 들어 아랫배에 손을 올렸다. 여전히 아무것도 느껴지지 않았다. 엄마가 약해빠져서 미안하다. 이레는 아이에게 용서를 구했다.

정원을 휘젓고 다니던 가드들의 움직임이 일시에 사라졌다.

서경의 지시가 있었을 것이다.

이레는 테이블 밑에서 기어 나와 납작하게 엎드렸다. 여전히 본관은 어둠에 단단히 봉쇄되어 있었고, 이제는 사무관의 모든 창마저 블라인드가 쳐 있었다.

그러다가 이레는 자신처럼 몸을 웅크린 한 남자를 발견했다.

기자라고 자신을 소개한 남자는 호기심 가득한 눈길로 샨티를 살폈지만, 깊은 눈동자 안에는 뒤틀린 욕망이 서려 있었다.

혹시 그가 차를 가지고 왔다면 제발 데려가 달라고 말을 붙여보려는 찰나, 서치라이트가 샨티를 밝혔다.

더 지체하다간 무슨 일을 당할지 모른다. 이레는 정문을 향해 전속력으로 달렸다.

뒤에서 우왕좌왕하던 가드들이 자신을 쫓는 것이 느껴졌다. 서치라이트가 이레를 거의 비슷한 속도로 추격했다. 이레는 빛의 한가운데 들어서 한 치 앞을 분간하기가 어려워졌다.

그러나 정문이 눈앞에 있었다. 몇 번이고 창밖을 내다보며 도망치는 상상을 했던 이레는 뒤 한 번 돌아보지 않고, 지키는 이가 없는 정문을 통과했다.

첫 날, 도훈과 손을 잡고 걸어 올라왔던 완만한 언덕은 내리막길을 달리는 이레의 다리에 가속도를 붙였다. 번갯불 같은 속도였다. 제어되지 않는 두 다리는 넘어질 듯 아슬아슬하게 길을 달려 나갔다. 바닥이 눈앞에서 튀어 올랐다.

내리막길에 거의 다 다다르자, 포장되지 않은 자갈길이 나왔다.

오른쪽으로 날파리가 들끓는 하천이 흐르고 있었고, 가로등은 없었다. 달빛마저 구름에 가려 시야가 안개에 싸인 것처럼 뿌옜다.

발을 내딛을 때마다 이레는 불길 위를 걷는 것처럼 타는 듯한 고통을 느꼈다.

달리자. 그들을 따돌리려면 달려야 했다. 그렇게 정신없이 한참을 달리던 이레는 돌부리에 발이 꼬여 앞으로 튕겨져 나갔다. 너무 긴장을 했던 탓인지 몸은 반사적으로 방어도 하지 못한 채 그대로 돌바닥에 꼬꾸라졌다.

넘어진 이레의 이마가 찢어져 콧잔등으로 피가 흘렀다. 입속으로 들어온 시린 피 맛을 느끼며 이레는 짧게 비명을 내질렀다. 눈앞이 캄캄하고 머리가 무거웠다. 시야를 막는 축축한 피를 팔로 닦아냈다.

"엄마……."

일어서려던 이레의 다리에 힘이 들어가지 않아 다시 한 번 넘어졌다.

어느 순간 자신을 쫓던 가드들이 없다는 걸 깨달았다. 한 번도 엄마를 부르며 운 적은 없었는데…… 평소 얼굴도 잘 떠오르지 않던 엄마의 얼굴이 또렷하게 기억에 떠올랐다. 새삼 엄마도 세상이 이렇게 무서운 적이 있었냐고 묻고 싶었다.

찢어진 치마 솔기를 손으로 뜯어 이레는 피가 흐르는 팔뚝을 싸맸다. 그래도 이제는 끝났다. 상처는 시간이 흐르면 결국 나을 것이고, 계속 걷다 보면 사람들이 나타나 도와주겠지.

아이야, 엄마는 강해. 그러니까 숨어 있지 않아도 돼. 숨어 있는 거 맞지? 이레는 계속해서 느껴지지 않는 아이에게 말을 걸었다. 그래야만 인적 하나 없고, 간간히 부엉이가 우는 소리가 들리는 시골 길에서 기운을 조금 낼 수 있었다.

뻗은 길 양옆으로 황무지가 계속 됐다.

비로소 양 갈래 길이 나왔다. 길 한가운데 '샨티 5km'라는 나무 팻말이 꽂혀 있었다.

이레는 순간적으로 분노가 치솟았다. 팻말을 뽑아내려고 안간힘을 썼다. 한참을 팻말 뽑기에 씨름하다가 스스로의 모습이 기가 막혀 허탈하게 웃었다.

유리는 깨졌지만, 여하튼 빛을 내뿜고는 있는 가로등이 보였다. 차는 단 한 대도 지나가지 않았다. 그러나 멀지 않은 곳에 버스 정류장이 보였고, 그 옆으로 슬레이트 지붕 아래 낡은 알루미늄 판으로 문을 만든 고물상이 있었다.

이레는 마지막 힘을 쥐어짜내 고물상 앞으로 뛰어가 문을 흔들었다. 그러자 안에서 개가 컹컹 사납게 짖어댔다. 이레가 까치발을 하고, 안을 쳐다봤다. 허름한 집 내부에서 불이 켜졌다.

"도와주세요……. 저기요!"

생각만큼 소리는 크게 나오지 않았다.

잠귀 밝은 주인이 '누구요' 중얼거리며 안에서 잠근 자물쇠를 끌렀다.

칠십은 되어 보이는 늙은 노파는 전형적인 시골 할머니로 파마머리에 허리는 잔뜩 굽어 있었다. 한 손에 쥔 나무막대기로 쇠사슬에 묶여 짖어대는 누렁이를 인정사정없이 세 번 내리쳤다. 누렁이가 깨갱 죽는 소리를 하며 꼬리를 말았다.

"왜 짖어! 썩을 놈의 개새끼야. 잠도 못 자게!"

누렁이를 향해 고함을 치던 노파의 막대기는 이레를 겨냥했다. 노파의 눈은 백내장이라도 있는 듯 혼탁했다. 노파는 피투성이가 된 처참한 몰골을 한 이레를 보고도 놀라지 않았다. 오히려 성가셔 죽겠다는 표정으로 문을 도로 잠그려 했다.

"정신병원에서 도망 나왔지? 안 되야! 나는 몰라. 그 집구석 일에는 끼구 싶지 않어!"

"전화만 쓰게 해주세요. 네? 신고만 하게 해주세요."

이레는 믿을 수 없게 매정한 노파의 반응에 놀라 최대한 애처롭게 말했다. 끌끌 혀를 차던 노파는 결국 다시 걸어 잠근 자물쇠를 열었다. 이레의 눈앞에 열쇠를 흔들어 보이며 단단히 경고했다.

"신고는 무슨! 너 같은 것들 때문에 경찰서 여러 번 왔다 갔다 혔어. 부모나 친구한테 도와달라고 해. 아니면 못 들어와."

선택의 여지가 없었다. 이레는 얌전히 고개를 끄덕거렸다.

속이 다 뜯어져서 하얀 솜이 보이는 버려진 소파와 뒹구는 철제 부품들, 한쪽에 모아둔 빈 깡통들, 사슬에 묶여 노란 이빨을 드러내는 누렁이까지, 이레의 눈에는 그곳이 안식을 취할 더할 나위 없는 은신처로 보였다.

노파가 마침내 높은 소프라노로 울어대는 알루미늄 판을 열어주었다.

이레는 누렁이를 피해 좁은 마루 위로 털썩 주저앉았다. 방금 노파가 나온 반쯤 열린 안방에는 두꺼운 누비이불과 울긋불긋 지저분한 얼룩이 진 벽지가 언뜻 보였다.

"안 되야, 그 꼴로 방은 안 되지."

노파는 방문을 소리 나게 닫으며 낡은 옛날 기종의 폰을 내밀었다.

핸드폰 액정에 시계가 두 시를 향해 달려가고 있었다. 이레는 떨리는 손으로 차근차근 번호를 눌렀다. 몇 번의 신호음 끝에 평경의 목소리가 들렸다.

"이레야?"

이레는 전화기를 들고 목이 메어 말을 잇지 못했다. 다시 저쪽에서 한층 격양된 평경의 목소리가 들렸다.

"방금 꿈에 네가 나왔어. 이레야, 무슨 일 있지, 너?"

"요양원 도망 나왔어. 내가…… 급하게 나왔어. 아무것도 없는데."

이레는 더 말을 잇지 못했다. 참아야 했던 무서운 순간들과 억울한 감정이 한꺼번에 터졌다. 눈물이 왈칵 흘러 주체할 수가 없었다. 평경은 수화기 너머에서 애가 타는 목소리로 이레를 계속해서 불렀다. 누군가 자신을 부르는 목소리가 이렇게 위안이 되다니.

"울지 말고, 지금 어딘데? 안전한 곳에 있어? 내가 데리러 갈게. 주소 불러봐."

평경의 목소리도 물기가 어리기 시작했다.

이레는 이곳이 어딘지 보기 위해 주변을 살폈다.

노파는 부엌에서 물을 담아와 이레의 옆에 컵을 놓았다. 처마에 매달린 할로겐 전구가 물 컵에 비쳤다.

"할머니, 여기 어디예요? 주소가…….."

"가만있어 보자."

노파가 마루 끝 바구니 안에 쌓인 우편물을 하나 꺼내 이레에게 건넸다. 우글우글해진 종이 위 주소를 보던 이레가 고개를 들었다.

뭔가가 눈에 걸린 것이다. 눈물이 쏙 들어갔다. 이레 옆에 딱 붙어 앉은 노파가 전화를 엿듣고 있었다. 처마 끝에 풍경처럼 매달린 뒤 집힌 바람개비가 헛돌았다.

"이레야! 어디냐고. 빨리 말해."

평경이 다급하게 다시 물었다.

이레의 시선은 바람이 불 때마다 춤을 추듯 돌아가는 셀로판지 바람개비를 향해 있었다.

그건 샨티의 정문에 돋을새김 된 뒤집어진 바람개비 표식과 같은 것이었다.

"할머니, 저거…… 샨티에서 났어요?"

잊었던 공포가 다시 찾아들었다. 노파의 혼탁했던 눈동자가 번들거리며 이레를 향해 넌지시 말했다. 알면서 왜 물어? 하고.

이레는 평경의 전화를 서둘러 끊었다. 끊기 무섭게 전화가 다시 울렸다. 언제 잠갔는지 문에는 자물쇠가 굳게 걸려 있었다.

"팔랑개비 말이여? 저게 영생한다는 뜻이라대, 오래오래 산다구."

노파는 몸을 일으켜 처마에 매달아놓은 바람개비를 떼어 이레에게 건넸다.

"가져."

"할머니, 저 그냥 갈게요."

노파는 건넨 손을 거두지 않았다. 마지못해 이레가 바람개비를 받아들었다.

희미한 엔진 소리가 들렸다. 차는 곧장 모습을 드러내 고물상 앞에서 멈췄다. 잠잠하던 누렁이가 다시 짖기 시작했다.

서경이었다. 노파는 아까와는 달리 잽싸게 몸을 일으켜 자물쇠를 끌렀다. 서경을 오래 못 본 딸처럼 반가워하는 기색이었다.

"아이구, 시상에나. 자네가 여기까지 웬일이여? 아들 보내지 않구."

"잘 지내셨어요?"

서경은 건성으로 인사를 건네고 마루에 걸터앉아 자신을 노려보는 이레를 봤다.

"세상에!"

이레의 몰골에 놀라 서경이 탄식을 내뱉었다.

"가서 치료부터 받아야겠구나."

"……저 좀 보내주세요, 아줌마. 여기 있기 싫어졌어요. 아이도 잘못됐을까 봐 걱정돼요. 내 아이 그래도 아줌마 핏줄이에요."

"입 닥쳐!"

서경이 모욕이라도 받았다는 듯 싸늘하게 말했다.

잠자코 있던 노파가 휴대폰을 흔들었다. 평경에게 오는 전화로 휴대폰은 요란스레 떨었다.

"이걸 받아야 혀, 말아야혀……."

노파가 중얼거렸다.

평경이 도울 수 없는 일이었다. 내 친구는 안 돼!

이레는 벌떡 일어나 핸드폰을 뺏어 바닥에 집어던졌다. 노파가 호들갑을 떨며 전화기가 망가졌는지 확인했다.

"건들지 마세요."

이레가 노려봤다.

"얌전히 갈래?"

서경이 말했다. 이레는 끝없이 아득한 낭떠러지로 추락하는 기분으로 서경의 차에 탔다.

이레와 헤어진 후, 아들은 몰라보게 폭력적으로 변했다. 그깟 계집애 하나 때문에 인생을 망쳐버릴 생각인지 담임 선생님에게까지 행패를 부렸다.

도훈의 삶에서 자연스럽게 이레를 떼어내 버려야 한다. 아들에게 주어진 시간은 결코 길지 않았다.

서경은 연구소 뒤뜰에 앉아 제자리를 계속해서 맴도는 비글을 무심히 내려다봤다. 제 새끼인 줄도 모르고, 갓 태어난 새끼들을 모두 물어 죽였다. 서경은 검은 구슬 같은 비글의 두 눈을 바라보다 목을 졸랐다.

꼬리를 흔들던 비글이 앓는 소리를 내며 낑낑댔다.

"이사님, 아직 연구 중이라서 그러시면 곤란합니다."

뒤에서 비서가 눈치를 보며 말했다. 돌아보니, 연구원들 모두가 당황한 낯빛으로 서경을 지켜보고 있었다.

"그래."

서경은 훌훌 손을 털고 일어섰다. 서경의 손아귀에서 놓인 비글이 컥컥거리면서 기침을 해댔다. 작은 머리통에 커다랗게 꿰맨 자국이 흉측했다.

기침이 잦아든 비글은 다시 서경을 향해 꼬리를 흔들었다. 이렇게 순한 아이가 어떻게 제 새끼를 다 물어죽였을까.

수술은 성공적이어서 연구진들의 얼굴은 어느 때보다 밝았다. 슬금슬금 바닥 끝에서 고약한 기분이 일었지만, 서경은 더 이상 티를 내지 않고 물러났다.

서경은 본관 처치실로 갔다.

야간 근무를 서는 본관 담당의 권 선생이 이레의 몸에 난 상처들을 소독하고, 심한 곳은 더러 꿰매기도 했다. 어린 여학생을 다루는 손길이 여느 때보다 조심스러웠다.

"임산부니까 초음파 한번 보는 게 나을 거 같습니다."

권 선생이 서경의 허락을 기다렸다. 쓰레기통에 담긴 피 묻은 솜과 천 쪼가리를 보던 서경은 고개를 내저었다. 그럴 줄 알았다는 듯 권 선생은 이레의 팔에 꽂은 수액 양을 조절하고 밖으로 나갔다.

처치실은 환한 백열등 아래 네 개의 간이침대가 놓인, 어떤 꾸밈도 없는 삭막한 곳이었다.

이레는 포기를 모르는 아이처럼 서경의 등 뒤에 있는 문을 바라봤다. 그 서슴없는 눈길에 서경은 그만 풋, 웃음이 나왔다.

당장에라도 서경을 밀치고 도망칠 것처럼 긴장한 이레의 어깨가 움찔했다.

"아줌마, 저 죽일 거예요?"

"내가 널 왜 죽이니?"

이레는 그 말을 믿지 못하는 듯 서경을 살폈다.

"첫날에 그러셨잖아요. 샨티는 나가고 싶으면 아무도 붙잡지 않는다고요."

"그랬지."

이레가 더 설명을 요구하는 얼굴로 서경을 바라봤다. 서경은 이레의 동그랗고 예쁜 이마를 손가락으로 천천히 선을 그었다. 찢어진 이마에 서경의 손가락이 닿자, 이레가 미간을 찡그렸다. 이 머리통 속에는 뭐가 숨어 있을까. 서경은 피로도 잊은 채 이레를 얄궂은 눈빛으로 내려다봤다.

5일 뒤 치러질 숙제의 주인공은 바로 이레였다. 네가 사라지면 안 되지.

너는 샨티를 위해서, 도훈을 위해서 바쳐져야 할 제물이니까.

"이레야, 선생님은 네가 걱정된단다. 이레 너는 가정 환경이 참 불우했지. 어머니는 널 낳아놓고 제대로 안아준 적도 없고, 결국에는 사라져버렸어. 아버지는 널 보살핀답시고 집 안에 가뒀고, 할머니는 또 어땠니? 알코올 중독에 술심부름이나 시키고, 너는 밤늦게까지 술주정을 가만히 듣고만 있었지."

이레는 도훈에게조차 말하지 않았던 일들을 서경이 어떻게 자세히 알고 있는지 놀란 눈길로 바라봤다.

"그래서 너는 하루 빨리 가정이 있었으면 했어. 예를 들면 도훈이 같은 돈 많은 남자애랑 결혼해서 아이도 낳고 그랬으면 좋겠다 생각했지. 마침 도훈이는 너한테 반했고, 예쁜 너에게 순하게 굴었지. 네가 임신했다고 했을 때도 도훈이는 한 번도 널 의심하지 않았을 거야, 그렇지?"

"뭐…… 뭘 의심해요?"

어리둥절한 얼굴로 이레가 물었다.

"너무 얕봤지, 우리 집안을. 임신이 뭐니? 그래, 너는 거짓말을 못해. 실제로 넌 임신을 했다고 생각했을 거야. 그리고 내가 널 여기에 가두고 학대한다고 생각하는 거겠지?"

여전히 혼란스러워하는 이레를 서경은 딱해했다.

아이를 뺏더니 이제는 내가 미쳤다고 말하는 건가. 이레는 정말 미쳐버릴 것만 같은 기분으로 소리쳤다.

"난 임신했어요. 생리도 하지 않고, 아이 사진도 병원에서 받아 왔다고요. 내 다이어리에 끼워져 있어요. 무슨 소리 하시는지 하나도 모르겠어요."

"넌 임신하지 않았어. 이레야, 넌 아픈 거야. 그걸 선생님은 피해 망상증이라고 부른다. 너무 걱정할 건 없다. 약물 치료로도 쉽게 나을 수 있는 거니까. 사람들은 모두 다 과거의 트라우마를 안고 살아. 부끄러워할 것도 없어."

서경은 어느새 가운을 걸친 의사로 변해 있었다. 더 이상 참을 수 없다는 듯 이레는 벌떡 일어났다.

"아줌마, 미쳤어요? 혹시 여기 있는 사람들도 이렇게 미친 사람으로 몰아가는 거예요?"

"다쳤다. 앉아라."

냉기 어린 서경의 말을 듣는 순간, 이레는 더 이상 이렇게 억울해하고 분노해서는 아무것도 되지 않는다는 사실을 깨달았다. 무슨 일이 있어도 아이가 부정되어선 안 된다. 아이를 지켜야 했다. 이레는 겨우 이성을 붙들고 물었다.

"원하는 게 날 가두는 거예요, 날 죽이는 거예요?"

슬그머니 일어선 서경은 철제 캐비닛에서 물약을 꺼내 신중하게 양을 조절했다.

이레는 팔에 꽂힌 수액을 신경질적으로 뽑았다. 피가 튀었다. 닫힌 커튼을 열었다. 그리고 이레는 볼 수 있었다. 간이침대에 누운 또다른 환자. 파리한 얼굴, 멎은 심장, 손가락 마디가 반쯤은 날아가 허연 뼈를 그대로 드러낸 정체불명의 여자.

시푸른 형광등 아래, 여자의 얼굴은 분명 낯이 익었다.

처음 샨티에 온 날, 나무 뒤에 숨었던 여인. '레크리에이션 조윤경 선생이야' 말하던 서경의 목소리가 머릿속을 스치고 지나갔다.

"내 말을 수정하마. 샨티를 언제든 나갈 수 있는 건 정상인에 한해서야. 사회에 위협이 되는 미친 인간들을 내보낼 수는 없는 일이다. 네 임신이 피해망상에서 비롯된다는 걸 알았고, 사회에 위협이 될 수도 있어. 네 엄마처럼 말이야. 그런데 내가 어떻게 널 보내줄 수 있겠니?"

"그럼…… 저도 이렇게…… 되, 된단 말인가요?"

극도의 공포로 이레는 몸조차 제대로 가눌 수 없었다.

"말을 안 들으면."

서경이 종이컵에 담긴 정체를 알 수 없는 물약을 내밀었다.

착한 여자였는데…….

서경은 죽은 조윤경 선생을 바라보며 진심으로 마음이 아팠다. 하지만 어쩌겠나. 영원한 삶을 욕심 내는 치들이 있었다. 이제 그것은 약육강식의 당연한 순리였다.

파고드는 한기에 일찍 잠에서 깬 주식은 시동을 켜고 히터를 틀었다.

"더럽게 춥네."

주식은 혼잣말로 짜증을 내며 대시보드를 열었다. 아무렇게나 구겨둔 담배 곽은 텅 비어 있었다. 거치대에 언제 먹다 말았는지 모를 식은 커피가 조금 남아 있었다.

주식은 아쉬운 대로 그거라도 마시려다가 다시 우웩 하고 차문을 열고 뱉었다.

종이컵 바닥에 담배꽁초와 죽은 날벌레들이 그득했다. 주식은 욕설을 내뱉으며 종이컵을 내던졌다. 바람은 찼으나 햇볕은 뜨거웠다.

전날, 도망친 소녀를 서경이 몸소 데려오는 것까지 숨죽이고 훔쳐본 주식은 서경의 집무실에 불이 꺼진 뒤에야 차로 돌아와 눈을 붙였다.

서경의 집무실은커녕 사무관 출입 경비가 24시간 돌아갈 줄 몰랐던 주식은 한층 이상한 생각이 들었다. 아무리 사람 하나가 탈출했다 하더라도 끽해야 요양원 사무실 아닌가.

뭘 그렇게 숨길 게 많다고 내가 근무하는 법원보다 경비가 철저하단 말인가.

이 정도라면 서경은 벌써 자신이 샨티에 온 것을 알지도 모른다고……. 아니, 아는 것이 당연했다. 틈새마다 달아놓은 카메라는 장식용이 아니었다. 서경은 분명 알면서도 모르는 척하고 있다.

주식은 트렁크를 열어 쓸 만한 물건을 찾았다. 아이스박스와 정리되지 않은 서류들, 골프채, 낡은 등산용 운동화 그리고 검사 시절 쓰던 망원경을 찾았다.

주식은 등산용 운동화로 갈아 신은 후 골프채를 들고 허공에 휘둘렀다. 공보다 사람을 더 많이 쳤던 물건이다. 다시 골프채를 꽂은 후 흠집이 나 엉망인 망원경을 옆구리에 꼈다.

샨티 내에서 뉴에이지 풍의 음악이 스피커를 통해 흘러나왔다. 간간히 사람들이 지나다니긴 했지만, 주식이 있는 곳으로는 아무도 오지 않았다.

주식은 병원 주변을 한참 빙 돌아서 명상원이 있는 언덕배기를 올라가기 시작했다.

잡목이 정강이까지 웃자라나 있었고, 뭔 놈의 파리 떼가 이렇게 많은지 올라가는 내내 귓가에 윙윙 날갯짓이 이명처럼 울렸다.

빌어먹을 놈의!

가파른 언덕에 발이 여러 번 미끄러지며 주식은 손에 짚이는 바위를 아무거나 잡았다. 기분이 상당히 좋지 않았다. 스멀스멀 썩은 내가 발밑으로 올라왔다.

시취. 멀리 떨어지지 않은 곳에서 시체가 썩어가고 있는 게 분명했다. 한 번 맡아본 사람은 결코 그 냄새를 잊을 수가 없었다. 주식은 굳이 주변에 있을 시체를 찾지 않았다. 시체나 찾으려고 이곳까지 온 게 아니었으니까.

명상원이 자리한 넓은 터에 다다라 겨우 한숨을 돌렸다. 밤 사이 내린 눈처럼 하얀 대리석 바닥이 발자국 하나 없이 깨끗하게 관리돼 있었다.

둥근 통유리 안으로 명상원의 넓은 내부가 들여다보였다.

제단 위로 늙어 죽기 전 찍은 장인의 사진이 놓여 있었다. 언제 봐도 썩 좋은 관상이 아니다. 안쪽으로 딸린 작은 부스 안에서 50대로 보이는 남자가 앉아 명상원을 지키고 있었다. 남자는 혼자뿐인 실내에서 눈치를 봐가며 뭔가를 마셨다. 초록색 소주병이 주식의 눈에 잡혔다.

주식은 실소하면서도 남자가 왜 그러는지 알 것 같았다.

명상원 내부에 흐르는 백단향 냄새와 절대로 사라지지 않을 시취가 섞여 명상원의 공기는 무겁고 역겨웠다. 알코올이 그나마 정신을 환기시켜 줄 것이었다. 주식은 마스크를 챙겨 오지 않은 걸 후회했다.

남자가 술을 홀짝일 동안 주식의 눈은 빠르게 명상원을 훑었다.

반원 모양으로 지어진 명상원은 원 모양의 절반이 통유리였고, 나머지 절반은 콘크리트 건물이었다. 꼭대기에는 종탑과 십자가가 있었고, 연결된 외부 사다리를 통해 올라갈 수 있도록 만들어졌다.

주식은 사다리를 타 종탑으로 올라갔다.

열두 시 방향으로 뜬 해가 이미 종탑을 달굴 대로 달궈 주식은 뜨거운 열기에 얼른 손을 떼고, 바닥에 옷을 깔고 엎드렸다.

샨티가 손에 움켜쥔 것처럼 한눈에 보였다. 흰 옷을 입은 요양객들은 눈에 띄지 않았다. 양복을 입은 가드들만 분주하게 움직였다. 정문 쪽에서 서경이 나와 뭔가를 지시하는 게 보였다. 몸에 꼭 맞는 붉은 원피스를 입어 파티라도 나가는 사람처럼 한껏 멋을 부렸다.

서경은 핸드폰을 꺼내 누군가와 쉼 없이 통화를 했다.

한참 뒤 서경이 누군가의 무전을 받고, 정문 앞으로 걸어갔다.

주요 관리자들이 서경의 뒤를 졸졸 따랐다. 중요한 손님이 오는 모양이었다.

잠시 후 귀빈들이 도착했다. 주식은 귀빈들의 고급 세단 세 대가 일렬로 주차장에 선 순간부터 설마 하는 눈으로 바라보았다. 사람들에게 가려져 잘 보이지 않던 주인공이 고개를 들고 샨티의 정원을 돌아보는 순간, 주식은 중요한 단서를 찾은 것처럼 속으로 쾌재를 불렀다.

한국에서 제일 돈이 많은 대영그룹의 젊은 사장 민태관을 본 것이었다.

민태관은 선대 회장 민정국의 유일한 아들로, 대영그룹의 최대 주주임에도 불구하고, 능력 부족으로 손가락질을 당하고 있던 황제의 아들이었다. 주식은 핸드폰으로 현재 대영그룹의 동향을 찾아봤지만 특별한 건 없었다. 회장 민정국의 노환으로 인한 계속된 입원과 퇴원, 그에 따라 요동치는 주가.

설마 민정국이 이곳에 입원해 있나?

샨티는 프리미엄 회원제를 내세운 요양원이니까 안 될 일도 아니었다.

민태관은 사무관에서 약 삼십 분 가량을 머물렀다. 떠나기 전 서경과 민태관은 손을 맞잡고 꽤 오랫동안 이야기를 나눴다. 망원경을 통해 본 민태관의 표정은 잔뜩 상기되어 있었다.

그를 배웅하고 돌아온 서경은 또 다시 누군가에게 전화를 걸었다.

부르르, 윗 호주머니에 꽂아둔 주식의 핸드폰이 떨었다.

고개를 들고 샨티를 내려다보자 서경이 정확히 종탑에 바짝 엎드린 주식을 보고 있었다. 전화는 몇 번 진동하다 멈췄다.

'집무실로 오세요. 같이 갈 데가 있으니까.'

서경에게 메시지가 도착했다. 제길, 독사 같은 년.

***

지하통로는 대낮처럼 환했다.

회색 빛깔의 패널로 이어붙인 긴 통로가 펼쳐졌다.

천장 위에는 거대한 환기통이 돌아가고 있었다. 100미터마다 가드들이 두 사람씩 짝을 지어 지키고 서 있었다. 그들은 서경과 주식을 향해 짧게 묵례했다.

주식은 그들의 우람한 근육 아래 숨겨진 권총집을 눈여겨봤다.

성형의가 조각같이 빚어놓은 서경의 옆모습은 다른 때보다 인간미가 없어 보였다. 왜일까? 불현듯 주식은 서경이 자신을 죽일지도 모른다는 생각이 들었다.

계속되는 지루한 통로 끝에 다다르자 격자무늬 철창이 내려진 입구가 나왔다.

거대한 쇳소리를 내며 철창이 위로 올라가기 시작했다.

"보안 한번 살벌하군."

주식은 위축되는 마음을 애써 누르며 빈정거렸다. 서경은 무서울 정도로 말이 없었다.

곳곳에 나붙은 '통제구역'은 하나의 선전물처럼 보일 지경이었다.

서경은 엘리베이터를 타고, 세 개뿐인 버튼 중 제일 위에 'P'라는 버튼을 눌렀다.

엘리베이터는 순식간에 올라가 띵, 경쾌한 소리를 내며 P라는 곳에 멈췄다.

문은 자동으로 열리지 않았다. 서경이 열림 버튼을 누르기 전, 마침내 입을 열었다.

"여기를 본 순간부터 당신은 되돌아갈 수 없어. 그대로 내려가도 좋아. 그 대신 샨티에 관해서 그 어떤 터치도 하지 마. 그게 아니라면, 여기서부터 당신은 샨티의 일원이 되는 거예요."

주식이 서경의 손가락 위에 자신의 검지를 얹으며 힘을 주어 열림 버튼을 눌렀다.

"난 당신이 하는 일이라면 뭐든지 함께 하고 싶었어."

주식은 웃음을 참으며 말했다. 고민할 필요도 없었다. 수억의 돈들이 이곳에서 왔다 갔다 한단 말이지. 문이 열렸다.

***

삐빅, 짧은 경고음이 울렸다. 시억은 거부당한 출입증을 다시 목에 걸었다.

간밤에 도망친 김이레가 처치실에 있다는 소문이 맞았다. 처치실이 통제구역이 된 것은 처음 있는 일이었다. 처치실의 조그만 창문을 들여다봤지만, 하얀 장막 말고는 보이는 게 없었다.

시억은 냉각 스프레이를 들고 계단을 올라갔다.

2호실 한재익은 한때 유명했던 마라톤 금메달리스트였으나 오래전 사고로 휠체어 신세가 되었다. 그가 왜 여기서 뭉개는지 누구도 이유를 몰랐다. 그저 새로 맡게 된 2호실 요양객이 아주 성가시게 사람을 괴롭힌다는 것쯤은 알았다.

재익은 모든 것이 완벽하게 정리되어야만 하는 결벽증을 가졌다. 또한 마라토너들의 타고난 기질 중 하나인 인내력과 끈기를 자랑했다. 문제는 사람을 괴롭힐 때도 그 끈기를 잃지 않는다는 거였다.

오늘 하루 벌써 일곱 번째 호출이었다.

두 번의 노크. 재익이 정한 쓸데없는 룰 중의 하나였다. 재익은 그를 위해 샨티 쪽에서 마련한 평형대 위에 두 팔을 얹고 근력 운동을 하고 있었다.

시억은 냉각 스프레이를 탁자 위에 뒀다. 땀에 전 재익은 쿵 소리를 내며 휠체어에 앉았다.

"샤워 좀 하고 싶은데요."

하루 대부분의 시간을 운동하는 데 쓰는 이 남자에게 신은 왜 하필 하반신 마비를 선물로 내린 것인지, 시억은 땀범벅인 재익의 축축한 몸을 욕실로 옮기면서 생각했다.

삶의 의지가 어디에서 나오는 거지? 죽고 싶은 적이 있었을까?

이희원은 시억에게 당분간 2호실을 담당하라는 지시를 내렸다.

"너도 나갈 때가 됐구나. 마음이 물러졌어."

3호실 천장에 튄 핏자국을 젖은 수건으로 닦아내며 이희원이 말했다. 착잡한 어조와 달리 안광이 서늘하게 빛났다. 시억은 이제 자신이 태풍의 눈에 들어섰다는 것을 알았다. 맛있는 정찬이 나온 뒤, 어느 한밤 쥐도 새도 모르게 사라질 운명이라는 것. 그 뒤에 사표는 수리되겠지.

"삼촌, 무슨 생각해? 나 여기서 수영해도 되지?"

재익이 아이를 가장하며 경쾌하게 물었다. 갑작스러운 변신. 시억은 재익의 둥글게 처진 눈꼬리가 무엇을 숨기고 있는지 궁금했다. 시억은 그에게 샤워기를 건네고, 아무 말 없이 욕실을 나왔다. 등 뒤에서 '삼촌!' 하고 우는 목소리가 다시 들렸다.

"저 인간한테는 인격이 세 가지야. 오줌싸개 다섯 살, 미치광이 소설가 그리고 마라토너 한재익. 평소엔 잠잠하다가 봄가을에 발작을 일으켜서 사람 미치게 만든다니까. 작년 가을에는 글을 쓴답시고 방에 틀어박혀 있더니 여기저기 오줌을 갈겨놨지 뭐야. 일주일 뒤에 우리가 참다 참다 강제로 따고 들어갔을 때, 벽이며 바닥 타일까지 다 뜯었어. 왜 그런 줄 알아? 한재익이 냄새 나서 못살겠다고 어찌나 닦달을 해댔는지. 진짜 미친놈이었다니까."

2호실을 담당했던 가드가 잘 걸렸다는 듯 낄낄대며 웃었다.

재익의 병명은 해리성인격장애. 십 년간 한 번도 찾아오지 않은 누나 하나가 있었고, 돈이 아주 많았는지 매번 막대한 기부금을 냈다.

욕실에서 재익의 노랫소리가 들려왔다.

"……금잔디 동산에 올라…… 내 사랑하는 메기야……."

시억은 뒤뜰에 각을 맞춰 재단한 제라늄 정원을 바라봤다. 십 년간 매일 이런 풍경을 본다면 미칠 만도 했다. 노래는 어느 순간 끊겨 있었다.

시억은 다시 두 번 노크하고 문을 열었다. 어느새 재익은 타일 벽에 상체를 기댄 채 오그라들고 축 늘어진 자신의 사타구니를 바라보고 있었다. 시억이 타월을 꺼내 재익에게 건넸다.

"자네, 이게 왜 그런지 알고 있나……?"

인수인계를 한 가드는 재익의 다중인격이 봄가을에 주로 발병한다 했지만, 시억은 단번에 그가 뭘 원하는지 알았다. 조금만 관찰하면 누구나 알 수 있는 사실이었다. 아무짝에도 쓸모없는 관심종자. 그는 주로 심심하면 그런 연극을 했다.

이제 재익은 쉰은 훌쩍 넘은 소설가 사내로 변신해 있었다.

"무엇 때문에 그런 연기를 하는 겁니까?"

시억이 재익을 내려다보며 물었다. 재익이 미간을 찌푸리며 무슨 소린지 모르겠다는 얼굴로 시억을 봤다.

"연기?"

재익이 혀라도 깨문 것 같은 얼굴로 되물었다.

그러나 시억은 밖에서 들리는 소리에 예민하게 반응했다. 앳되고 또렷한 소녀의 울음이 들려왔던 것이다.

한동안 실랑이를 벌이는지 쿵쿵 대는 소리가 났고, 이레의 울음은 한이 섞인 것처럼 처연해지다가 쾅 닫히는 소리와 함께 한순간 잦아들었다.

3호실로 돌아온 건가. 시억은 이제 눈앞의 남자가 귀찮았다.

"한재익 씨, 제가 당신보다 이곳에 오래 있었습니다. 여기에서 소설가가 만년필로 자기 목을 그어 자살했어요. 그리고 에델바이스를 부르는 꼬마는 그 남자의 아들이었습니다. 꼬마 역시 죽었습니다."

그 꼬마가 최초의 더미였습니다. 시억은 그 말까지는 하지 않았다.

재익이 놀랍다는 듯 시억을 보더니 별안간 웃음을 터트렸다. 뭐가 그렇게 재밌는지 찔끔 눈물까지 흘리다가 시억의 어깨를 기분 좋게 쳤다. 이것조차 연기였다.

시억은 여분의 환자복을 건넸다. 재익은 강박적인 웃음을 뚝 그치고, 머리에 옷을 집어넣었다. 거울을 보며 흐트러진 자신의 머리카락을 정리하다가 흡족한 미소를 지었다.

"이곳에 셜록이 있을 줄은 몰랐네."

재익이 차분하게 말했다.

"나는 샨티를 떠나고 싶지 않아. 그러려면 미친 척 쇼를 좀 해야 한단 말이야. 주치의들도 모르던데. 재능 있어."

시억은 재익의 변명이 충분치 않다고 느꼈다. 떠나기 싫어 쇼를 했다고? 천만에.

샨티는 돈만 충분히 낸다면, 쫓아낼 리가 없었다. 하지만 이미 재익은 시억의 관심 밖이었다.

밖에서 다시 호루라기 소리가 들렸다. 누가 이레에게서 저 호루라기를 빼앗기를!

아무도 구해주지 않는 이곳에서 들리는 미련한 구원의 요청. 노이로제가 걸릴 것 같았다.

"이곳에 오래 있었지?"

재익이 다시 물었다.

"충분히."

'가야 할까?'

마음이 멋대로 흔들렸다. 시억은 되는대로 지껄였다.

"나도 자네만큼 오래 있었어. 충고 하나 하지. 지나온 길을 돌아보지 마, 젊은 친구. 저 아이는 네가 어떻게 할 수 없어."

'이 자식이 뭘 알고 있는 거지?'

"그건 내가 알아서 해."

시억은 짜증나는 얼굴로 재익에게 쏘아붙이며 방을 나섰다.

고요한 복도에 호루라기 소리만이 발작적으로 울렸다. 3호실 문은 밖에서 잠겨 있어 문을 열려면 열쇠가 있어야만 했다.

시억은 구석에 있는 소화기를 집어 들고 자물쇠를 부쉈다. 오래된 문고리는 볼품없이 나가떨어졌다.

시억이 홱 방문을 열어젖혔다.

호루라기 소리가 멈췄다. 낡은 속옷만 걸친 늙은 구렁이가 커튼 끈에 단단히 묶인 채 쓰러져 있었다. 늙은 구렁이가 새빨개진 눈으로 시억을 올려다보며 입에 문 호루라기를 뱉어냈다. 옆으로 침이 질질 흘렀다.

이레가 없었다.

"……뭐해? 그년 잡아야지."

늙은 구렁이가 잔뜩 찡그린 얼굴로 증오를 담아 말했다.

시억은 전신을 훑는 서늘한 전율에 몸서리쳤다. 격렬히 맥박이 뛰었다. 시억은 굴러다니는 걸레를 집어 강제로 늙은 구렁이의 입에 처넣었다. 그녀가 고개를 흔들며 저항했다.

커억.

결코 잊지 않겠다는 듯 늙은 구렁이의 눈꺼풀이 파르르 떨렸다. 시억은 두려움 대신 이루 말할 수 없는 감정으로 주체할 수 없었다.

이레를 도와주어야만 해.

시억은 3호실의 문을 닫고 이레가 있을 만한 곳을 찾아 나섰다.

같은 시각, 이레는 사무관 서쪽 뒷문 주변을 서성거렸다. 메이드와 산책을 가는 도중 언뜻 보았던 출구를 떠올렸던 것이다.

뒷문 주변에는 몰래 담배를 피우는 직원들 몇이 나와 있었다. 늙은 구렁이의 땀내가 밴 메이드복을 입은 이레는 고개를 숙이고 뒷문을 향해 뛰었다.

누군가 뒤에서 험악한 목소리로 야, 하고 불렀다. 이레는 못 들은 체하며 걸음을 재촉했다. 무사히 사무관으로 들어왔을 때, 정문을 지키고 있던 수위가 돌아봤다. 간발의 차이로 이레는 고개를 꺾어 눈이 마주치는 것을 피했다. 긴장된 숨을 내쉬었다.

사무관은 아늑한 본관과 달리 싸늘한 냉기가 흘렀다. 눈에 띄는 감청색 몰딩, 창틀과 문들은 진녹색으로 칠해져 있었다. 색과 장식들은 고풍스럽지만 최소한으로 꾸며져 지나간 군부 독재 시절의 정부기관 건물 같은 삭막함이 느껴졌다.

집무실의 비서는 업무가 바쁜지 이레에게 눈길도 주지 않고 청소를 빨리 끝내라고 했다. 불투명한 유리벽 틈으로 텅 빈 집무실이 보였다. 이레는 고개를 끄덕이고 태연하게 집무실로 들어갔다.

시간이 얼마 없다. 집무실의 대리석 바닥에 발소리가 울려 이레는 조심스럽게 신발을 벗었다. 한 눈에 집무실의 정경을 훑었다. 한쪽에는 거대한 책장이, 그 앞으로는 아주 커다랗고 무거워 보이는 오래된 책상이 놓여 있었다.

이레는 옷걸이에 걸린 서경의 핸드백을 열어보았다. 지갑, 립스틱, 차 키가 전부였다. 단서가 될 만한 것은 나오지 않았다.

책장으로 가 아무 책이나 꺼내 훑었다. 성공하는 삶, 영생의 의미 같은 시시한 책들을 보다가 다시 꽂았다. 이게 아니야.

책상 위에 놓인 데스크톱 컴퓨터의 전원은 켜져 있었다. 서경이 잠시 자리를 비웠다는 뜻이다. 잠금 장치를 풀 방법이 없었다. 영화 속에서는 주인공들이 온갖 방법을 동원해 쉽게 풀곤 했지만, 이레는 숫자를 조합해 넣어보다가 자괴감마저 들었다.

옆에 놓인 전화기를 들었다. 이레는 외우고 있던 두 번째 핸드폰 번호를 눌렀다.

"여보세요."

무뚝뚝한 도훈의 목소리가 지지직거리며 들렸다.

"나 이레야. 시간이 없어, 도훈아. 네가 도와줘야만 해. 엄마 컴퓨터 비밀번호 알아?"

수화기 너머에서 도훈은 놀란 듯 한동안 말이 없다가 반가움이 섞인 목소리로 질문을 퍼부었다.

"모르지. 이레야, 보고 싶어. 지금 샨티야? 지금 그리로 갈게. 무슨 일 생겼어?"

"도훈아!"

다급한 마음에 이레가 무섭게 소리쳤다.

"비밀번호! 정말 급한 일이야."

"……1228? 내 생일. 아냐, 아니다."

1228. 재빨리 숫자를 눌렀다. 화면에 엑스 표시가 떴다.

"잠깐만."

도훈의 급한 발걸음 소리와 잡음이 들렸다. 뭔가를 한참 뒤적거리는 소리가 났다. 하느님, 제발 자비를!

마침내 도훈이 말했다.

"xpi1228 혹은 1228xpi. 그것도 아니면 가운데에 언더바를 쳐봐."

xpi1228. 땡. 아니다.

1228xpi. 컴퓨터가 드디어 반응했다. 모니터 화면에 저녁 어스름 무렵 샨티의 풍경이 아름답게 보였다.

"이게 무슨 뜻인데?"

"내가 먹는 약 이름이야. 엄마가 만들었어. 이레야, 지금……."

"나중에 얘기해. 전화는 하지 마. 위험해."

이레는 전화선을 아예 뽑아버리고, 서경의 컴퓨터를 뒤졌다.

여러 가지 이름의 폴더들이 가지런히 정리되어 있었다. 그 중에서 이레는 제일 최근에 사용한 '축일' 폴더를 열었다.

그때, 사이렌 소리가 샨티 내에 다시 한 번 울려 퍼졌다.

이레가 탈출했을 때 나던 경고음이다. 그들이 알아챈 것이다. 마우스를 집은 이레의 손가락은 더욱 빨라졌다.

도망쳐야 된다. 아니, 그래도 알아야만 했다. 그래야 살 수 있을 것 같았다.

'대상자 : 김이레'

이름 옆으로 이레의 고등학교 때 찍은 증명사진이 떴다. 그리고 이레는 자신보다 더 자세히 알고 있는 신상기록을 볼 수 있었다. 이게 뭔데?

페이지 끝으로 덧붙인 문장이 보였다.

'11월 23일. 연구소 대강당에서 브리핑 후 수술 집도.'

컴퓨터 밑에 날짜를 확인했다. 오늘은 19일이었다. 무슨 수술을 말하는지 모르지만, 앞으로 이레에게 남은 시간은 4일뿐이라는 얘기였다.

이레는 다른 폴더를 열어봤다. 사진첩. 이레도 아는 유명한 연예인의 얼굴도 보였다. 샹티를 배경으로 웃고 있거나 악수를 하는 사람들. 이게 아냐…….

다른 폴더, 다른 거야. 이레는 의자에 앉아 거의 대부분의 폴더를 열어보기 시작했다.

그 중에 xpi이라고 써진 폴더를 열었다. 서류 파일을 그대로 두고, 가장 최근에 열어본 흔적이 있는 동영상 하나를 클릭했다.

3분이 채 안 되는 짧은 영상이었다.

영상 속 장소는 전체적인 내부 구조가 3호실 방과 비슷했다. 누워 있는 여자를 향해 뛰어든 괴한이 목을 조르다가 몸 위에 올라가 방방 날뛰고 있었다.

괴한은 마치 귀신이라도 들린 것처럼 발작적으로 뛰었고, 그때마다 깔린 여자가 괴로워하더니 피를 토하고 움직임은 곧 멈췄다.

또 다른 누군가가 나타나 괴한을 강제로 끌어내렸다. 괴한이 몸부림을 쳤다. 그 움직임 속에서 괴한의 얼굴을 확인할 수 있었다.

마우스 위 이레의 손가락이 얼어붙었다. 자신의 뱃속에 잠든 아이의 눈을 가리듯 이레는 차게 식은 손바닥을 펴 배를 가렸다.

도훈이…… 왜?

"네, 이사장실입니다."

서경의 비서 호진이 퉁명스럽게 전화를 받았다.

전화선을 타고 직원이 다급하게 보고했다. 김이레가 메이드 옷으로 변장을 하고 사무관으로 들어갔다고 한다.

호진은 불똥이 튈까 염려하며 못 봤다고 딱 잡아뗐다. 똑바로 일하라는 질타도 잊지 않았다. 전화를 끊고 호진은 굳게 닫힌 대표이사실의 문을 노려봤다.

보고서를 한창 작성할 때 청소하겠다고 온 메이드의 얼굴을 확인하지 않았던 것이다.

스쳐 지나간 여자는 이레였을 수도 있었다. 그렇다면 큰일이다. 호진의 구두 소리가 성마르게 바닥에 울렸다. 대표이사실의 문고리를 잡아 돌리려고 하는데, 다시 데스크에서 전화가 울렸다.

호진은 데스크로 가 얼른 수화기를 들었다.

"전 직원은 밖으로 나오시길 바랍니다. 이사님의 지시입니다."

밑도 끝도 없는 지시였다. 이미 서경의 귀에 들어간 모양이었다. 호진은 전화기를 내려놓고 다시 집무실의 문을 봤다. 잠시 갈등하던 그녀는 노트북을 덮고 대표이사실을 나섰다.

계단으로 내려가던 호진은 퍼뜩 무언가가 잘못됐다는 것을 깨달았다. 부리나케 다시 사무실로 뛰어 들어갔다가 현장을 마주쳤다.

시억이 방금 자신이 있던 데스크 앞에 서 있었다. 그 옆에서 메이드 복장을 입은 이레가 당황한 얼굴로 도망치려는 참이었다. 그들을 본 순간, 호진은 마지막 전화가 시억이었다는 것을 곧바로 알아챘다. 몇 번 안면만 텄을 뿐 호진은 시억에 대해 잘 몰랐다.

"무슨 생각으로 이러죠?"

호진이 당혹스러운 얼굴로 물었다. 여기서 이레를 그대로 놓치면 그녀의 일진이 더없이 사나울 것이다. 서경은 말보다 폭력으로 가르치길 좋아하는 상사였다.

시억이 얼른 이레를 막으며 앞에 나섰다.

"당신에게 유감은 없어."

시억이 말했다.

"그건 나, 나도야."

호진이 떨떠름하게 더듬거렸다.

호신술을 틈틈이 배우고 있었지만, 대거리가 되지 않을 것은 뻔했다. 상대는 샨티원들 중에서도 악랄한 놈으로 정평이 나 있었다. 벌써 관리팀장이 스물다섯밖에 안 된 그의 눈치를 본다는 소문을 익히 들어 알았다.

호진이 주춤하던 차에 주먹이 날아왔다. 호진은 2초 정도 잠깐 정신을 잃었다. 코에서 불이 떨어진 듯 뜨거웠다. 왈칵 핏덩이가 쏟아졌다. 코뼈가 부러진 것 같았다.

"하지 마세요!"

뒤에 있던 이레가 비명을 내질렀다.

휘청거리던 호진이 가까스로 중심을 잡은 찰나 다시 한 번 아랫배로 니킥이 들어왔다.

너무하잖아! 그러나 호진은 소리도 지르지 못하고 무릎을 꿇었다. 여태껏 한 번도 쓸 일이 없어서 잊고 있던 호신용 잭나이프를 생각해냈다. 그러나 너무 늦었다. 호진이 벨트에 부착돼 있던 잭나이프를 꺼내자마자 팔이 꺾였다.

헉, 잭나이프가 바닥으로 미끄러졌다.

시억의 동작은 군더더기 없이 단순하고 민첩했다. 호진의 명치를 향해 또 한 번 주먹이 들어왔다. 갑자기 이레가 뛰어들지 않았다면, 호진은 죽을 수도 있었다.

이레는 맞은 어깨 쪽을 부여잡으며 신음을 흘렸다. 시억이 크게 동요했다. 호진은 배신감에 몸을 떨었다. 하나의 공동체인 샨티원의 등에 칼을 꽂고 외부인에게 마음을 쓰다니.

호진의 눈동자가 기민하게 움직였다. 기회를 놓치지 않고 바닥에 떨어진 잭나이프를 집었다. 쓰러진 이레의 머리채를 잡고 목에 바짝 겨눴다.

이런 일에 익숙하지 않은 호진은 잭나이프가 쇳돌처럼 무겁게 느껴졌다. 부들거리는 칼끝이 이레의 목을 스쳐 한 줄기 붉은 선을 만들었다. 이레가 힉, 하고 놀란 숨을 들이켰다.

"오, 오면 죽여 버릴 거야!"

호진이 소리쳤다.

"언니."

이레가 들릴 듯 말 듯 작은 목소리로 말했다.

"나는 살고 싶어요."

그건 피차 마찬가지였다. 그럼에도 호진의 시선은 이레에게 쏠렸다. 검은 오닉스의 눈빛을 가진 소녀. 이레가 샨티를 바꿀 것이다. 그녀의 몸에 100억이 걸려 있었고, 샨티의 명운이 달라질 거라고 서경이 말했었다.

호진이 잭나이프를 땅으로 떨구는 순간, 어느 틈에 다가온 시억이 호진의 목뼈를 부러트렸다. 우두둑 숨통이 나뭇가지 부러지듯 끊어졌다. 너무 순식간에 일어난 일이라 이레는 상황 파악을 제대로 하지 못하고 시억의 손에 끌려갔다.

"정신 차려. 살아서 나가야 할 거 아냐!"

시억이 이레의 뺨을 쳤다.

"죽일 건 아니었잖아요!"

이레가 두려움에 몰려 화를 냈다. 데스크에서 전화벨이 울렸다. 불투명한 유리문 밖으로 몰려오는 사람들의 형체가 보였다. 도망갈 곳이 없었다. 시억이 발코니로 가 바깥을 내다봤다.

"이쪽이요!"

이레가 이사장실을 가리켰다. 두 사람은 서둘러 이사장실로 들어갔다.

"시억아."

자동문이 열리고, 이희원과 직원 몇몇이 따라붙었다.

이사장실로 들어간 시억은 거대한 책장의 책을 마구 빼내다가 넘어트렸다. 이레도 힘을 보태 문 쪽으로 밀었다. 가구들을 되는대로 문 앞에 쌓아 입구를 막았다.

쾅쾅, 문을 두드리는 소리가 요란하게 들렸다.

땀에 젖은 시억과 이레가 서로를 바라봤다.

"괜찮니?"

"아직은요."

"여기서 오래 있을 수 없어."

"알아요."

이레가 말했다.

"이제 저도 다 알아요."

내부가 보이지 않는 불투명한 유리문이었다.

문 앞에 달아놓은 입원실이란 문패도 문구점에서 흔히 살 수 있는 것이었다. 서경이 들어가기 전에 주식을 향해 손을 내밀었다.

"핸드폰."

허 참, 주식이 기막혀 하며 핸드폰을 꺼내 서경에게 건넸다.

서경이 잠금장치 위에 출입증을 갖다 대자, 유리문이 바람 빠지는 소리를 내며 자동으로 열렸다. 문은 방탄유리로 만들어져 아주 두껍고 비싸 보였다.

주식은 눈앞에 펼쳐진 살풍경에 놀라 말을 잇지 못했다. 내부는 곳곳에 설치된 간접 조명으로 환했다. 부채꼴 모양으로 세 개의 방이 붙어 있었고, 각 방마다 투명 유리문이 설치되어 있어 프라이버시보다는 감시용이었다.

입구 옆에 책상 하나가 놓여 있었고, 그 책상의 주인이 아마 감시자인 것 같았다.

험상궂게 생긴 수위가 일어나 서경과 주식에게 90도로 인사를 건

넀다.

말만 입원실이었지 실상은 감옥과 별 다를 바 없는 환경이었다.

얼룩진 더러운 리놀륨 바닥, 침대 하나 놓여 있지 않은 방들, 가운데 떡하니 설치된 수도꼭지와 용도를 알고 싶지 않은 아주 긴 길이의 호스. 그리고 5명의 환자들.

"이 사람들 다 뭐야?"

한참 만에 나온 주식의 목소리는 격앙되어 있었다. 각 방들은 2평정도 되는 좁은 공간이었다.

거기 갇힌 사람들은 정처 없이 방 안을 걸어 다니거나 서 있었다. 주식은 간밤 정원에서 마주친 이상했던 여자와 저들이 아주 비슷해 보인다는 것을 알아차렸다.

하나같이 핏기 없는 바탕에 확장된 동공, 바짝 깎은 머리털 아래 자리 잡은 선명한 수술 자국.

산 사람보다는 죽은 자들에 가까운 모습이었다. 주식은 그들을 두려움이 깃든 호기심 어린 눈으로 유리문에 바짝 붙어 바라봤다.

구석에 아직 성인이 안 된 여자아이가 쓰러져 눈을 부릅뜬 채 죽어 있었다.

"여보."

주식이 아뜩한 공포를 느끼며 서경을 돌아봤다. 손가락으로 아이를 가리켰다. 서경은 망망대해에 떠도는 쓰레기더미를 보는 듯한 눈으로 죽은 아이를 바라봤다.

"선생님, 바이오재단 샨티의 가족이 되신 걸 환영합니다. 샨티를 만든 이제사 박사님의 평생 숙원사업이었던 인간 영생을 바탕으로 이 재단이 만들어졌습니다. 선생님께서 지금 보시는 것들은 우리

도전의 일부분에 불과합니다. 예전에는 수술 중에 죽었지만, 최근에는 대부분이 살아남아 남은 인생을 덤으로 살아갑니다. 네, 그래서 샨티는 저들을 더미라고 부릅니다. 위대한 사람들이죠."

수위의 말 속에서 은근한 자부심이 느껴졌다.

주식은 수위의 말을 듣는 동안 머리가 차갑게 식었다. 그 자리에 참을 수 없는 실망감이 차올랐다. 뭔가 대단한 거래를 할 줄 알았다. 큰돈이 오갔길래 불법 도박이나 사업거래라도 하는 줄 알았다. 불법이라도 그 정도의 돈이라면 용의해주고 함께 할 마음도 있었다.

"그 아버지에 그 딸이네. 장인만 미친 줄 알았더니."

주식이 재수 옴 붙었다는 듯 씹어뱉었다.

세계 최초 뇌이식 수술을 한다고 떠들썩하게 언론에 나왔던 장인은 세 명의 사상자를 내고, 샨티로 도망쳤다. 그 망령이 아직도 살아 이곳에 떠도는 줄은 몰랐다.

"조혜주도 이렇게 죽었나? 쟤네들 다 무연고자들이야? 어디서 데려온 거야? 이서경, 네가 진짜 대가리가 고장 났구나. 법 무서운 줄 모르고."

"법이라고?"

서경이 조롱에 가까운 웃음을 흘렸다.

서경과 주식은 P층을 벗어나 계단을 내려왔다. 그리고 로비가 보이는 난간에 섰다.

그제야 연구소의 전체가 환히 보였다. 하나같이 창문은 없었고, 구역별로 분리해놓은 곳에서 가운을 입은 연구원들이 이름 모를 장비들 사이를 누비고 있었다.

모르는 사람이 보면, 여타의 연구 개발원과 다를 게 없어 보였다.

그러나 더미를 본 충격이 조금도 가시지 않은 터라 주식은 믿을 수 없어 하며 물었다.

　"이 미친 짓에 재벌들이 가담했다고? 성공한 적이 있기는 해?"

　"영감님, 그런 건 중요하지 않아. 아버지와 난 달라. 이건 사업이야. 사업은 사이비 종교와 똑같아. 저들이 미끼를 꽉 물었어. 우리는 부자가 될 거야."

　'이건 말도 안 돼.'

　주식은 서경이 얼마나 무서운 게임을 하고 있는지 알기를 바랐다.

　"그럼 대영그룹 민정국 회장도 수술 대상자야?"

　서경이 끄덕였다.

　"그래, 바로 그런 브이아이피를 위해서 샨티가 있는 거야."

　주식은 쓴 침을 삼켰다. 갑자기 몹시 허기가 졌다. 구역질 나는 샨티를 빠져나와 맥도날드에 들러 햄버거를 사먹고 서울로 올라가 침대에 눕고 싶었다. 빌어먹을, 할 수만 있다면 못 들은 걸로 하고 싶었다. 뒷감당을 어떻게 하려고 이런 짓을 벌인 건지 이해할 수 없었다.

　"훨씬 야망이 있는 줄 알았는데?"

　서경이 주식의 안색을 살피며 말했다.

　"이건 사기야."

　"왜 전부 실패했다고 생각해?"

　설마…… 주식은 믿을 수 없어 하며 서경을 바라봤다. 연구소를 굽어보는 서경의 옆모습은 어느새 위엄을 갖춰 놀랄 만큼 죽은 장인과 닮아 있었다.

　수많은 단상에 올라가 표창장을 받던 장인의 인정사정없이 매몰찬 표정. 무대 위 조명을 받으며 장인은 박수 치는 관중들에게 힘

있게 말하곤 했다.

"내가 그대들을 구원하겠다."

매스컴이 먼저 그를 신격화했고, 눈 깜짝할 사이 장인은 신과 같은 인물이 되었다. 그의 연구소에서 자행된 불법 실험이 폭로되기 전까지는.

가드 하나가 뛰어와 서경에게 귀엣말을 전했다. 서경의 눈썹이 미세하게 꿈틀거렸다.

"무슨 일이야?"

주식이 물었다.

서경은 아까 가져갔던 주식의 핸드폰을 도로 건네주며 말했다.

"당신은 이제 그만 가봐요."

서경의 명령에 주식은 순간 기분이 상했지만 표현하지 않았다. 착한 아이처럼 순순히 고개를 끄덕였다.

주차장까지 가는 길목에 멈춰 서 주식은 방금까지 있던 연구소를 바라봤다.

한참 전에 폐쇄된 곳에서 엄청난 연구가 이뤄진다는 사실이 믿어지지 않았다. 스무 살 중반의 여자 둘이 그의 뒤를 스쳐 지나갔다. 샨티에 소속된 자들 같았다. 주식은 거의 무의식중에 그들을 불러 세웠다.

"이봐요!"

여자들이 경계하듯 몸을 숙이며 돌아봤다. 말이 쉽게 떨어지지 않았다. 이곳은 비상식적인 연구가 이뤄지는 곳이니 어서 도망치라고 말을 해주어야겠다고 생각한 순간, 재단으로 들어간 수십억의 돈 생각이 났기 때문이다. 주식은 머리를 긁적이며 억지 미소를 지었다.

"날이 참 좋습니다."

"외부인이죠? 나가는 곳은 저쪽이에요."

주식의 멍청한 인사에 그들 중 하나가 남쪽 방향을 가리키며 말했다.

"아저씨, 여기서 길 잃으면 진짜 죽을 수도 있어요."

앞서 가던 또 다른 여자가 말했다.

그들 사이에서 통하는 농담이었는지 두 사람은 눈을 맞추며 키득거렸다.

주식은 찜찜한 얼굴로 멀어져 가는 여자들을 바라봤다. 자신의 일이 아니었다. 확실한 건 진짜 죽을 수도 있는지 바닥끝까지 파봐야겠다는 생각이 들었다. 침대와 햄버거 생각은 어느새 말끔히 사라져 있었다.

***

이레는 발코니로 나가 아래를 내려다보았다. 아찔했다. 또 한 번 뛰어내릴 수는 없었다. 게다가 이번에는 4층 높이였다.

밖에서 그들이 쾅쾅 문을 두드리고 있었다. 그때마다 문이 부서질 듯 경첩에 조금씩 균열이 생겼다.

시억이 집무실 안을 헤집으며 쓸 만한 물건을 찾았다. 화장실 옆에 있는 작은 창고를 열어보았다. 잡동사니가 깔끔하게 정리되어 있었다. 시억의 눈빛이 환해졌다. 끈에 묶인 비상탈출 사다리를 발견했다.

시억은 화장실로 들어가 블라인드를 떼어냈다. 창문이 크진 않았으나 다 떼어내면 탈출이 가능할 것 같았다.

타앙. 탕.

연달아 울리는 거대한 총성에 이레는 납작 바닥에 엎드리며 비명을 질렀다. 시억의 모든 신경이 곤두섰다.

문짝에 커다란 구멍이 생겼다. 세월이 느껴지는 오래된 문이 너덜거리며 그들의 모습을 언뜻 내비쳤다.

시억이 끈을 끊고, 화장실 창문 밖으로 알루미늄 재질로 만들어진 사다리를 허공에 풀었다.

시억이 잇새로 휘파람을 불어 이레를 불렀다. 이레가 뛰어 들어왔다.

"땅에 발이 닿는 즉시 숲으로 들어가. 위쪽으로 뛰어. 갈대밭이 보이면 하천 밑으로 가. 그곳에 버려진 진지가 있어. 거기서 만나. 알았지?"

시억이 이레의 두 눈을 보며 말했다.

이레는 창문 밖 바람에 흔들리는 사다리를 불안한 눈으로 쫓았다.

"내가 당신을 어떻게 믿죠?"

이레의 물음에 시억의 눈빛이 낮게 으르렁거렸다.

이레는 곧 사과했다.

"미안해요."

밖에서 반쯤 문이 부서지는 소리가 들렸다. 이레는 군말 없이 사다리를 잡았다.

다리를 발판에 내딛자마자 바람에 휩쓸려 이레의 몸이 중심을 잃고 흔들렸다. 여기서 죽을 수도 있었다. 시억은 바위처럼 단단한 얼굴로 이레를 지켜보고 있었다. 한 치의 흔들림도 없는 사람.

이레의 눈에 그는 완전한 어른처럼 커 보였다. 잘하고 있다는 듯 시억이 고개를 끄덕이더니 시야에서 사라졌다.

안에서 다시 커다란 굉음이 들렸다. 이레의 발은 여러 번 허공에서 헛발질을 했지만 결국 땅으로 착지했다.

사다리가 다시 바람에 나부꼈다. 이레는 잠시 시억을 기다리다가 인기척에 놀라 숲길로 뛰었다.

'나는 오해를 풀고 요양원에 아주 잘 있어. 걱정 마.'

갑자기 걸려온 전화에 평경은 한숨도 자지 못했다. 전화를 끊은 지 세 시간 만에 이레에게서 문자가 도착했다. 이레가 누웠던 머리 모양으로 푹 꺼진 베개를 바라보던 평경은 마침내 짜증 섞인 소리를 질렀다.

"너 잘 못 있잖아, 이 자식아!"

그랬다. 그 문자는 곱씹으면 곱씹을수록 나는 요양원에 아주 잘 못 있다, 어서 도와달라는 메시지로 읽혔다.

평경은 조퇴를 하고 집에 가서 짐을 쌌다.

심도훈이 전화를 받지 않아 전학 간 도훈의 학교 교문 앞에서 죽치고 기다렸다. 침낭까지 달린 배낭을 바닥에 내려놓고 학생들을 살폈다. 혹시 도훈을 놓칠까 봐 잔뜩 긴장한 평경의 미간이 두툼하게 몰렸다.

보통 남학생들보다 키가 한 뼘 더 큰 190센티미터에 달하는 도훈은 금방 시야에 잡혔다. 평경이 얼른 일어나 도훈에게 다가갔다. 도훈은 갑자기 나타난 평경을 보고 조금 놀란 얼굴로 서 있었다.

"따라와."

평경이 앞장서 가며 말했다.

"야, 나 학원 늦으면 안 돼."

도훈이 차갑게 소리쳤다. 우뚝 멈춰선 평경은 꼭지가 도는 얼굴로 도훈을 바라봤다.

"야! 좋다고 할 때는 언제고, 임신했다니까 쌩까는 거야?"

평경의 걸걸한 목소리가 저녁 어스름에 쩌렁쩌렁 교정을 울렸다. 길을 가던 학생들이 모두 다 고개를 틀고 평경과 도훈을 번갈아 바라봤다. 도훈은 사색이 되어 큰 보폭으로 얼른 자리를 떴다.

진작 그럴 것이지. 평경이 작은 승리감을 맛보며 도훈을 따라갔다.

편의점과 모텔이 즐비한 조용한 뒷골목, 지하 코인노래방으로 두 사람이 들어갔다. 평경이 들어서자마자 도훈을 밀쳤다. 무거운 배낭을 내려놓고, 황당해하는 도훈에게 마구 주먹질을 했다. 일방적으로 맞던 도훈이 평경의 두 팔을 억세게 잡아 벽으로 확 밀었다.

"바쁘니까 용건만 말해. 화풀이는 나중에 하고."

도훈은 씩씩대는 평경을 놔둔 채 차분히 소파에 앉았다. 머리 위로 빨갛고 파란 노래방 불빛이 번쩍거렸다. 그와 달리 도훈의 눈은 하수구에서 흐르는 탁해빠진 검은 물빛이었다. 도무지 뭘 생각하는지 알 수가 없는 놈이었다.

"이틀 전에 이레가 요양원에서 탈출했다고 전화를 걸어왔어. 지금 이 시간까지 요양원은 전화도 안 되고, 너네 엄마 병원도 전화를 안 받더라. 이레한테 무슨 일 있지? 너 다 알지?"

평경은 적잖이 놀랄 줄 알았던 도훈이 눈 하나 깜짝하지 않는 것을 보고 무슨 일이 일어났음을 짐작했다. 그래도 한때 이레라면, 보고 있는 것도 아까워 죽겠단 얼굴을 하고 있었는데……

"……이레가 우릴 속였어."

"뭐?"

도훈이 가방 속에서 접어놓은 종이 한 장을 꺼냈다.

네 번 반듯하게 접어둔 종이를 펴 평경에게 건넸다. 평경이 의아한 눈빛으로 종이를 훑었다. 의사 소견서였다.

'트라우마에 의한 심각한 피해망상과 상상임신 초기단계'

평경은 이 짧은 한 문장이 전혀 이해되지 않았다. 하단에는 그럴듯한 서경의 서명이 있었다. 평경은 종이를 갈가리 찢어버렸다.

"웃기지 마. 이레 나랑 같이 산부인과 갔었어. 거기 가서 초음파도 받았고!"

평경이 소리쳤다.

"초음파 받을 때 같이 들어가 봤어?"

"너 미쳤냐? 말도 안 되는 소리 하지 마."

"난 우리 엄마 별로 안 믿어. 어제 엄마 서재에 갔다가 발견한 거야. 그 후에 너랑 이레가 간 산부인과까지 가서 진료 기록 확인했어. 아이사랑 산부인과 맞지? 임신이 아니라고 확인해줬어."

도훈이 잠시 쉬었다가 말을 이었다.

"이레가 왜 그런 거짓말을 했는지 나도 정리가 안 돼."

스스로도 혼란스러운 듯 도훈은 머리를 헝클어트렸다.

평경은 이레와 함께 늦은 저녁 산부인과를 함께 나왔던 날을 떠올렸다.

구름 한 점 없이 날씨가 좋았지만, 맞잡은 이레의 손은 얼어붙은 듯 차가웠다. 어떻게 됐냐고 물어도 이레는 묵묵부답으로 일관했다. 항상 팔짱을 끼고 붙어 다녔는데 그날 이레는 후드티 안에 양손을 푹 찔러 넣은 채 땅만 바라봤다.

지하철을 타고 집 앞에 있는 빵집을 보자 이레가 들어가자고 했다. 축하할 일이 있으니 케이크를 사자고 했다. 평경은 두 발이 푹 꺼지는 기분으로 임신한 거냐고 물었다. 마침내 이레는 고개를 끄덕였다.

슬픔과 기쁨이 한데 섞인, 그것은 결코 망상이나 상상임신을 한 여자의 표정이 아니었다.

"내가 할 수 있는 가정은 네가 거짓말을 하고 있거나, 산부인과에서 거짓말을 했거나, 너희 엄마가 거짓말을 했거나 셋 중 하나야. 왜냐하면 이레는 나한테 절대 거짓말 안 하니까."

평경은 배낭을 어깨에 도로 짊어졌다.

도훈에게 뭘 바라고 온 건지 자신에게 화가 났다.

"이성적으로 생각해봐."

도훈이 말했다.

"어, 이성적으로 생각해서 넌 진짜 개자식이야."

평경은 돌아보지도 않고 말했다. 노래방을 나오니 이른 저녁이 찾아와 벌써부터 거리의 입간판과 네온사인에 불이 들어왔다. 괜히 하루를 더 날렸다. 도훈에게서 이레가 정신병자란 속내가 나오자 혼자 고민했던 시간들이 바보처럼 느껴졌다.

평경은 인천행 지하철을 탄 뒤 통장에 남아 있는 용돈을 확인했다. 택시를 타고 혹시 어쩌면 하루 이틀 모텔 같은 데서 자야 할지도 몰랐다.

문을 안 열어주면 당장 경찰을 불러버려야지. 그렇게 생각하자 한결 마음이 편해졌다.

퇴근길로 북적이는 지하철 안에서 평경은 커다란 배낭을 꼭 안은 채 앉아 있었다.

　사람들이 가출한 고등학생을 보듯 의심의 눈길을 보내는 것 같았다. 불현듯 여태까지 혼자 있을 이레를 생각하자, 가슴 한구석이 너무 아려왔다.

＊＊＊

　서경의 집무실은 폭격을 맞아 부서진 전쟁터 같았다.

　홀로 지키던 병사는 죽어 있었다.

　서경은 책임을 다하지 못한 호진의 죽음이 아주 마땅하다고 생각해 조금도 충격을 받지 않았다. 다만, 참을 수 없이 화가 나는 건 자신의 방을 이레년이 멋대로 들어와 컴퓨터까지 뒤졌다는 사실이었다.

　무형문화재가 만든 자개장식이나 산산조각 난 크리스털 같은 건 아무 상관없었다. 서경은 집무실의 CCTV를 확인하는 순간, 방을 치우던 직원들에게 불호령을 내렸다.

　"다들 당장 나가세요."

　직원들이 일사분란하게 방을 나갔다.

　이희원만 소파에 남아 뭔가를 손에 쥔 채 이리저리 굴리고 있었다. 서경은 희원의 우둔한 머리통을 노려보며 컴퓨터를 켰다.

　최근 열어본 파일, 제일 상단에 도훈의 동영상이 떡 하니 자리해 있었다.

　발설하는 순간 다 죽여버릴 거야, 서경은 혹시 모를 두려움과 함께 살의가 솟구치는 것을 느꼈다. 이렇게 일이 힘들게 돌아가서야……

"죽일 순 없습니다. 그 애가 적격이에요. 어리고, 가족도 없고 게다가 임신 상태예요."

이희원이 서경의 마음속을 들여다본 것처럼 넌지시 말했다.

"그럼 놓치지 말았어야지!"

화가 치민 서경이 쏘아붙였다.

이희원은 손가락으로 만지작거리던 금니를 앞주머니에 넣고, 옆에 놓아둔 엽총을 들고 일어났다.

금이 간 유리창에서 조각조각 부서진 주홍빛 노을이 쏟아져 들어오고 있었다.

양떼 구름과 지는 태양 아래 하늘은 마술을 부린 것처럼 신비한 색깔을 뿜어냈다.

건너편 본관 옥상 기둥에 묶여 발버둥 치는 벌거벗은 여인마저 빛을 머금고 있는 듯이 보였다.

본관의 요양객들은 이른 저녁 식사를 하러 지하 식당에 있었다. 이희원은 직원들이 공포보다 더한 은밀한 관음으로 어서 빨리 일이 해치워지길 바란다는 것을 알았다.

늙은 구렁이만큼 적이 많은 사람도 없었다. 희원이 창가에 서서 늙은 구렁이를 동정의 눈길로 바라봤다. 여전히 그녀는 코앞에 다가온 죽음을 믿지 못하는 듯 어리벙벙한 얼굴이었다.

"내가 할게."

어느 틈에 온 서경이 이희원의 엽총을 빼앗다시피 하며 가져갔다.

"후회할 겁니다."

"샨티와 가장 어울리지 않는 게 뭔 줄 알아?"

서경은 잠시 시간을 두고, 희원을 독기 어린 눈빛으로 바라봤다.

"바로 늙은 피야."

서경은 어린 시절 아버지에게 배운 그대로 총대를 어깨에 걸치고, 가늠쇠로 목표물을 겨눴다. 성미가 급하고 예민한 성격 탓에 서경은 그리 훌륭한 사수가 되지 못했다. 마구잡이로 여기저기 구멍을 내는 기관총이라면 모를까.

서툴게 방아쇠가 당겨졌다. 소음기가 장착된 엽총의 총알은 음흉하고 강력하게 발사돼 늙은 구렁이의 얼굴을 뚫었다.

늙은 구렁이의 몸이 강하게 요동쳤다. 총알은 명중되지 못하고, 왼쪽 볼을 뚫어 심각한 고통만 야기했다.

저런! 서경의 얼굴에 흡족한 미소가 지어졌다가 금방 사라졌다. 더 이상 쏠 생각은 없었는지 엽총을 희원에게 건넸다.

"저대로 놔둬요. 애들도 즐겨야지."

이희원은 키우던 강아지가 죽자 살려달라고 아버지에게 떼를 쓰던 어린 서경을 생각했다.

열 살짜리 꼬마에게 죽은 강아지를 해부해 심장이며, 폐, 시뻘겋게 부르튼 작은 종기까지 내보였던 이제사 박사. 그의 광기에 치를 떨며 증오심을 키웠던 어린 서경은 이제 없었다. 그 자리에 이제사보다 더한 냉혹함으로 무장된 또 다른 광기가 남았다.

이희원은 오랜 벗이자, 한때 서경의 유모이기도 했던 늙은 구렁이의 심장을 향해 총을 겨눴다. 조준경 속에 이미 뭉개져 몸부림치는 늙은 여인의 얼굴이 들어왔다. 방아쇠를 당길 땐 희원은 자신도 모르게 눈을 감았다.

쉬익, 날아간 총알은 왼쪽 심장에 명중했다. 늙은 구렁이의 몸뚱이가 축 늘어졌다.

밤색으로 저물어가는 대기의 빛 아래 특별한 재주를 가졌던 샨티의 어두운 눈이 꺼졌다.

서경은 희원이 그럴 줄 알았다는 듯 소파에 몸을 깊숙이 기댄 채별 말이 없었다. 늙은 구렁이마저 꼭 죽여야 했냐고, 묻고 싶었지만 희원은 입을 꾹 다물었다.

눈에 띄게 샨티원들의 숫자가 준 것을 서경은 모른 체했다. 오히려 비밀이 새어 나갈 일이 줄어드니 안전하다고 여기는 것 같았다.

그러나 이희원은 줄어드는 숫자만큼 눈에 띄는 불신을 피부로 느끼고 있었다. 샨티원들의 무조건적인 충성심과 믿음은 사라진 지오래였다. 어렸을 때부터 길러진 그들은 대개 어쩔 수 없이 이곳에머무는 처지였다. 김이레의 수술이 성공적으로 이뤄져야만 했다. 그래야 샨티가 제대로 돌아갈 것이다.

그렇지 않으면 제2, 제3의 이시억이 나타나 결국 자신은 샨티원들의 손에 죽게 될 것이었다.

"오늘 실수 많이 하셨어요. 더는 하지 마세요, 팀장님."

서경의 손에는 어느새 위스키가 담긴 잔이 들려 있었다. 그녀는 건너편 옥상을 올려다보며 목을 축였다. 새로 생긴 볼거리는 그녀를 위한 것인 듯 눈가에 생기가 돌았다.

이레는 한순간 부드러운 바닷물이 한꺼번에 몸 안으로 쏟아져 들어오는 것처럼 강한 압력을 받았다.

두근두근 심장이 뛰었다. 연이어 귀여운 콩콩거림. 한동안 죽은 듯했던 아이의 발길질이 느껴졌다. 무슨 영문인지 몰라도 깊은 잠에 빠져 숨어 있던 아이가 기지개를 편 게 확실했다.

'고마워. 정말 살아있어 줘서 고마워.'

밤하늘은 무섭도록 깨끗했다.

진지에 숨어 오지 않는 시억을 잠자코 기다렸다.

계속 도망치고 다니느라 지쳤던 이레는 몸 어디선가 새롭게 분출하는 힘을 느꼈다.

시억이 말한 진지는 두 사람이 무릎을 맞대고 겨우 앉아 있을 정도 되는 좁은 공간이었다. 하천변을 따라 제방 부근에 둥그런 움막처럼 지어졌다. 버려진 불모지 같은 곳에 쓰레기가 잔뜩 쌓여 있었고, 다행히 80미터 정도 높이로 쌓아올린 진지가 면해 있어 악취는 심하지 않았다.

불빛이 하나도 보이지 않았다. 도망쳤던 바로 전날과 상황은 똑같았다. 그래도 자신을 구해준 시억이 온다는 사실에 위로가 되었다.

이레는 가만히 앉아 있을 수 없어 근처를 배회했다. 처음부터 자신에게 위험을 경고했던 남자의 정체가 궁금해졌다. 어쩌면 또 다른 함정일지도 몰랐다. 그렇게 생각하자 죄책감이 들었다. 그 사람은 지금 죽었을지도 모르는데! 멀리 지평선 끝에서 희미한 불빛이 반짝였다.

시억의 말을 듣지 않고 불빛을 따라 도망갈 수도 있었다.

'선량한 사람 같지만 그가 누군지도 모르잖아.'

이레는 갈라진 머리카락 끝을 만지작거렸다. 대지의 고요한 정적만이 흘렀다. 자신의 꼬리를 잡으려고 끝없이 같은 자리를 빙빙 도는 개처럼 이레는 초조하게 움직였다.

풀을 밟고 누군가가 다가오는 소리가 희미하게 들렸다. 절뚝거리는 불규칙한 발걸음이었다.

이레는 서둘러 암흑뿐인 주위를 샅샅이 경계했다. 진지 위 하천 쪽 길을 따라 핸드폰 플래시가 반짝거리다가 꺼졌다.

"아저씨?"

"안에 들어가 있으라니까."

시억은 아저씨란 호칭에 쓴웃음을 지으며 가볍게 타박했다.

총에 스친 오른쪽 어깨가 말도 못 하게 아팠다. 총에 맞은 것은 처음이었다.

어깨가 떨어져 나가는 것 같은 충격이 지나간 후 머리 끝까지 고통이 몰려와 제대로 된 생각을 할 수 없었다. 이레는 시억이 부상을 당한 것을 보고 얼른 부축하려고 다가섰다.

시억은 가볍게 손을 내젓고 이레를 지나쳐 진지 안에 들어가 털썩 주저앉았다.

차가운 돌바닥에 앉아 겨우 등을 기댔다. 험난했던 탈출이 주마등처럼 빠르게 스쳐 지나갔다. 시억은 보일러 배관을 타고 3층으로 내려가 유리창을 깼다.

돌진해오는 관리팀 직원 몇과 몸싸움을 한 끝에 간신히 도망칠 수 있었다. 그렇지만 그들은 시억이 어디로 갔는지 곧 짐작할 것이다. 진지는 모르더라도 도망자들은 한결같이 갈대숲에서 잡히거나 죽었다.

시억이 헐떡이는 숨을 고르는 동안, 이레는 가까이 다가와 피범벅이 된 오른쪽 어깨를 보고 어쩔 줄을 몰랐다.

"이거…… 아저씨…… 봐도 돼요? 지혈해야 되는 거 아니에요?"

이레가 시억의 이마를 짚었다. 식은땀 위로 뜨거운 기운이 느껴졌다.

"괜찮아. 애들이 금방 여기를 찾을 거야. 오래 못 있어."

시억은 핸드폰을 봤다. 배터리가 얼마 남지 않았다. 갈대숲은 자칫하면 길을 잃기 십상이었다. 무턱대고 앞으로 나아가다가 길이 끊어져 있는 경우가 허다했다.

"다섯 시에 여길 뜨자."

약 30분 정도 시간 여유가 있었다. 그 말을 끝으로 시억은 눈을 감았다.

"아저씨, 자지 마세요. 죽을까 봐 걱정돼요……."

이레가 시억을 흔들어댔다.

"이거 가지고 안 죽어."

"그러니까 왜, 저를 뭐 하러 도와준 거예요. 힘도 없으면서."

이레가 밉지 않게 투덜거렸다.

시억은 여전히 자신의 어깨를 짚은 채 걱정스럽게 바라보는 이레의 손을 잡아 한쪽으로 치웠다. 쓸데없이 반응하는 심장에 스스로가 놀랐기 때문이었다. 그건 죽은 조혜주의 손을 무심코 잡았을 때보다 훨씬 강력한 반응이었다.

시억은 누군가를 제대로 좋아해본 적 없는, 나이만 든 어른아이였다. 부상으로 제정신이 아닌 게 틀림없었다. 그게 아니라면 가슴 한편에 파고드는 섬광을 설명할 길이 없었다.

"좀 쉬고 나면 괜찮을 거야."

"안 괜찮으면요!"

이레가 갑자기 소리를 쳤다.

"목소리 낮춰."

"나 때문에 다른 사람이 다치는 게 싫어요. 난 도움만 받고 결국에는 민폐만 끼치고 모든 걸 망쳐버려요."

"무슨 소리야?"

갑작스러운 고백에 시억이 당황하며 물었다.

이레는 고개를 획 돌리며 무릎에 얼굴을 파묻고 흐느꼈다. 그때 이레는 자신을 아꼈던 라우렌시아 수녀님과 할머니 그리고 평경을 차례로 생각했다.

자신을 구하다 바다에서 목숨을 잃은 라우렌시아 수녀님과 폐암 말기에도 반찬값을 벌겠다고 제대로 된 치료를 받지 못한 할머니, 가지 말라고 자신을 그렇게 붙잡았는데도 무시하고 샨티에 들어와 걱정만 끼치고 만 평경까지.

모두 다 자신의 탓이었다.

"너 미성년자야. 법적으로 보호 받을 나이라고."

시억은 겨우 이 말밖에 못 해주는 자신이 한심해서 화가 날 지경이었다. 누군가를 위로해주는 것도 젬병이었지만, 한편으로는 자신 때문에 누군가가 우는 것이 기쁘기도 했다.

"고맙습니다."

이레가 겨우 울음을 참으며 꾸벅 인사를 했다.

고등학생이 선생님에게 하는 인사 같아 시억은 설핏 웃음이 나왔다.

"뭐가? 네가 미성년자인 게?"

어둠속에서도 이레가 눈을 흘기는 게 느껴졌다.

울다가 웃고, 그녀의 장단에 맞추다 보니 시억을 괴롭히던 통증은 많이 가셔 있었다.

십 분만 더 쉬면, 길을 떠날 수 있을 것이다.

이레는 시억의 낡은 핸드폰을 켰다. 아직도 이런 걸 쓰는 사람이 있다는 게 신기했다.

이미 시간은 다섯 시를 훌쩍 넘겼다. 이레는 옆에서 힘들게 숨을 쉬며 자는 시억을 바라봤다. 괜찮지 않은 게 틀림없었다. 핸드폰 액정화면조차 지정해두지 않았는지 이름 모를 이국적 풍경이 화면에 떴다. 이레는 119에 전화를 걸었다. 신호는 걸리지 않았다. 화면에 서비스 제한구역이라는 경고창이 떴다.

'안 돼……'

배터리가 얼마 없다고 표시창이 깜박거렸다. 이레는 심호흡을 하고 기억해둔 번호를 눌렀다.

혹시 아직 여기 있다면 응답을 받을 수 있지 않을까?

이레는 문자를 보냈다.

'기자님, 저한테 번호 알려주셨죠. 부상자가 있어요. 샨티 버려진 병원 부근. 119 신고 혹은 간절한 도움 필요.'

가까운 곳에 높은 담을 두른 푸른 건물이 눈에 들어왔다. 샨티에 온 첫날 비서의 말이 떠올랐다. 지금은 불량배들이 드나드는 폐허가 된 곳이니 절대 출입하지 말라고 했던가.

그렇다면 저곳이 오히려 안전할 수 있을지도 몰랐다. 그게 아니라도 병원이라면 소독약이나 붕대 정도는 있을지도 몰랐다. 이레는 시억을 흔들어 깨웠다.

주식은 싸구려 모텔 방에 앉아 한 시간마다 비서에게 계속해서 전화를 걸어댔다.

벌써 꼬박 이틀 밤을 새웠다. 방은 주인이 환기라는 것의 개념을 모르는 듯, 사방에서 쾨쾨한 정액 냄새가 났다.

샨티에 무슨 일이 일어난 게 틀림없다. 서경의 지시를 받은 이희원의 배웅을 받아 주식은 어쩔 수 없이 샨티를 빠져나왔다. 별 생각 없이 드나들 때는 몰랐는데, 샨티는 인적이 드문 입구에서 한참 떨어진 오솔길부터 불법 카메라가 군데군데 설치되어 있었다.

그걸 보면서 주식은 뭔가가 더 남았다는 생각이 들었다. 서경의 깜짝쇼는 분명 놀라운 미친 짓거리였다. 그렇지만 서경은 그렇게 쉽게 자신의 패를 까발릴 여자가 아니었다.

연구소를 보고 난 뒤 몰려오는 궁금증을 참을 수 없어 주식은 갓길에 험하게 차를 세웠다.

비서에게 전화해 명령을 내렸다.

"돈이 얼마 들어도 좋으니까, 괜찮은 해커 찾아서 샨티 인근에 설치된 CCTV 영상 모조리 구해와!"

비서는 황당하다는 듯 주식이 한 말을 되풀이하며 똑같이 되물었다.

"멍청아, 긴급이야!"

주식은 다시 한 번 윽박지르며 전화를 끊었다.

마지막 남은 담배에 불을 붙였다. 주식은 가만히 핸드폰을 노려봤다. 벌써 네 시간째 비서는 잠깐만요, 잠깐만요, 하고 앵무새 같은 말을 되풀이하고 있었다.

주식은 교활하지만 의외로 쓸모가 많은 비서에게 다섯 번째 전화를 걸 때는 관두라는 말을 해야겠다고 다짐하고 있었다.

역삼동 반지하 방에서 주식의 협박이 어떻게 텔레파시로 전해졌는지 마침내 전화가 울렸다. 비서는 용량이 커서 최근 일주일 것만 우선 보냈다고 의기양양하게 말했다.

주식은 인터넷을 켰다. 시골이라 그런지 속도가 더럽게도 느렸다.

주식은 비서에게 다시 전화를 걸었다.

"너도 본 게 있으면 드나든 주요 인물 브리핑해봐."

"하루 전에 대영그룹 민태관이 왔다갔습니다."

"그건 알아. 그 전에."

"아, 여자애 하나가 탈출했다가 다시 들어온 것 같던데……. 이 여자애 사흘 전에 아드님이랑 같이 손잡고 들어왔더라고요. 혹시 이 여자애 때문에 그러세요?"

"무슨 소리야?"

"못 보셨어요? 영감님 엊그제 밤에 샨티 들어가실 때, 이 여자애가 탈출했는데."

아, 주식은 함께 화단에 숨어 자신을 도와 달라던 소녀를 기억했다. 그 애가 도훈이와 함께 들어왔다고?

마침내 파일 다운이 완료됐다. 주식은 서둘러 전화를 끊고, 영상을 확인했다. 주식에게 도와달라고 했던 소녀가 맞았다.

주식은 도훈에게 물어볼까 하다가 관뒀다. 제 엄마 치마폭에 싸여 할 줄 아는 게 아무것도 없는 머저리 같은 아들이었다.

도훈과 함께 샨티를 나오던 날, 유난히 울적해 보이던 아들의 얼굴이 떠올랐다. 무슨 일이 있냐고 묻는 말에 녀석은 서경이 만든 이상한 약을 물도 없이 씹어 삼키고 있었다.

주식은 늘 시판도 안 된 약을 도훈이 달고 사는 것을 못마땅하게 여겨 약을 한 번 통째로 버린 적이 있었다.

한 달도 안 되는 시간. 도훈은 몰라보게 말라가고, 먹는 것을 다 토해냈다. 서경이 자신을 원수처럼 대하는 태도에 주식은 그만 도훈의 건강에 대해서 신경을 껐다.

오래전부터 도훈은 자신의 아들이 아니었다. 내 아들, 내 아들, 하루에 몇 번씩이나 그렇게 중얼거리는 서경의 아들이었다.

주식도 하나뿐인 자식에게 일말의 애정이 없는 것은 아니었다. 다른 집안 부자들처럼 함께 스포츠도 즐기고 싶었고, 같은 남자로서 공유할 수 있는 성교육도 필요하다면 해줄 요량이었다. 그런 일들이 일어났다면, 키우는 기쁨이 무엇인지 알았을 터였다.

아들은 병원에 지나치게 오랫동안 입원해 있었다. 너무 자주 아팠다. 같은 식탁에 앉아 저녁을 먹은 게 오 년 전이던가, 아니 칠 년 전?

모든 것이 너무나 가물가물했다. 마주 앉은 도훈의 옆에는 늘 서경이 대기하고 있었고, 그 뒤에서 주방 아줌마가 시중을 들었다. 도훈은 핏기 하나 없는 얼굴로 멸치볶음 따위를 조금 먹다가 게워내기 일쑤였다. 우유 한 잔 제대로 넘기지 못하는 자식을 보면 넌덜머리가 일었다.

어떻게 내 우월한 유전자를 받은 자식이 저런 꼴인지 납득이 가지 않았다. 차츰 주식은 스스로 진실을 깨닫게 됐다. 내 자식이 아니다. 저건 이씨 집안의 저주받은 피가 튄 괴물일 뿐이었다.

병신 같은 놈! 지 여자 친구를 요양원에 그냥 두고 와?

지이잉, 불빛을 내며 핸드폰이 울렸다. 비서가 파일이 첨부된 메시지를 보냈다.

이름 김이레.

교복을 입고, 입을 꾹 다문 증명사진 속 소녀는 지극히 평범한 인상이었다.

간단한 신상이 쭉 적혀 있었다. 소녀가 견디기에 힘들었을 파란

만장한 가족사, 최근에 건강상의 이유로 학교를 자퇴했고, 임신했다는 소문이 돌았다는 내용을 읽다가 주식은 메마른 미소를 흘렸다.

'이 염병할 것들이 나 몰래 일을 쳤어.'

서경은 늘 아들에 대한 집착이 도를 지나쳤다. 주식은 그래도 한때 금방이라도 산산조각 날 것 같던 예민한 아름다움을 지닌 서경을 배우자로서 흠모했던 적이 있었다. 주식이 서경에게 완전히 정이 떨어져 미친년으로 보이기 시작한 건 도훈을 낳고부터였다. 워낙 손이 귀한 집이었다는 걸 알고 있었지만, 그렇게까지 두꺼운 유리막을 치고 보호할 줄은 몰랐다.

서경이라면, 김이레를 잡아 밀실에 가두고 전기고문을 할 수도 있을 것이다. 게다가 허락도 없이 아이를 가져? 절대 용서 못 했을 것이다.

도망친 김이레를 아직 못 잡았구나. 그래서 그렇게 허둥댔구나.

거기까지 생각이 미치자, 주식은 물고 있던 담배를 바닥에 짓이긴 후 불쾌한 냄새가 나는 모텔 방을 빠져나갔다.

샨티에 다시 갈 핑계가 생겼다. 김이레의 일을 추궁하면 서경은 어떻게 반응할 것인가? 애야 지우면 그만이지. 성격도 별나기는.

주식은 도와달라고 말하던 김이레를 생각했다. 어쩌다가 재수 없게 이서경한테 걸려서 그런 학대를 당했는지 불쌍한 마음이 들기도 했다.

주식은 스포츠카에 올라탔다. 차 안의 냉기가 개운하게 느껴졌다. 시간이 벌써 여섯 시를 향해가고 있었다. 꼬박 날을 샜는데, 대규모 사기 범죄를 파헤치던 젊은 검사 시절처럼 맥이 빠르게 뛰고 있었다.

주식은 스포츠카가 낼 수 있는 최대 속력으로 샨티를 향해 내달렸다. 깨끗한 가을밤이었다.

거의 10분 만에 입구까지 당도했다.

입구에 번쩍이는 경광등을 보자, 주식은 급브레이크를 밟았다.

경찰차 한 대가 정차해 있었고, 경찰 둘과 배낭을 멘 어린 여자애 하나가 얘기를 나누는 중이었다.

주식은 소녀가 김이레인 줄 알고 잠시 흥분했지만 얼굴을 보자 또래의 다른 여자애였다.

주식은 천천히 그들 곁을 지나가며 차창을 내렸다.

"내 친구가 납치됐다니까요!"

평경이 항변하듯 소리를 질렀다. 경찰은 매우 피곤하고 불친절하게 평경을 바라봤다.

"무슨 일이에요?"

경찰이 느닷없이 끼어든 주식을 위아래로 힐끔 쳐다보았다.

"선생님, 여기 사세요?"

경찰이 물었다.

"아니요, 우리 아버지가 여기 요양원에 계셔서."

주식은 대시보드 위에 아무렇게나 놓아둔 공무원증을 내밀었다.

경찰이 큰 실례를 했다는 듯 당황해하며 공무원증을 돌려줬다. 주식이 특히 좋아하는 권력에 비굴한 얼굴이었다.

주식은 차에서 내려 평경과 경찰을 번갈아 봤다. 경찰이 얼른 말을 꺼냈다.

"이 애 친구가 여기 납치됐다고 경찰서에 와서 하도 우기는 바람에 출동했습니다."

"네? 그럴 리가 있나요? 친구가 돈이 많나 보네. 여기 아무나 못 들어오는데.”

주식이 평경이 귀엽다는 듯 말했다.

“아저씨 판사죠? 심도훈 아빠!”

“날 아니?”

“심도훈네 아빠 판사인 거 전교생이 다 알아요. 하도 유세를 부리고 다녀서.”

평경은 역시 재수 없는 집안이라고 생각하며 꼬나봤다.

어떻게 된 건지 상황 파악을 하느라고 버벅거리는 경찰에게 주식은 쓴웃음을 지어 보였다.

“뭔가 오해가 있었나 봅니다. 애는 제가 데리고 들어가죠.”

“안 돼요!”

평경이 부리나케 주식의 말을 막았다.

“다 한통속이에요. 경찰이 꼭 같이 들어가 줘야 돼요.”

경찰이 꺼림칙한 얼굴로 망설이는 동안, 주식은 도착한 문자 메시지를 확인했다.

뜻밖에도 김이레였다.

두 번째 SOS.

이번에는 무시하지 않을 작정이었다.

“아, 그럼 같이 가봐야지, 신고자 소원대로. 구석구석 잘 찾아보세요.”

이쪽에 흥미가 떨어진 주식은 다시 차에 올라탔다.

“야, 그리고 너 인마. 친구 부모님을 보면 인사부터 하는 거야. 안녕하세요. 어!”

주식이 평경을 못마땅하게 보며 말했다. 평경은 팔짱을 끼고 짝다리로 선 채 웬 꼰대가 새벽부터 지랄이냐, 하는 얼굴로 주식을 봤다.

'오냐, 네 친구는 너보다 내가 더 필요한 것 같구나.'

주식은 비웃으며 그들을 지나쳐 샨티로 들어갔다. 차량 열 대가 잠들어 있는 주차장을 지나 사무관 뒤 샛길로 300미터를 달렸다.

달팽이처럼 이어진 기숙사 유입로 옆에 '길이 없음'이라는 알림판이 붙어 있었다. 정확히 팻말 앞에서 핸들을 꺾어 들어가면 광활한 사유지가 나왔다. 바로 연구소였다.

주식은 담벼락에 차를 대고 주변으로 길게 이어진 갈대밭을 바라봤다.

푸른 동이 터오기 전, 짙은 안개가 내려앉은 갈대밭은 여백의 미를 강조한 한 폭의 동양화처럼 기가 막히게 아름다웠다.

하늘에서 까마귀가 떼를 지어 먼 곳으로 도망치듯 날아갔다.

주식은 언뜻 늑대들의 수군거림을 들은 듯했다. 눈을 가늘게 뜨고 몇 걸음 내딛으며 앞으로 걸어갔다. 안개에 싸인 숲에서 서른 명 정도 남짓한 사내들이 곳곳에서 모습을 드러냈다.

모두 샨티의 상징인 뒤집어진 바람개비가 그려진 붉은 잠바를 입고 있었다.

주식은 갑작스런 연기에 질식할 것처럼 잔기침을 해댔다. 그들이 갈대숲 여기저기에 불을 낸 것이다. 짙은 안개의 실체는 연기였다. 사방에서 분진가루가 뿌옇게 흩날렸다.

주식은 티끌이 들어간 눈가를 문지르며 얼른 차에 올라탔다. 늑대 소굴에 잘못 들어간 토끼가 된 것 같은 아득한 위기감을 느꼈다.

설마…… 어린애 하나 잡겠다고 이런 토끼몰이를 한다는 말인가!

"그 학생 이틀 전 밤에 도망갔어요. 요즘 애들은 단체 생활 못 견뎌요. 이제 우리도 너무 애들은 안 받으려고."

이희원이 말했다.

늘어지게 하품을 하며 원두커피를 내려 경찰관들에게 차례로 건넸다.

경찰들과 이희원은 안면이 있는지 너무 이른 시간에 찾아와서 미안하다고 인사치레까지 했다.

사무관의 응접실은 모든 것이 눈이 부시게 하얗고 빛이 났다. 사인용 테이블 옆에 인공 분수가 쉴 새 없이 물소리를 내며 흘렀다.

금칠한 테이블, 크리스털 유리잔 같은 것들이 결코 사람을 편하게 해주는 공간이 아니었다. 평경은 아까부터 드러난 희원의 번쩍거리는 금니와 이곳이 기묘하게 닮았다고 생각했다. 거북하고, 사람을 불편하게 만들려는 작정으로 꾸며진 곳 같다고나 할까.

옆에 앉은 신참 경찰도 평경과 마찬가지인지 연신 두 다리를 달달 떨며 눈치를 살폈다.

"내 친구 방 볼 수 있어요?"

이레가 도망갔다는 것을 믿을 수가 없었다. 이틀이나 되었다면, 충분히 평경에게 올 수 있는 시간이었다. 희원과 머리가 반쯤 벗겨진 나이든 경찰은 오랜 친구처럼 한담을 나누고 있었다. 전에 선물로 준 양귀비가 자꾸 죽는다는 뭐 그런 쓸데없는 이야기들을 늘어놓았다.

"내 친구 방 당장 봐야겠어요!"

더는 투명인간 취급은 못 참겠다는 듯 평경이 벌떡 일어서며 말했다.

"커피 다 마시고 우리도 일어날 거야. 그때 한 바퀴 같이 돌아보자꾸나."

이희원 대신 나이든 경찰이 평경에게 말했다.

"지금 이 순간, 증거 인멸을 할 수도 있잖아요. 학대를 했을 수도 있고, 감금을 했다든지요. 빨리 가요."

평경이 흥분해 소리를 질렀다. 그 참에 놀란 신참 경찰이 딸꾹질을 하기 시작했다.

"학생, 여기는 정신병원이 아니고 요양원이야. 그래서 그런 일은 일어날 수가 없어요."

희원을 대신해 나이든 경찰이 어이없어 하며 말했다.

"봐야겠는데요."

평경은 일어섰다. 줄곧 자신을 내리깔고 보는 이희원의 눈빛이 마음에 들지 않았기 때문이었다. 엇비슷한 키를 가진 평경이 일어서자 두 사람은 나란히 서로를 노려봤다.

"잠깐만 볼게요. 금니 아저씨, 뭐 숨기는 거라도 있으세요?"

"그래요, 그럼."

이희원이 못 이기는 척 서랍장에서 3호실 키를 챙겨들었다.

경찰들이 따라가려고 하자, 이희원이 가볍게 제지했다.

"금방 올 거니까 두 분은 그냥 여기 계시죠."

"그럴까요. 학생, 괜찮지?"

신참 경찰이 딸꾹질을 멈추려고 숨을 참는 동안 고참이 얼른 말을 받았다. 평경은 알 수 없는 기운을 풍기는 희원이 무서웠지만, 티를 내지 않았다.

"좋아요."

평경이 흔쾌히 대답했다.

분명히 뭔가를 숨기고 있다는 의심이 너무도 강하게 들었다. 한밤중 도와달라고 걸려온 이레의 전화, 이레가 상상임신을 하고 거짓말을 했다는 진단서, 이제는 다시 이레가 이틀 전에 도망을 가서 없다고?

앞뒤가 들어맞는 것이 하나도 없었다. 평경은 외모로 사람을 판단해서는 안 된다는 것을 알지만, 희원의 얼굴을 본 순간 강한 확신이 들었다.

내 친구가 위험에 빠졌다는 것을.

3호실 방은 깨끗하게 정리되어 있었다. 웹사이트에도 내부 사진 하나 나온 게 없어서 의심을 사기에 충분했던 방은, 더없이 훌륭해 보였다. 한눈에 봐도 폭신해 보이는 침대와 곳곳에 치장해놓은 꽃무더기들. 마치 선상 파티에 딸린 특급 객실 같았다. 도저히 이레가 이곳에 있는 그림이 그려지지 않을 정도였다.

평경은 굳게 잠긴 테라스의 손잡이를 잡아 돌렸다. 테크 밑에서 반짝이는 것을 발견했기 때문이다.

"혼자 둘러보고 나올래?"

이희원이 바쁘다는 듯 손목시계를 들여다보며 물었다.

평경은 눈길도 주지 않고 고개를 끄덕였다. 테라스 밑에 떨어진 반짝거리는 것은 이레에게 주었던 호루라기였다.

문이 닫히는 소리가 들리고, 희원이 나가자 방은 침묵에 휩싸였다.

대체 뭘 숨기고 있는 거야.

평경은 연못이 흐르고, 거대한 천사 토피어리가 있는 정원을 바라봤다. 정원에 심어놓은 국화꽃 향기가 물씬 올라왔다.

'이레야, 어디로 갔어?'

평경은 호루라기를 목에 걸었다. 곧장 도훈에게 전화를 걸었다. 도훈이 잠을 몰아내지 못한 목소리로 전화를 받았다. 그 목소리를 듣자 노래방에서 제대로 때려주지 못한 것이 후회됐다.

"야, 심도훈. 나 지금 이레 찾으려고 샨티 왔거든. 없어. 이레가 도망쳤대. 그런데 말이야, 책가방도 그대로 있고, 내가 준 호루라기는 바닥에 떨어져 있어. 이레가 왜 도망쳐야 했는지 넌 상상이 가니?"

빠르게 내뱉은 평경의 말에 저쪽에서는 아무런 응답이 없었다.

"야, 듣고 있어?"

평경이 핸드폰을 확인했다.

'발신제한구역'의 메시지가 액정에 깜박거렸다. 평경이 다시 전화를 걸었다.

전화는 몇 번 신호가 가다가 같은 경고창을 내보냈다.

이럴 리가 없어.

평경은 방을 나가려고 문손잡이를 돌렸다. 뭔가가 중간에서 턱 걸렸다. 평경은 이상한 느낌에 문손잡이를 내려다봤다. 그제야 문손잡이가 안에서 잠글 수도, 마음대로 열 수도 없는 장치라는 것을 깨달았다.

순간 겁에 질린 평경이 방문을 마구 두드려댔다.

"저기요? 아저씨! 여기요! 이 미친 새끼들아, 문 안 열어!"

평경의 목소리가 부질없이 복도에 울려 퍼졌다. 이로써 평경은 이레의 상황을 확실하게 알 수 있었다. 전화조차 안 되는 오도 가도 못하는 상황, 이레는 어딘가에 감금된 게 틀림없었다.

이레는 내려간 셔터를 위로 올렸다.

부식된 철가루가 머리로 쏟아지면서 셔터가 단숨에 올라갔다.

유리문은 안에서 굳게 잠겨 있었고, 두 손을 그러모아 들여다본 내부는 다양한 크기의 소파들과 텅 빈 데스크, 형광등은 일부러 누가 그랬는지 하나같이 깨져 있었다. 이레는 불량배들이라도 좋으니 누군가 있기를 바랐는데, 오랫동안 아무도 드나들지 않은 것 같았다.

지나온 곳에서 갑작스럽게 치솟던 시뻘건 들불은 소강상태에 접어들었다. 불을 피운 사내들이 대형 물 호스로 잔불을 정리하고 있었다. 불길이 지나간 곳은 까맣게 잿더미로 변해 있었다. 불과 몇 시간 전까지 이레가 있던 곳이었다.

이레는 화단에 기대 앉아 좀처럼 정신을 차리지 못하는 시억을 불안한 눈길로 봤다.

지난 3일 동안 너무나 많은 일들이 일어났다. 세상이 마음대로 움직이지 않는다는 것은 이레도 이미 겪을 대로 겪어 알고 있었다. 인생에서 더 이상 아무런 일도 벌어지지 않았으면.

섣부른 기대와 공포, 처음 보는 종류의 악귀 같은 사람들, 열어보지 않았다면 좋았을 화면 속 도훈까지.

스스로 용감하다고 힘을 내면서 여기까지 왔다. 하지만 누군가가 눈앞에서 죽는 광경은 익숙해지지 않았다. 단련될 수 있는 종류의 것이 아니었다.

이럴 바엔…… 차라리 일주일 뒤에 가만히 누워 뭔지 모르는 그 일을 당하는 게 나을 수도 있을 거라는 생각이 들었다. 적어도 죽이진 않을 테니까.

내가 그 정도로 잘못한 것은 없잖아.

검은 바다를 지키는 등대 같던 시억이 고꾸라지자, 눈물이 걷잡을 수 없이 흘렀다. 혼자는 너무 무서워서 견딜 수가 없었다.

엉엉, 아이처럼 울음을 터트리자 잠든 줄 알았던 시억이 실눈을 떴다.

"미안하다."

시억은 당황해서 말했다.

"아저씨가 왜…… 왜 미안해! 내가, 내가 미안하죠……. 나 때문에 그런 건데……."

이레가 꺽꺽거리며 겨우 말을 했다.

시억이 피가 말라붙은 손으로 이레의 뺨에 가볍게 댔다.

"추운가 보네."

입고 있던 재킷을 벗으려고 하자, 이레가 됐다고 도리질을 쳤다.

"됐어요. 피 묻은 거 입고 싶지 않아. 더 눈에 띄어요."

일부러 툴툴거렸다. 뭐라도 건수를 만들어 대화를 이어가고 싶었다. 시억이 더 이상 대답을 하지 않고 죽을까 봐 걱정됐으니까.

"나 안 죽거든."

쉬잇, 정신이 조금 든 시억이 예민하게 주변을 살폈다.

동이 터 오는 선연한 빛의 무리에서 깜박이는 전조등을 발견한 것이다.

날렵하게 빠진 마세라티가 두 사람을 향해 다가오고 있었다. 아니 정확히는 그 주변을 배회하는 중이었다.

주식은 서너 번 갈대밭과 연구소 사이의 흙길을 오가던 참이었다. 갈대밭 끝과 연구소의 거리는 500미터가 채 안 됐다. 그러나 비교적 높은 지대에 자리 잡은 연구소는 빽빽한 자작나무 숲에 가려져 전체가 잘 보이지 않았다.

잡역부 몇몇이 근처를 배회하는 주식의 차를 수상하게 여기기 시작했다.

주식은 마지막으로 다시 한 바퀴를 돌았다.

눈앞에 사람이 두 팔을 흔드는 게 보였다. 더러운 메이드복을 입고, 전보다 더 엉망이 된 비참한 소녀. 이레는 단숨에 차 앞으로 뛰어들었다.

주식을 알아본 이레의 두 눈이 휘둥그레지더니 곧 안도의 미소를 지었다. 주식은 순식간에 희망을 갖는 이레의 태도에 감탄하면서도 골려주고 싶은 고약한 마음이 뒤섞였다.

주식은 아주 조금만 차창을 내렸다.

"기자님, 와주셨네요!"

환한 표정과 달리 이레는 울먹였다.

주식은 걱정스러운 얼굴로 이레를 올려다봤다.

"여태 여기서 뭐하고 있었니?"

주식이 부드럽게 물었다. 이레는 화단에서 마주친 그날처럼 주식이 자신의 요청을 거절할까 봐 불안했다. 어쩐지 주식을 완전히 믿을 수가 없었다. 옆을 보면 광막한 벌판 뿐, 뭐라도 잡아야 했다.

"……빠져나갈 수가 없었어요."

"문자로 말한 다친 사람이 저 사람이야?"

이레가 머리를 끄덕였다.

"시트가 더러워지는데…… 비싼 거라서."

주식이 뻔뻔하게 말했다.

"제가 물어줄게요. 나가면 알바도 하고. 이 사람 죽을 수도 있어요. 총에 맞았어요."

"총?"

주식이 살짝 경직된 얼굴로 되물었다. 어느새 이레가 두 손을 모아 손깍지를 꼈다. 기도라도 드리려는 모양인가. 주식이 픽 웃고는 선심 쓰듯 말했다.

"태워, 얼른."

이레는 금방이라도 주식의 마음이 바뀔까 봐 후다닥 뛰어가 시억을 부축했다. 시억이 불안한 눈빛으로 물었다. 저 사람 누구냐고.

"제가 아는 기자님이에요."

기자? 적어도 한국에서 2억을 호가하는 스포츠카를 타는 기자는 없을 것이다. 시억은 주식을 경계했다. 가죽 시트에서 돈 냄새가 진동했다. 구김살 없는 이목구비를 가진 정체 모를 기자란 놈이 시억을 보고 인상을 찡그렸다.

"많이 아프겠네. 쯧쯧쯧, 진짜 총에 맞은 거 맞아요? 산에서 오발 사고라도 났나?"

주식은 자리에서 뒤를 돌아 시억을 살폈다.

걱정보다는 강한 호기심이 담긴 얼굴. 상황파악이 전혀 안 되는 기자인가 보다. 그게 아니면, 공감 능력이 심히 떨어지는 이기적인 인간이거나.

"제가 봤어요. 샨티에서 나쁜 인간들이 아저씨를 쐈어요."

이레가 답답해하며 끼어들었다.

주식이 이레의 눈을 꿰뚫듯 바라보더니 곧 장난기 어린 미소를 지었다.

"으른한테 장난치며 못 써."

146

그때, 이레는 주식의 등 뒤에서 언뜻 모습을 드러낸 형체에 철렁하며 몸을 숙였다.

이레의 행동에 주식이 차창 밖을 내다봤다. 붉은 옷을 입은 사내들 몇몇이 이리로 오고 있었다.

"저 사람들이니?"

"네."

주식은 기어를 넣고, 거칠게 유턴을 시도했다.

차가 반 바퀴 휘 돌며 가로등을 찍었다. 뒤 범퍼가 끽 불쾌한 소리를 냈다.

이레는 주식의 표정을 살폈다. 가죽이 더러워질까 봐 걱정하던 주식은 오히려 신이 난 듯 보였다. 그는 어딘가 들떠 있었다.

기자들은 원래 이런가, 이레는 더더욱 주식을 알 수 없어졌다. 등 뒤에서 의자 밖으로 나온 시억의 팔이 축 늘어져 있었다. 시억은 이미 죽어가고 있는 것 같았다.

"아저씨 죽으면 절대 안 돼요."

이레가 다짐을 받듯 시억에게 말하고, 어깨를 축 늘어뜨렸다.

주식이 힐끔 백미러를 내려 시억을 보다가 윽박지르듯 소리쳤다.

"내 차에서는 못 죽어요. 나 당신 뒤처리 못 합니다, 예!"

시억은 알았다는 듯 미약하게 고개를 끄덕였다.

스포츠카가 빠르게 샨티를 벗어나고 있었다.

꽁무니에 아무도 따라붙지 않았다. 비로소 진짜 샨티를 벗어나는 것 같았다.

"참, 오는 길에 네 친구 봤다."

주식의 말에 이레는 두 귀를 의심했다.

"너 찾겠다고 경찰이랑 왔던데, 못 만났니?"

"평경이요?"

"이름은 모르지. 키는 너만 하고, 아주 애가 되바라지더라. 너처럼 으른을 똑바로 쳐다보는 게, 요즘 애들은 그런 게 멋지다고 생각하는 건가."

"차 멈춰주세요!"

하얗게 질린 이레가 소리를 질렀다. 일어나서는 안 될 일이 벌어지고야 말았다. 주식은 눈 하나 깜짝하지 않고 이레에게 물었다.

"왜? 돌아가려고?"

후드득 빗방울이 한두 방울씩 차창으로 떨어졌다. 이레는 입술을 깨물고 고개를 끄덕였다. 이레의 마음에 선득한 바람이 불었다.

도훈은 골목길 안쪽 상가에서 가랑비를 피했다. 출근하는 직장인들이 빠르게 걸음을 재촉했다. 평경의 전화를 받은 뒤 도훈은 잠시도 가만있을 수가 없었다.

줄곧 자신을 괴롭혀온 의심이 고개를 들었다. 평경은 결국 이레를 만나지 못했을 것이다. 그렇다면 이레는 지금 어디에 있나. 도훈은 제 손을 내려다봤다. 의심.

혹시 내가 이레를 죽였나?

자꾸만 떠오르는 기억이 도훈을 괴롭게 했다. 절대 그럴 리는 없다. 이틀 전에 잠깐이긴 했지만, 이레와 통화를 했다. 그렇지만 머릿속에 떠도는 피로 점철된 웅덩이와 3호실의 전경은 뭔지 모르겠다. 도훈은 습관적으로 약을 먹으려다 관뒀다.

빗속을 헤치고 50대 중반의 여자가 상가로 들어섰다. 일전에 병원으로 찾아간 도훈에게 이레가 상상임신이었다고 말해준 의사였다.

도훈은 허름한 계단을 올라가 도어 록을 여는 의사의 뒤에 섰다. 인기척을 느낀 의사가 도훈을 보며 흠칫 놀랐다.

"뭐예요, 지금?"

의사는 도훈을 보고 적잖이 당황한 눈치였다.

"저 기억하시죠?"

도훈이 말했다.

"그래요, 무슨 일이에요?"

"그때 확인을 해준 이유가 궁금해서요. 보통 환자의 상태는 개인 정보라 안 알려주잖아요."

의사가 팔짱을 낀 채 도훈을 올려다봤다.

"지금 도와준 걸로 시비 걸려고 왔어요?"

"제가 신고할 수도 있어요."

"해요, 그럼."

의사의 배짱에 도훈은 오히려 확신이 생겼다. 믿을 만한 구석이 있는 게 틀림없었다. 도훈이 바짝 다가섰다. 의사가 고개를 쳐들며 어쩔 셈이냐는 듯 바라봤다.

"당신 말 한마디로 누군가의 선택이 달라질 수도 있어요."

"그렇다면 더더욱 말해주기가 싫다. 내 말 한마디에 달라져? 상상임신이면 괘씸죄고, 진짜 임신이면 사랑이야? 어떤 선택을 하든 뒤따르는 책임은 네 몫이야. 나한테 무슨 권한이 있어? 꼭 비겁한 것들이 그래."

의사가 거침없이 말했다. 신경질 나 죽겠다는 듯 쉬는 한숨도 잊지 않았다.

비겁한……

똑같은 말을 이레에게도 들었고, 평경에게도 들었다.

상상임신이었다고 해도 도훈이 여전히 이레를 사랑한다는 사실에는 변함이 없었다. 배신을 당했다고 길길이 날뛸 것도 없었다. 이레는 충분히 아파했으니까. 그래도 미웠다. 사실 좋아하지 않는다고 말하던 이레를 생각하면 심장이 얼어붙는 것 같았다. 뭐라도 꼬투리를 잡아 미워하고 싶던 차에 상상임신이라는 진단서가 나온 거였다.

도훈은 웃고 싶지 않았는데도 실실 웃음이 났다. 당해도 쌌다. 이렇게 쓸모없으니 엄마가 매번 자신을 마음대로 조종하는 것이리라.

"어머니…… 무서운 사람이더라."

의사가 말했다. 도훈은 뒤에 나올 말을 기다렸지만, 의사는 어깨를 으쓱하며 유리문을 열고 병원으로 들어갔다. 문득 검사 결과를 기다리며 소파 구석에 웅크린 이레의 환영이 떠올랐다. 도훈은 미칠 것 같은 기분이 되어 계단을 뛰어 내려갔다.

***

식판을 들고 줄을 선 연구소 직원들이 창문 앞에 따개비처럼 달라붙어 있었다.

블라인드 틈으로 매캐한 연기가 올라와 시야를 아스라이 감쌌다.

'별일이네.'

입원실을 담당하는 수위 석은 주르륵 흐르는 콧물을 대충 바지춤에 문질러 닦으며 바라봤다.

이맘때면, 난방이 필요 없는 입원실은 한기가 뼛속까지 들어와 석은 늘 감기를 달고 살았다.

"비타민C가 감기에 좋아."

배식 담당 아줌마가 석의 식판에 인심 쓰듯 사과 두 개를 놓아주며 말했다.

석은 빨갛고 윤이 나는 사과 두 개를 물끄러미 보다가 그대로 들고 나왔다.

입원실로 돌아온 석은 형광등에 사과를 유심히 살펴봤다.

작은 바늘구멍을 발견하자 그는 흡족한 미소를 짓고 구석에 있는 상자에 던졌다.

사과는 매일 아침마다 하나씩 나왔기 때문에 그동안 모아둔 사과들이 상자 위에 불룩하게 모습을 드러냈다.

석은 가끔 식당에서 마주치는 하얀 가운을 입은 배운 양반들이 사과에 손도 대지 않는다는 것을 깨닫고 난 이후부터 사과를 멀리했다.

두 번째 사과 역시 1밀리미터 남짓한 구멍이 꼭지 부근에 나 있었다. 석은 사과를 어깨 너머에 있는 상자를 향해 던졌다. 사과는 텅, 소리를 내며 상자 대신 더미들이 서 있는 투명한 유리문 앞으로 굴러갔다.

어린 더미 하나가 죽어 나가고 혼자 방을 쓰는 30대 중반 즈음의 여자 더미가 우두커니 서서 사과를 쳐다봤다.

왼쪽 뺨 위에 커다랗게 'XPI'이라는 글씨가 매직으로 표시되어 있었다.

원래 더미들은 초점이 없었다. 최근 들어 그놈의 희한한 수술이 진척을 이루기는 하는지 가끔 초점 있는 더미가 들어오기도 했다.

석은 눈을 치켜뜬 채 사과를 바라보는 더미를 욕정 어린 눈으로 바라봤다.

사과를 먹지 않은 지 보름쯤 되던 때부터 석은 자신의 사이클을 되찾았다. 밖으로 나가고 싶어졌고, 햇빛을 보고 싶었고, 여자와 섹스도 하고 싶어졌다. 하루 종일 지하실 같은 눅눅한 공기에서 숨 쉬며 더미들을 지켜보고 싶지는 않았다.

매가리 없는 얼굴로 제 할 일을 해나가는 동료들이 등신같이 느껴졌다. 항상 축 늘어져 있던 사타구니가 다시 발기하기 시작했다.

"줄까?"

석이 떨어진 사과를 주워 더미에게 내밀었다.

석은 잠시 잊었던 것이 생각난 듯 자신의 뒤통수를 향해 빨간불을 깜박이는 카메라를 테이프로 슬쩍 가렸다. 유리문으로 가서 차가운 손잡이를 힘껏 눌러 옆으로 돌렸다.

간단한 조작인데도 더미들은 그 문을 열지 못했다.

문이 열리자, 더미들이 일시에 동요하며 반대편 벽으로 바짝 붙었다. 그들은 이미 큰일을 겪었기 때문인지 겁이 많았다.

"괜찮아. 이리 와서 가져가."

석은 어서 따가라고 유혹하는 뱀처럼 사과를 눈앞에 흔들어댔다.

헐렁한 원피스 사이로 풍만한 젖가슴은 분명 사과보다 훨씬 먹음직스럽고 달 것이었다. 마침내 더미가 까만 눈을 깜박이며 슬금슬금 석을 향해 다가왔다.

석이 대어를 낚은 낚시꾼처럼 기쁨에 차 웃음을 참지 못했다. 더미가 사과를 향해 손을 뻗는 순간, 석은 사과를 손에서 놓았다.

더미가 바닥에 떨어진 사과를 집으면 머리채를 잡아 사각지대로 끌고 갈 생각이었다.

그런 다음 마음껏……. 그러나 애초부터 더미는 사과 따위에 관심이 없었다. 갑자기 다가온 더미는 석의 오른손을 이빨로 콱 물었다.

으악!

비명을 지르며 석이 더미의 머리를 왼쪽 팔꿈치로 걸어챘다.

더미는 더욱 끈질기게 석의 오른손을 물고 늘어져 떨어질 줄 몰랐다. 피가 솟구치고 그 자리에 흰 뼈마디가 드러났다.

석은 쓴 침을 삼키지도 못하고 줄줄 흘렸다. 비명이 끝없이 흘렀다. 더미의 얼굴을 주먹으로 마구 내리쳤다. 더미는 고통 같은 건 느끼지 않는 듯 꿈쩍도 하지 않았다. 오히려 더 콱 손을 물었다. 먹이를 가지고 장난을 치고 노는 어린 포식자들처럼 손을 걸레로 만들었다.

석은 잠깐 정신을 잃었다.

솟구친 피가 하얀색 천장 위에 튀어 무늬를 만들어놓았다.

더미가 떨어져 나간 손을 바닥에 뱉었다. 엄지에서 중지까지 완전히 분리된 손이 바닥에 나뒹굴었다.

석은 정신을 차리고 흉측한 모양으로 짓이겨진 손을 보고는 미친 사람처럼 발작을 해댔다. 발을 구르고 목청껏 비명을 질렀다. 석의 비명은 두꺼운 쇠문을 뚫지 못했다.

다른 더미들이 공포에 짓눌려 동굴 안에 메아리가 울리는 것처럼 기이한 울음소리를 냈다.

때맞춰 석과 가끔씩 장기를 두던 보안요원이 입원실 문을 열었다.

피투성이로 초주검이 된 석이 기어가다가 보안요원과 눈이 마주쳤다.

보안요원이 놀라 혼비백산하며 물러섰다.

"피……."

석은 말을 다 끝맺지 못하고 몸을 뒤틀었다.

다시 더미가 석의 경동맥을 물고 늘어졌다. 책상 밑에 있는 긴급 버튼을 향해 기어가는 석을 따라 더미도 함께 움직였다.

석은 긴급버튼을 누르고 쓰러졌다.

석이 더 이상 움직이지 않자 더미가 마침내 이빨을 뗐다. 그 자리에 다시 핏줄기가 사방으로 튀었다.

"꼴이 말이 아니네요."

연구소에 틀어박혀 내내 빛을 못 쬐던 하기훈은 집무실 안으로 들어오는 서늘한 햇무리를 바라봤다.

오랜만에 나온 바깥인데 하필 날이 궂었다. 깨진 유리창 사이로 휑한 바람이 들어왔다.

눈앞에 앉은 서경은 만년필을 손에 쥔 채 톡톡, 테이블을 두드리고 있었다. 세찬 바람이 쉬익, 소리를 내며 들어올 때마다 서경의 얇은 실크 블라우스 안에 감춰진 탄탄한 몸매가 언뜻언뜻 드러났다.

추위도 느끼지 않는 것일까? 연구소에 일 년을 머물면서 십 년은 늙어버린 기분이 든 기훈은 처음 봤을 때와 전혀 변함이 없는 서경을 바라봤다.

"그들이 몇이나 있습니까? 내일까지 그들을 완벽히 없애거나 통제를 해주셔야 합니다. 이번 건은 보고서를 올릴 수밖에 없습니다."

기훈이 말했다.

대영그룹 민태관의 오랜 수행비서로서 그룹을 대표해 그는 작년부터 연구소에 들어와 살기 시작했다. 익히 사업 내용을 모르지 않았던 그도 처음 더미를 보고 충격을 받았다.

그것도 잠시, 기훈은 더미들보다 로봇처럼 움직이는 샨티의 사람들이 더 숨 막혔다.

그 사람들은 하나같이 육체를 하찮게 여겼고, 선택 받은 이들처럼 언젠가 자신들에게도 기회가 올 거라 믿으며 샨티에 복종했다. 대부분 현재에 마음을 두지 않았다. 단체로 우울증에 걸린 사람들처럼 웃음기가 없었다. 그들은 미소와 행복 같은 것들을 다음 생을 위해 아껴두는 것 같았다.

그간 기훈은 누구와도 친해지지 못했다. 인사조차 나누는 사람이 없었다. 처음에 기훈은 자신이 외부인이라서 텃세를 부린다고 생각했다. 하지만 그들 역시 각자가 철저한 섬이었다.

기훈은 하루 빨리 샨티를 벗어나고자 최대한 문제를 만들지 않았고, 문제를 삼지도 않아야 했다. 어차피 길어야 한 달 후면 기훈은 이곳에서의 업무를 끝내고 본사로 갈 수 있을 거였다. 오늘 아침 사이렌만 울리지 않았어도.

수술을 코앞에 두고 본사에 보내는 보고서는 하루 세 번에서 다섯 번으로 늘어났다.

전날에도 철야 근무를 했던 기훈은 사이렌 소리에 짜증스러운 얼굴로 일어났다. 이미 복도는 뛰어다니는 직원들로 북적거렸다.

기훈은 즉시 연구소장인 김 박사에게 전화를 걸었다.

"보시겠소?"

김 박사의 목소리는 소란과는 무관하게 평온했다.

기훈은 대충 겉옷을 걸쳐 입고, 김 박사가 일러준 호실을 찾았다. 연구소는 각 방마다 무엇이 있는지 몰라도 잘게 쪼개져 미로처럼 복잡했다. 입원실이 있어 기훈이 특히 가기 꺼려하는 P층이었다.

아이디 카드가 먹혀들지 않아 몇 번 문을 두드리자, 마스크를 쓴 연구원이 문을 열어줬다. 한 걸음 발을 떼는 순간, 기훈은 곧바로 후회했다.

김 박사와 연구원 네 사람 사이에서 활짝 열린 심장이 펄떡펄떡 뛰고 있었다.

"마취도 안 한 겁니까?"

처음으로 기훈은 백색광 아래 형형하게 뜬 더미의 핏발 선 눈동자를 보았다. 소리도 내지 못하고 울고 있었다. 뭉크의 절규하는 인간이 형상화된 모습 같았다. 처참했다.

"연구 대상입니다."

연구원 하나가 김 박사를 대신해 냉랭하게 말했다.

기훈은 역겨운 표정을 감추려고 했지만, 멀리 가지 못하고 헛구역질을 했다.

하루 빨리 샨티를 나가야 한다. 그렇지 않으면 영영 과거의 나로 돌아갈 수 없다고, 기훈은 생각했다. 그래서 그는 곧바로 서경에게 갔다. 협박과 동시에 이제 그만 정리를 해달라는 부탁이기도 했다.

"그들은 이미 통제됐어요. 신경 쓸 것 없습니다."

서경이 딱딱한 태도로 말했다.

"대상자가 아직도 연구소에 없는 건 어떻고요?"

기훈이 추궁했다.

"있어요."

톡톡 두드리던 만년필을 내려놓고 서경이 기훈을 바라봤다.

"없다는 걸 알고 있어요. 그래서 계속 찾고 계신 거 아닙니까? 갈대밭도 다 태우고."

"못 믿으시겠으면 보러 가시죠."

서경이 자리에서 일어나 문을 열고 기훈이 나오길 기다렸다.

그 간단한 동작에서 기훈은 서경이 우아한 맹수 같다고 느꼈다. 은밀하게 깔린 기저에 언뜻 비치는 살기가 이상하게 매력적이었다. 인간은 금기된 것을 욕망한다고 누가 말했던가, 기훈은 서경을 볼 때마다 확실히 그 말에 동의했다. 서경은 자신을 훔쳐보는 기훈의 눈빛을 잘 알고 있다는 듯 비웃음을 날렸다. 이때껏 기훈이 본 적도 없는, 능수능란한 여자였다.

"샹티는 날로 화려해지네요."

늦가을의 노란 국화들이 화단에 만발해 있었다.

그 밑으로 입을 뻐끔거리는 잉어들을 보며 기훈은 이맛살을 찌푸렸다. 뭘 먹어서 저렇게 크지? 기훈은 넋을 놓고 연못을 바라봤다.

앞서 가던 서경이 어느 곁에 다가와 기훈 옆에 섰다.

"마음에 드세요?"

"잉어가 좀 징그럽네요. 너무 커서. 제 팔뚝보다 큰 것 같습니다."

"설마요."

서경은 팔짱을 낀 채 한 걸음 떨어져 연못과 기훈의 살짝 굽은 등을 바라봤다.

"저래 보여도 수심이 꽤 깊어요."

서경의 말이 끝나는 즉시 기훈의 무게중심이 앞으로 쏠리면서 금방이라도 연못에 빠질 듯 버둥거렸다. 서경이 자신을 떠미는 것 같았다. 장난이 지나치다고 성질을 내면서 돌아봤을 땐 서경은 다리를 지나 본관 앞에 다다라 있었다. 등골에 한줄기 식은땀이 흘렀다.

본관 3호실. 호화로운 방이었다.

소녀는 카우치에 창을 등지고 몸을 반쯤 기댄 채 앉아 있었다. 민 회장의 대상자가 될 소녀는 일전에 봤던 사진 속 인물과는 다른 인상이었다. 아마 머리 스타일이 바뀌어서 그럴 테지.

소녀의 머리는 완전히 깎여 둥그런 두상을 그대로 드러냈다. 입술이 죄다 부르트고, 혈색이 노랗게 떠 있었다. 흡사 암 환자처럼 보였다.

서경은 침대 옆에 걸린 차트를 확인하고는 소녀의 하얗다 못해 푸른 기가 도는 머리를 부드럽게 만졌다. 소녀가 한 차례 움찔 떨었다.

"말을 못 하나요?"

기훈은 입술을 계속 달싹거릴 뿐 소리를 내지 않는 소녀를 미심쩍은 눈길로 살폈다. 편안한 소파에 앉은 소녀는 보이지 않는 끈에 묶인 듯 움직임이 부자연스러웠다.

"힘이 좋잖아요, 애들은. 김 박사가 약을 많이 썼답니다."

서경이 말했다.

서경은 무릎 위에 얹은 소녀의 손을 들고 장난을 치듯 위로 툭툭 쳐올렸다. 그때마다 팔은 힘없이 무릎으로 뚝 떨어졌다.

주름 하나 없는 작은 손을 만지작거리며 서경이 소녀와 눈을 맞췄다.

"참 예쁘다."

흰자위가 보일 정도로 치켜뜬 소녀의 눈이 분노로 이글거렸다.

피눈물이라도 흘리는 것처럼 눈자위가 빨갰다. 기훈은 연구소에서 목격한 광경보다 지금 이 순간이 더 구역질 나고 잔인하게 느껴졌다. 문 옆에 놓인 소녀의 손때 묻은 배낭이 활짝 열린 채 내용물을 드러냈다.

연습장에는 유성펜으로 또박또박 쓴 이름 석 자 '채평경'이라는 글씨가 보였다.

"대상자가 있으니 윗선 보고는 생각해보겠습니다."

기훈은 그렇게 말하고 소녀를 외면했다.

설마 했지만 평경의 전화는 꺼져 있었다.

이레는 주유소에 딸린 화장실 변기에 앉아 핸드폰을 붙들고 한 차례 눈물을 흘렸다.

평경에게 전화를 걸지만 않았다면 친구까지 위험에 빠트리는 일은 없었을 텐데.

누가 심장을 쥐고 비트는 것처럼 아팠다. 슬픔이 파도처럼 밀려왔다. 경찰에 알려야 한다. 이레는 바깥의 동태를 살폈다.

정차한 차에서 나온 주식이 힐끔 이쪽을 보는 것 같았다. 시억은 여전히 차 뒷좌석에 앉아 아픈 몸을 기대고 있었다. 모든 게 절망적이었다. 시억도 중요했지만 먼저 평경부터 구해야 했다.

이레는 주식에게 빌린 핸드폰에서 112 버튼을 누르려고 했다. 참나, 핸드폰이 부르르 진동을 했다. '메두사'라고 저장된 이름이 액정 화면에 떴다.

당황한 이레가 통화 거절을 눌렀다. 전화는 곧장 다시 울렸다. 이레는 잠깐 고민 끝에 전화를 받았다.

"여보세요, 저 제 핸드폰이 아니고요."

이레가 자초지종을 얘기하려고 말을 골랐다.

"이레니? 나 이서경이다."

메두사가 서경이라니? 어떻게 기자님 핸드폰에 저장되어 있는지 알 길이 없었다.

이레는 아랫입술을 잘근잘근 씹었다. 께름칙한 생각이 떠올랐다. 어디서부터 잘못된 건지 알 수가 없었다. 이시억? 그때부터 함정에 빠진 건가?

"놀랄 것 없어. 네가 받은 핸드폰의 주인은 내 남편이니까."

이레가 고개를 들었다. 눈을 마주친 주식이 거기서 뭘 하냐는 듯 뚫어지게 이쪽을 보고 있었다.

"나랑 뭐하자는 거예요?"

화장실 타일 바닥에 이레의 목소리가 차갑게 울렸다.

"샨티에 들어온 이상 너에게 선택권은 없어. 친구를 살리고 싶지 않니? 그 애는 지금 말도 제대로 못 한단다. 난 그래도 얘한테는 감정 없다. 너처럼 함부로 몸이나 굴리는 애는 아니잖아. 그저 친구 잘못 사귄 죄지."

"내 친구한테 무슨 짓 했어? 했다간 봐! 가만 안 둘 거야! 당신이랑 당신 남편 그리고 심도훈 다 똑같이 해줄 거야. 똑같이 갚아줄 거야!"

이레가 마침내 이성의 끈을 놓고 소리를 질렀다.

"그럼 와. 그렇게 도망 다니면 재미없지."

전화는 끊겼다.

어디선가 서경의 히스테릭한 웃음소리가 들리는 것 같았다.

그래 마음대로 웃어. 웃을 수 있을 때 웃어. 내가 당신을 가만두지 않을 테니까.

이레는 핸드폰을 죽일 듯이 노려봤다. 이레가 화장실에서 나오자, 주식은 피고 있던 담배를 손가락으로 튕기고 운전석에 탔다. 차 안에서 끈덕진 트럼펫 재즈 연주가 흘러나왔다.

이레는 뒷좌석에 앉아 자신을 걱정스럽게 살피는 시억을 봤다. 저 사람이 자신을 두고 장난을 칠 리는 없었다. 울분이 일어 눈물이 터져 나왔다. 이레는 새빨개진 눈으로 보조석에 탔다.

"샨티로 가요."

"엉?"

주식이 제 귀를 의심하며 이레를 봤다. 이레가 똑바로 주식의 얼굴을 살폈다. 휘어지는 눈꼬리와 잘생긴 이마와 코. 뜯어보니 도훈과 닮은 구석이 언뜻 보였다.

이레는 주식의 핸드폰을 돌려줬다.

"언제까지 연극을 할 셈이었어요, 도훈이 아버지?"

"아⋯⋯. 속이려고 속인 건 아닌데."

핸드폰을 확인한 주식은 당황하는 기색조차 보이지 않았다.

돌아가는 상황이 이해가 가지 않는다는 듯 시억이 손을 뻗어 이레의 어깨를 건드렸다.

이레는 마음이 약해질 것 같아 돌아보지 않았다.

"저만 샨티에 갈게요. 아저씨는 병원에 데려다 주세요."

"충분히 오해할 상황이지만 나는 내 아내랑 같은 편 아냐. 샨티에서 무슨 일이 일어나는지 나 역시 궁금해서 그랬다."

"그래요? 내가 말해줄게요. 당신 아내는 날 죽이지 못해서 안달 났고, 내가 도망가자 내 친구마저 납치했어요. 내가 필요하대요. 이유는 나도 몰라요. 내가 그렇게 죽이고 싶은 사람인가? 내가 뭘 어쨌다고요!"

이레는 따발총처럼 말을 내뱉었다.

"설마 그런다고 너를 죽이기야 하겠니?"

"아저씨는…… 당신 아내가 어떤 사람인지 전혀 몰라요. 그렇죠?"

이레의 음성이 차분해졌다. 주식은 이레의 투명하게 빛나는 눈동자를 바라봤다.

정말로 아내를 몰랐다. 솔직히 이제는 서경이 두렵기까지 했다. 자기 자식과 같은 동급생 여학생 둘을 인질로 잡은 그 여자의 속을 누가 알겠는가.

주식은 시동을 걸었다. 멎었던 비가 다시 퍼붓기 시작했다.

"사람을 죽이는 건 영화처럼 간단한 일이 아니야. 대가로 인생을 걸어야 한다고. 그 여편네가 뭐 하러 그런 짓을 하겠어? 겨우 네가 도훈이랑 만났다고 해서? 말도 안 되지."

주식이 말했다. 이레는 주식의 말을 듣는 순간, 힌트를 얻은 것 같았다.

인생을 걸어야 하는 일, 도훈이.

이레는 도훈과 사귀었던 때, 끊임없이 간섭하는 엄마 때문에 도훈이 괴로워하던 것을 떠올렸다. 서경의 지극정성과 유난 때문에 도훈은 점심에도 혼자 급식 대신, 집에서 싸준 유기농 도시락을 먹었다.

서경은 자신을 죽이려고 했다. 그런 그녀가 목숨을 걸고서라도 지키고 싶은 게 도훈이라면?

하지만 자신과 도훈이 무슨 상관인가. 이미 헤어져서 아이 말고는 아무런 접점도 없었다. 머릿속에 뭉친 실타래가 풀어지다가 뚝 끊겼다.

도훈이 학교에 가지 않았다. 어찌된 일인지 전화도 받지 않았다.

좋지 않은 예감에 서경은 이레가 샨티로 돌아오는 대로 다시는 도망을 칠 수 없게 아예 팔다리를 묶어버리라고 희원에게 지시했다.

하루만 지나면, 김이레는 껍데기만 남아 세상에서 지워질 것이다. 서경은 성북동 자택으로 향했다. 가정부가 도훈이 새벽같이 어디를 나갔다 온 후 방에 틀어박혀 있다고 했다. 샨티를 키우느라고 아이에게 신경을 쓰지 못한 게 미안해졌다.

서경은 백미러를 보며 티슈를 뽑아 붉은 립스틱을 지웠다. 잘 세팅되어 탐스럽게 흐르는 머리칼을 흐트러트렸다. 낡아빠진 카디건을 걸치고 집으로 들어섰다.

아들은 예전부터 자신을 병간호 하던 시절의 엄마 모습에 약했다. 서경은 아들의 마음속에 은밀하게 숨어 있는 죄책감을 잘 이용할 줄 알았다.

단독주택의 이층은 통째로 도훈의 영역이었다.

서경은 소리 나지 않게 계단을 올라가 이 층 안방 문에 귀를 기울였다. 아무 소리도 나지 않았다. 옆에 딸린 회장실에 들이가 약정을 확인했다. 갈색 병에 든 알약이 거의 바닥을 드러내고 있었다. 다행히 치료제는 꼬박꼬박 챙겨먹는 모양이었다.

"뭐해?"

화장실 문간에 선 도훈의 눈길이 부서질 듯 날이 서 있었다.

서경은 약장을 닫고 도훈을 향해 웃어 보였다.

"여기서 뭐하냐고."

도훈이 다시 추궁했다.

"약이 떨어졌나 확인했어."

"나 멀쩡해."

"당연히 멀쩡해야지."

"그런데 왜 검사를 하는 거야?"

도훈의 목소리가 잔뜩 성 나 있었다.

"밥 먹었니?"

도훈은 대답 대신 화장실을 나갔다. 뒤늦게 서경은 도훈이 외투를 걸쳐 입은 것을 알았다. 서경은 도훈을 따라갔다. 도훈이 가방을 메고, 서경을 돌아봤다.

"엄마 샨티 갈 거지? 나도 갈래."

"왜?"

"왜긴. 이레 만나러."

"걔 지금 아파. 위험할지도 몰라."

서경은 도훈이 이레를 보고 싶어 해도 샨티에 올 거라는 건 생각조차 해보지 않았다. 도훈은 샨티를 못 견뎌 했으니까.

"이레가 위험해?"

도훈이 웃으며 씹어뱉듯 덧붙였다.

"내가 위험한 게 아니고?"

서경은 도훈이 대체 뭘 알고 있는 건지 몰라 할 말을 더듬거리며 찾았다.

"무슨 소리 하는 건지 모르겠네."

도훈은 책상 서랍에서 한 뭉치의 알약을 꺼내 되는대로 바닥에 던졌다.

아까 서경이 확인했던 약통의 약들은 저곳에 차곡차곡 숨어 있었던 거였다. 그의 눈이 이글이글 타올랐다. 서경은 이성을 잃기 전 아들의 광기 어린 눈이 측은하고 무서웠다. 저도 모르게 뒷걸음질 치며 문고리를 꽉 쥐었다.

마침내 도훈이 소리쳤다.

"샨티에서 사람을 죽인 건 나잖아! 기억이 났단 말이야……."

***

김 박사는 코마 상태에 빠진 민 회장의 머리에 붙여놓은 전극을 모두 떼어냈다.

뇌파는 움직임이 없었다. 호흡기만 떼면 민 회장은 운명할 상태였다. 그의 머리맡에 붙은 달력 23일에 동그라미가 쳐 있었다.

바로 내일, 수술이 시작될 것이다.

검버섯과 욕창이 퍼진 늙은 몸은 볼품없이 흉했다. 한때 대한민국을 주름잡던 민 회장은 반송장이 되어 때를 기다리고 있었다.

수술의 성공 확률은 약 30프로. 지금까지 김 박사가 성공시킨 뇌이식 수술은 10명 중 딱 셋뿐이었다. 그마저도 살아남은 둘은 수술 후유증으로 육 개월을 살지 못했다. 민 회장은 그래도 괜찮다고 했다. 단, 육 개월만 산다 해도 성공 시 샨티에 백억 원의 연구비를 약속했다. 그러니 서경 쪽에서는 안달이 날 대로 나 있었다.

김 박사는 이제사가 죽은 후 뇌수술 분야에서 가장 유능한 박사였다.

스승이 밑천을 닦아놓았어도 변수는 끊임없이 나타났다. 당연한 일이었다. 심장도 아닌 뇌를 누가 건드린단 말인가.

김 박사는 차트에 환자의 상태를 적어놓고, 대영그룹의 사람들로 쫙 깔린 통제실을 빠져나왔다.

복도 밖에서 그의 조수 세 명이 대기하고 있었다. 하나같이 초조한 얼굴이었다.

"아래층 11번 방에 김이레가 와 있습니다."

제일 나이가 많은, 김 박사가 신임하는 박 선생이 말했다.

도망갔다는 녀석이 하루 사이에 다시 제 발로 걸어 들어왔다는 것을 전해 듣고 김 박사는 이레를 동정했다. 분명 서경의 협박이 작용했을 것이다.

계단을 통해 2층에 들어선 순간부터 소리가 들려왔다.

내 친구 어디 있냐고, 가만두지 않겠다는 외침.

11번 방 앞에 가드 둘이 지키고 서 있었다. 김 박사를 보자, 존경의 눈빛이 담긴 눈으로 짧게 인사치레를 했다.

김 박사는 버튼을 눌러 자동문을 열었다.

간이침대와 간단한 세면대와 변기가 딸린 방은 몇 명의 대상자가 머물다 죽은 방이었다. 네 면에 검정색 페인트가 발라져 있었고 침대 위에 더듬이 같이 붙은 작은 등이 전부여서 침침했다.

"이서경 어딨어요!"

작은 방을 휘젓고 다니던 이레가 다짜고짜 물었다.

"당신 누구야? 의사야?"

맹랑한 꼬마였다. 이레의 에너지에 놀라 김 박사는 자신도 모르게 문가에 기대섰다. 이레가 성큼 걸어와 김 박사를 매서운 눈길로 올려다봤다.

김 박사는 손가락으로 침대를 가리켰다.

"가서 앉아라. 진찰을 해야 하니까."

이레는 김 박사를 옆으로 밀치고 발로 문을 쾅쾅 찼다. 쇠로 만들어진 문이 쉽게 열릴 리가 없었다. 이레의 시선이 김 박사의 목에 걸린 출입증을 향했다. 김 박사는 출입증을 옷 속으로 집어넣었다.

"팔다리를 묶어놓고 싶진 않은데. 그런 거 못 견디잖아?"

김 박사가 차분히 말했다.

"나를 어떻게 해도 좋아요. 하지만 내 친구를 건드는 건 용서 못해요."

"친구가 여기 있어?"

"네."

김 박사의 물음에 이레가 다시 고분고분해졌다. 녀석을 다시 돌아오게 만든 아킬레스건이 이거였구나. 김 박사는 침대 앞으로 걸어가 이레를 쳐다봤다.

"네가 내 말을 잘 들으면, 친구는 무사할 거다."

"먼저 보고 싶어요."

"그렇게는 안 되지. 검사 먼저."

하는 수 없이 이레가 침대 앞에 길터앉았다. 김 박사는 여기저기 생채기가 난 이레의 얼굴을 보다가 혀를 찼다. 환자복을 걷어내고, 청진기를 갖다대자 이레가 흡 숨을 멈췄다. 맥박이 아주 빠르게 뛰고 있었다.

"아이는 괜찮아요?"

이레는 힘없이 물었다.

"그런 것 같구나."

김 박사의 대답에 이레는 열일곱 살에 인생의 비밀을 다 알아버린 듯 애수가 담긴 미소를 보였다.

"슬퍼할 거 없다. 네 아이는 태어나도 어차피 오래 살지 못해."

이 사실을 말하면 조금 위로가 될까. 이레는 그게 무슨 뜻인지 잘 모르겠다는 얼굴로 박사를 바라봤다.

"아이 아버지가 심도훈이지?"

"그런데요?"

"걔 유전병 있잖아. 처음엔 피가 굳다가 나중엔 신장과 폐를 비롯한 모든 장기와 심장이 굳어버리는 희귀병."

이레는 처음 듣는 김 박사의 말에 충격을 받아 할 말을 잃었다. 도훈이 잦은 병치레를 하고, 약을 달고 사는 건 알고 있었다. 그게 유전이라고?

이레는 청진기가 닿아 찬 기운이 남은 배를 어루만졌다.

"도훈이가…… 죽어요?"

"물론이지. 뿐이냐, 걔 엄마도 죽어가고 있어."

김 박사는 비밀을 발설하고, 만족한 듯 빙그레 미소를 지었다.

짐승이 헐떡거리는 소리에 평경은 눈을 떴다.

머리가 깨질 듯이 아파 한동안 짐승의 소리를 들으면서도 제대로 몸을 가누지 못했다. 유리문이 제일 먼저 보였고, 피투성이가 된 손가락이 그 유리문을 톡톡톡, 간헐적으로 두드렸다.

손가락의 주인은 까만 눈동자, 이마 위로 심한 상처가 곪아터져 진물이 눈가에 흘러나왔다.

꿈인가. 평경이 놀라 몸을 일으켰다. 아직 약기운이 남아 주위가 핑글핑글 돌았다.

"깼니?"

남자의 비음 섞인 소리가 뒤통수에서 들렸다.

평경이 흠칫 놀라 돌아봤다. 자신을 깨운 짐승의 소리가 그였다. 평경은 못 볼 것을 본 것처럼 다시 고개를 틀었다. 헛구역질이 일었다.

으흐흐흐, 남자가 신음인지, 웃음인지 이상한 목소리를 냈고 평경은 비명을 질렀다.

입원실을 지키는 수위가 바지를 깐 채 잠든 평경을 보며 수음을 하고 있었던 것이다. 평경은 할 수 있는 한 구석으로 붙었다.

칸 유리로 구획이 나눠지긴 했으나 양 옆은 이상한 몰골을 한 환자들이 넋을 놓고 있었다. 흰자위가 없는 까만 눈동자를 가진 괴물 같은 사람들이 셋 있었고, 그들을 지키는 수위는 성욕을 풀고 있었다.

평생을 이런 곳에 썩다가 저들처럼 똑같은 눈을 가지게 되는 것이 아닌가 하는 두려움에 평경은 제대로 된 생각을 할 수 없었다.

동시에 도망갔다는 이레가 어쩌면 이곳에 갇혀 있을지도 몰랐다.

절정에 치달은 수위의 신음이 한껏 높아졌다가 긴 한숨을 내쉬고 잠잠해졌다. 평경은 그때까지 목청껏 비명을 내지르고 있었나. 바지 지퍼를 올리는 소리가 들렸다.

"너무 그럴 거 없어, 이년아. 밖이었으면 너는 이미 죽었어. 내 인생이 말년에 꼬여서 여기 찌그러져 있는 거지. 씨팔, 너 내가 누군지 아냐?"

평경이 반쯤 고개를 틀었다. 말하지 않아도 이미 알 만한 게 보였다. 험악한 인상에 옷깃 위로 목덜미에 용 비늘이 그려진 문신이 나와 있었다. 괜히 건드려서 좋을 게 없어 보였다. 사건 사고 뉴스에 나올 법한 몽타주였다.

"여기서 하는 짓거리들이나, 재미 좀 보고 사람 죽이는 거나 무슨 차이냐."

수위는 혼잣말로 중얼거렸다.

"이레 여기 있어요?"

평경이 용기 내어 물었다.

"이레? 너처럼 어린년인가?"

"내 친구요. 컷트 머리에 눈 큰 여자애 못 봤어요?"

"아, 걔, 저기 있네."

수위가 구석에서 벽을 향해 머리를 떨구고 있던 더미를 가리켰다. 헝클어진 더벅머리에 거죽만 붙은 것처럼 말라비틀어진 여자였다.

평경이 벌떡 일어나 더미를 관찰하자, 이윽고 박수소리 같은 웃음이 하하하, 터져 나왔다. 수위가 웃겨 죽겠다는 듯 배를 잡고 굴렀다.

"아니야? 걱정 마. 잡혀온 애들은 다 이리로 오니까."

수위가 말했다. 화가 난 평경이 수위를 돌아보며 항의를 하려다 입을 다물었다. 수위의 오른쪽 눈가에 갈색 반점이 크게 나 있었다. 평경은 그제야 그가 누군지 기억이 났다. 점박이라 불리던, 뉴스에 자주 오르내려서 인상에 남은 성범죄자였다.

"여기 뭐하는 데예요?"

"……실험실."

"실험실?"

"네 친구란 년도 운이 드럽게 없나 보다. 여기선 살아서 못 나가."

수위가 턱을 괸 채 평경을 바라보았다. 평경이 얼른 고개를 돌렸다. 수위는 평경이 귀엽다는 듯 가볍게 웃고 졸음이 쏟아지는 듯 눈을 감았다.

더미가 강박적으로 유리문을 두드리는 소리를 듣고 있자니, 평경은 머리가 돌 것 같았다. 수위는 의자에 등을 깊숙이 파묻은 채 천장을 보고 잠이 들었다. 반쯤 벌어진 입에서 거친 숨소리가 새어나왔다.

평경은 자신이 갇힌 유리문을 바라봤다. 그다지 견고해보이지 않은 평범한 유리문이었다. 몸으로 돌진한다면 깨질 수도 있을 것 같았다. 하지만 수위에게 들키지 않고 문을 깨고 나가기란 불가능했다.

학교에서 선생님한테 안 걸리고 잡담을 하는 방법은 딱 한 가지다. 나보다 더 떠드는 애가 있으면 되었다. 평경은 계속해서 유리문을 두드리던 더미에게 눈을 맞췄다. 더미는 평경을 보지 못하는지 고개를 한 번 흔들 뿐, 초점이 없었다.

죽기 아니면 까무러치기다. 평경은 온 힘을 다해 옆 칸에 갇힌 더미들을 향해 몸을 날렸다. 콰앙. 타격음과 함께 평경의 어깨가 부러질 듯 아팠다.

놀란 더미들이 일시에 동요하며 구석으로 피했다.

수위는 몸을 뒤척였을 뿐, 깨지 않았다.

한 번만 더! 평경이 유리 칸을 깨부술 듯 돌진했다. 유리에 쩌억 금이 가기 시작하더니 순식간에 산산조각 나 사방으로 튀었다.

평경은 몸을 웅크려 유리 조각을 피했다. 더미들이 생전 처음 듣는 소리로 울었다.

"저것들이 오늘 단체로 약을 처먹었나."

단잠에서 깬 수위가 일어나 상황을 파악하고는 욕설을 내뱉었다.

그가 이쪽으로 다가왔다. 기회는 한 번뿐이다. 그의 낡아빠진 운동화가 유리 조각을 밟으며 안으로 들어왔다.

평경은 날쌔게 몸을 일으켜 반쯤 열린 문을 잡았다. 그럴 줄 알았다는 듯 수위가 평경의 어깨를 붙들었다. 보통 악력이 아니었다. 평경은 입술을 깨물고, 한 손에 쥐고 있던 유리 조각으로 수위의 손등을 찍었다.

"개 같은 년이!"

수위가 소리쳤다. 수위가 머리로 평경의 뒤통수를 쳤다. 충격에 평경은 앞으로 넘어졌다.

그때, 뒤에서 깊고 음울한 소리가 났다. 아까 손가락으로 유리문을 두드리던 그 더미가 수위의 어깨를 꽉 물었다. 그 사이에서 허연 뼈가 드러났다.

수위가 잔뜩 당황한 얼굴로 더미에게 손을 뻗었지만 허둥거렸다.

"개 같은 새끼가!"

평경이 그의 사타구니에 발길질을 하며 그대로 욕설을 되갚아주었다.

수위가 비명을 지르며 무릎이 꺾였다. 그 순간, 평경은 너무 무서운데도 가슴 한구석이 뻥 뚫리는 희열을 맛봤다.

의문은 점점 증폭되었다. 주식은 한강이 내다보이는 자신의 오피스텔에서 그간의 일들을 머릿속으로 정리했다. 이레를 샨티에 내려주고 돌아봤을 때 시억은 이미 정신을 잃은 상태였다. 주식은 시억을 차마 길바닥에 버려둘 수 없어 하는 수없이 짐 덩어리를 달고 왔다.

시억은 침대에 누워 있었다. 총상은 신고를 해야 한다는 고지식한 주치의에게 돈을 건넸다. 수혈을 꽤 많이 해야 했다. 덕분에 깔끔했던 오피스텔 안이 핏물과 약품 냄새로 뒤섞였다.

호출을 받고 달려온 비서 현영은 싫은 티를 팍팍 내다가 허여멀건 한 얼굴로 잠든 시억을 보고는 잘생겼다고 중얼거렸다.

시억은 정신을 차렸다가 금방 잠이 들긴 했지만, 빠르게 회복되는 것 같았다. 한동안 현영은 괜히 시억의 곁을 맴돌았다.

4인용 식탁 위에 햄버거 종이 껍질과 먹다 남은 콜라, 담배 꽁초가 수북했다. 주식은 몹시 허기가 져 자신의 오피스텔에 온 이후로 햄버거를 두 개나 먹어치웠다.

현영은 쓰레기통을 가져와 테이블 끝에 놔두고 위에 널린 쓰레기를 한 손으로 모조리 쓸어버렸다.

눈치는 더럽게 없으나 부지런하고 행간을 읽어내는 놀라운 재주를 가진 여자였다. 현영은 노트북을 켜고 주식이 샨티에서 씨름할 동안 알아낸 몇 가지 자료들을 보여주었다. 샨티의 기부금 목록을 토대로 작성한 요양객들의 명부였다.

"이곳에 머무는 요양객들이 많지는 않은 것 같아요. 드나드는 몇몇 재벌과 유명인들의 친인척, 자제들을 연결해봤어요. 죽은 조혜주랑 김이례를 제외하고 에이치비의 막내딸 피아니스트 김주원, 대영그룹 민정국 그리고 한 십 년 전에 교통사고 나고 사라졌던 금메달리스트 마라토너 한재익."

"아니, 그 큰 요양원 지어놓고 손님이 그게 전부야?"

항상 텅 비어 있던 본관의 테라스들을 떠올리며 주식이 물었다.

"애초에 샨티는 요양원으로 돈을 벌 목적이 아니었다, 라는 전제가 성립되겠죠?"

주식은 이미 알고 있는 사실이었지만 입을 열지 않았다. 대신 현영이 생각해낸 가설을 듣기로 했다. 주식이 계속해보라고 턱짓을 했다.

"거의 없다고 봐도 무방한 요양객들에 비해 샨티는 점점 몸집을 불려 나갔어요. 2000년대 초반 사이에 그 주변 일대를 전부 사들였어요. 반경 2킬로 정도 되는 크기예요. 제가 볼 때, 이서경 그러니까 사모님은 왕국을 만들고 싶었던 게 아닐까…… 싶은데요."

"왕국?"

주식이 우습다는 듯 되물었다.

"그 있잖아요. 사이비."

"내 아내가 사이비 교주란 거야?"

현영은 주식의 눈치를 보며 입을 다물었다. 그 여자가 광적인 구석은 다분히 있지만, 일 년에 서너 번쯤 도훈의 몸이 좋지 않을 때 새벽 기도를 나가는 게 고작이었다.

"그게 아니라면, 왜⋯⋯."

"왜?"

"왜⋯⋯."

현영은 길게 말꼬리를 늘어트렸다. 주식이 몇 번 지적한 적 있던 행동이었다. 매섭게 현영을 노려봤다. 현영의 손가락이 다급해졌다. 노트북 화면에 급하게 입수한 서류 기록이 띄워졌다.

인천, 강원, 서울 구로구에 있는 고아원 세 곳이 비슷한 시기에 폐업 신고를 했고, 그곳의 아이들이 샨티의 이름으로 흡수됐다.

"대략 60명이 좀 넘는 아이들이에요. 그들이 지금은 전부 성인이 되어 있겠죠?"

현영의 눈길이 누워 있는 시억을 향해 있었다.

현영은 오피스텔에 들어온 순간부터 시억의 뿌리를 알아챘을 것이다.

"샨티에서 그들은 십 년의 시간동안 뭘 했을까요?"

그렇게 질문하고 현영은 한동안 말이 없었다.

주식은 그때 자신을 스쳐간 더미의 텅 빈 눈동자와 창문 하나 없이 만들어진 연구소의 창백한 불빛을 떠올렸다. 바이오 사업은 사이비 종교와 다를 바 없이 부질없는 믿음과 희망을 사고 파는 거라고 말했던 서경의 설명까지.

어쩌면 현영의 주장이 옳을지도 몰랐다. 현영은 방금까지 본 파일을 전부 쓰레기통에 넣고 비우기 버튼을 눌렀다.

"까면 깔수록 이건 개미지옥이에요. 덮는 게 좋아요. 윗선이 너무 높아요."

"야, 그래도."

주식과 현영은 서로를 바라봤다. 알량한 자존심 가지고 싸우기에는 상대가 너무 크다고 현영은 눈빛으로 말했다. 고개를 내저었다.

"수술이 끝날 때마다 거액의 돈이 걸려 있어요."

언제 깼는지 시억이 나직한 목소리로 말했다.

"그게 무슨 소리예요? 무슨 수술?"

현영이 일어나 시억에게 다가갔다.

시억은 거기까지 말하고 한참 동안 말을 골랐다. 아는 것을 어디서부터 말해줘야 할지 고민하는 것 같았다.

떵동, 느닷없는 초인종 소리가 울렸다.

그들은 모두 깜짝 놀라 문 쪽을 바라봤다. 주식이 발걸음을 죽이고 다가가 인터폰을 확인했다. 샨티의 사람들이었다.

현영이 뒤에서 불안한 얼굴로 발을 동동 굴렀다.

"경찰에 신고해야겠어요."

현영이 핸드폰 버튼을 누르려 하자, 주식이 재빨리 핸드폰을 뺏었다.

"안 돼!"

위잉, 전기톱 같은 게 돌아가는 소리가 문밖에서 들렸다. 샨티원들이 자물쇠를 부수기 시작했다. 얼마 남지 않은 시간. 현영이 공포에 젖어 비명을 질렀다.

"왜 안 돼요? 어쩌려고요?"

"경찰에 연락을 하는 즉시 잃을 게 많아."

주식이 말했다. 경찰은 별로 좋은 생각이 아니었다. 샨티를 내가 가질 수도 있으니까.

주식은 뻥 뚫려버린 문고리 사이로 들어오는 투박하고 거친 손을 보고만 있었다. 그것은 능숙한 손길로 레버를 누르고 간단히 자물쇠를 떼어버렸다.

서너 명의 사내가 비집고 들어왔다.

그들은 소리를 지르는 현영의 입을 닥치게 하고 주식과 시억을 끌고 갔다.

주식은 분노도, 수치도 느끼지 않았다. 그저 이 끝에 뭐가 있는지 그 개미지옥을 들춰내고 싶은 욕망만이 가득했다.

몇 시간 뒤, 혼자 남은 현영은 조심스레 방을 나섰다.

동시에 맞은편 방문이 열렸다.

현영을 감시하던 남자가 검지를 들어 입에 가져다가 쉿, 동작을 하더니 다시 방문을 가리켰다. 현영은 말 잘 듣는 착한 아이처럼 침착한 얼굴로 다시 방으로 들어갔다.

바 테이블에 앉아 어두운 한강변의 조망을 내려다보던 현영은 시억이 누워 있던 침대로 다가갔다. 동그랗게 피로 그린 모양이 눈에 띈 것이었다.

현영이 이불을 확 들췄다.

시억이 누웠던 하얀 패드 위에 다섯 개의 이어진 원이 붉은 핏자국으로 남아 있었다.

그것은 분명히 시억이 틈을 타서 그린 신호였다. 이게 뭐지? 잠시 생각을 굴리던 현영은 그 모양이 티브이에서 이따금 보던 오래된 심벌과 비슷하다는 걸 깨달았다. 전날 밤까지 샨티의 요양객 명단을 뒤졌던 현영의 머리에 한 사람이 스쳤다.

올림픽 금메달리스트. 불구가 된…… 한재익.

왜 그 사람을 가리킨 거지?

현영은 시억이 남긴 신호의 의미를 알 수 없었다. 현영은 현관문으로 다가가 도어뷰를 살폈다. 아침이 오고, 이곳에 사는 직장인들이 하나둘 출근을 할 때면 그때 저 남자도 현영을 막지는 못할 것이다. 현영은 그렇게 생각하고 피로 얼룩진 패드를 세탁기에 집어넣었다.

서경의 차가 갓길에 선 채 비상등을 깜박이고 있었다.

차창을 두드리는 노크 소리에 서경이 잔뜩 찡그린 얼굴로 고개를 들었다.

자주색 잠바를 걸친 희원이 문을 열자, 서경은 차에서 내려 보조석에 앉았다.

차 안이 최대로 틀어놓은 히터로 후끈했다. 그런데도 서경은 오한이 드는지 몸을 달달 떨었다. 희원이 잠바를 벗어 서경의 무릎에 덮었다.

"김 박사가 집무실에서 대기하고 있습니다. 더 이상 미루면 안 됩니다. 오늘 수혈 먼저 받으세요."

희원은 한동안 잠잠하던 서경의 병이 다시 도진 것에 염려를 드러냈다.

"미안해."

서경이 죽어가는 목소리로 말했다.

"뭐가요?"

"거짓말 했어. 도훈이가 그 여자 공격한 거 다 기억하고 있었어. 그래서 도훈이 아닌, 당신이 죽인 거고 도훈인 그냥 목격한 거라고 말했어."

희원은 말이 없었다.

서경은 도훈이 그늘을 안고 살아가는 것을 용납할 수 없었다. 세상에, 개가 그걸 다 기억하고 있었다니.

도훈이 먹는 치료제는 치명적인 오류가 있었다. 언제 터질지 모르는 이상 행동. 제어되지 않는 공격성이 그것이었다.

사건 당일, 이레의 거취 문제로 서경과 도훈은 심하게 말다툼을 했다.

도훈은 서경이 가장 못 견뎌 하는 말을 했다. 이렇게 사느니 죽고 싶다, 죽는 게 낫다고 말했다. 예전 같으면 그 말을 듣고 서경은 한발 물러나 도훈을 더 이상 자극하지 않았을 것이다. 하지만 근본 없는 여자애와 사고를 친 아들은 예뻐 보이지 않았다.

"징징 대지 말고 죽고 싶으면, 죽어."

어떻게 그 말을 할 수 있었을까. 도훈은 마치 듣고 싶은 말을 들은 사람처럼 고개를 끄덕였다. 지나친 평온함이 감돌았다. 서경은 불쑥 겁이 났다. 도훈은 잠시 바람을 쐬겠다고 하며 밖을 나갔다. 아들이 그 길로 샨티를 갔을 줄은 상상도 못 했다.

몇 시간이 지나도 들어오지 않는 아들이 걱정되어 밖을 서성였다. 동이 터올 무렵 집으로 돌아온 아들의 몸은 얼음장처럼 차가웠고, 얼굴은 창백했다.

이희원이 전화로 도훈이 누군가에게 심각한 피해를 입혔다는 것을 알려왔다. 희원은 충격 받을 서경을 생각해서 그렇게 말을 순화

했지만, 서경은 도훈이 죽지 않았다는 사실에만 집중했다.

착한 아들이 친 두 번째 사고였다.

오전에 자세한 상황을 보고 받고, 도훈이 귀신들린 듯 조혜주를 살해하는 장면이 녹화된 CCTV를 확인했다. 도훈을 말리던 이희원이 몸부림에 맞아 입에서 피를 쏟아냈다. 괜찮았다. 그깟 창녀 하나 죽은 거. 나이도 먹을 만큼 먹은 여자였다. 도훈은 스무 살을 넘기기 힘들 텐데, 그거에 비하면 꽤 오랜 삶을 산 거니까.

서경은 스스로를 다독이며 중무장했다. 다행스럽게도 충격 때문인지 도훈은 그날 밤의 일을 모조리 잊은 것 같았는데…….

"모두 다 착각이야. 네가 묘사한 당시의 상황은 아주 정확해. 그래, 살인이 일어났고 피해자가 생겼어. 하지만 중요한 사실 하나가 틀렸어. 너는 목격자야. 그날 너는 희원 삼촌이 여자를 죽이는 장면을 목격했던 거야."

서경의 말에 도훈이 눈에 띄게 마음을 놓는 것처럼 보였다. 서경 역시 순간적인 자신의 기지에 만족했다.

"그러니까 죄책감 가질 필요도 없어. 넌 깨끗해. 오히려 피해자야. 그런 몹쓸 장면을 봐버렸으니까."

"삼촌은 왜 그 여자를 죽인 거야?"

도훈이 다시 물었다.

서경은 아들의 얼굴에서 자유를 봤다. 죄책감에서 벗어나 도훈은 이제 희원과 여자 사이에서 심판자 노릇을 하려는 것처럼 보였다.

서경은 적당한 말을 둘러대며 도훈을 안심시킨 후 집을 나섰다.

"괜찮죠, 삼촌?"

튀어나온 입은 좀처럼 말을 할 기색이 보이지 않았다.

송충이처럼 얽은 피부, 어렸을 때부터 알아온 이희원은 어느덧 희끗희끗한 새치가 많은 예순에 가까운 나이를 먹었다. 그때도 그는 아버지를 모시면서 똑같은 표정으로 운전대를 잡았다.

서경이 핸들을 붙든 꺼칠한 희원의 손을 잡았다.

"나는 최근에 소중한 친구 하나를 잃었습니다. 조혜주를 내가 죽인 걸로 해도 괜찮습니다."

소중한 친구란 늙은 구렁이를 말하는 거였다. 이희원의 음성은 담담했다.

"하나만 약속해주세요."

"단둘이 있을 때는 말 놔요, 삼촌."

서경이 긴장하며 말했다.

언뜻 그의 얼굴에 미소가 살짝 비쳐졌다.

이희원이 미소라니?

"요양원을 갖고 싶다. 물론 연구소는 서경이 네가 가져도 좋아."

희원이 말했다.

서경은 자신의 귀를 의심했다. 희원에게 뺨이라도 한 대 얻어맞은 것처럼 얼얼한 기분마저 들었다. 서경은 레이저를 쏘듯 희원을 노려봤다. 아버지에게 내쳐진 놈을 다시 불러들인 게 누군데.

이제사는 임종이 가까워 오자, 준비했던 절차라는 듯 가까운 측근들을 다 내보냈다. 물론 희원도 포함됐다. 희원에게 이제사는 일의 원천이자 삶의 지표였다. 그는 이미 자신이 이씨 일가의 한 일원이라고 생각했기에 크게 낙담하고 상황을 받아들이지 못했다. 매일 샨티 주변을 한 맺힌 유령처럼 서성거리곤 했다.

이제사가 죽고 나서 서경은 보란 듯이 이희원을 불러들였다. 몇 달 만에 나타난 이희원의 얼굴은 며칠 끼죽도 못 얻어먹은 사람처럼 수척했다.

"서경아, 네가 배신하지 않는 한 너는 내 딸과 마찬가지야."

종신계약서에 사인을 하며 희원은 힘주어 말했다. 그리고 누구보다 열심히 샨티에 공을 들였다. 꽃밭이나 가꾸며 잡일이 천직인 줄 알았던 양반이 사실은 샨티를 노리고 있었다니.

"물론 나는 자식도 없으니까 도훈이에게 물려줄 생각이야."

서경이 눈매가 뾰족해진 것을 본 이희원이 서둘러 덧붙였다.

"생각해볼게요."

서경은 간신히 대답한 후 눈을 감았다.

민 회장의 수술이 끝나는 즉시 이 영감탱이를 당장 샨티에서 내쫓으리라.

이상한 곳이었다. 영화에서나 볼 법한 광경.

평경은 사람 하나 없는 긴 복도를 물끄러미 봤다. 미로같이 좁은 복도들이 이어졌고, 창문이나 문도 없었다. 비상구를 가리키는 표시 등조차 없었다.

나 정말 갇힌 건가, 길을 잃은 게 분명했고 찾을 방법도 없었다.

철골 구조를 그대로 드러낸 천장에서 무언가 후다닥 지나갔다. 쥐라면 질색인데…….

한참을 뛰듯이 걷던 평경은 복도 끝에 있는 엘리베이터를 발견했다. 다가가려는 순간, 자주색 잠바를 입은 남자를 발견했다. 평경이 후다닥 벽에 붙어 몸을 숨겼다.

띵, 기계음 소리가 들리고, 구둣발 소리가 울렸다.

엘리베이터 앞에서 어슬렁거리던 남자는 어느 틈엔가 열중 쉬어 자세를 하고 90도로 인사를 했다. 평경은 인사를 받은 사람을 확인했다. 머릿속이 하얘졌다.

어제 자신의 손을 잡고 미소 짓던 그 여자였다. 치가 떨리게 가지런한 치아를 드러내고 웃던 미소, 자신을 동물원 원숭이처럼 만들어놓았던 서경이었다.

평경은 다시 가던 길을 되돌아갔다. 바로 뒤에서 뾰족한 하이힐 굽 소리가 귀를 때렸다.

코너를 꺾으면 다시 긴 복도가 이어졌다. 이곳, 사람 피 말려 죽이려고 만든 곳인가?

"거기, 너."

서경의 목소리가 뒷덜미에 따라붙었다. 평경은 획 돌아섰다. 서경은 잠시 눈을 가늘게 뜨고 고개를 갸웃했다. 얼굴이 밀가루를 들이부은 듯 하얬다.

"어떻게 빠져나온 거지?"

"이레는 어딨어요?"

평경은 서경의 앞으로 대담하게 다가갔다. 그녀가 자신의 머리를 깎고 강제로 약물을 투여했듯 이레에게도 똑같은 짓을 했을 게 뻔했다.

이레가 도망쳤다고? 아니, 평경은 여기에 갇혀 있으면서 절대로 빠져나갈 수 없다는 것을 몸으로 실감했다.

이레는 어딘가에 분명히 갇혀 있다.

"잘됐다. 어차피 너를 보내주려고 했는데."

서경이 엄지와 중지 손가락을 까닥이며 엘리베이터에서 지키던 가드를 불렀다. 가드가 뛰어왔다.

"이 애는 손님이니까 출구까지 책임지고 데려다 줘요."

"네."

가드가 대답했다.

"난 안 가요. 이레 여기 있잖아요. 내 친구 데려다가 뭘 했어요? 어쨌냐고?"

평경이 다급하게 소리쳤다. 서경은 어서 데려가지 않고 뭘 하느냔 눈빛으로 가드를 바라봤다. 그러자 가드가 강제로 평경의 어깨를 잡고 끌고 가기 시작했다. 평경은 손을 뿌리치고 강하게 반항했다.

"이것 봐. 나는 지금 이레의 부탁을 들어주는 중이야. 왜 말을 안 듣니? 다시 갇혀 있을래?"

서경이 차분한 어투로 협박했다. 괴물들이 있던 곳에 다시 갇힐 수는 없었다. 평경에게 호되게 당한 수위가 이번에는 진짜로 평경을 가만 놔두지 않을 것이다. 평경은 본능적으로 고개를 흔들었다.

"그래, 조심히 가거라."

서경이 고개를 끄덕했다. 평경은 순순히 남자의 손에 끌려가 엘리베이터를 기다렸다.

서경의 하이힐 소리가 멀어졌다.

엘리베이터가 도착하자, 남자는 주머니에서 검은 안대를 꺼내 건넸다.

"살고 싶으면 써."

남자가 말했다. 그래서 평경은 안대를 썼다. 순식간에 엘리베이터는 밑으로 향했고, 그가 이끄는 대로 계단을 오르내리고, 복도를 걸었다. 사람들의 목소리가 거의 들리지 않았다.

지나가던 누군가가 '김이레?' 하고 남자에게 귓속말로 물었다. 남자는 '아니' 하고 짧게 대답했다.

문이 열렸고, 비로소 바깥인 듯했다. 신선한 바람이 한꺼번에 폐속 깊숙이 들어왔다.

자갈 위를 걷는지 바닥이 불균형했다. 평경은 허락을 구하지 않고 안대를 풀었다.

"여기서 있었던 일은 비밀이다. 지키지 못할 때, 우리가 널 다시 찾아갈 거다."

낮고 단조로운 음성으로 남자가 말했다.

눈앞에 일 미터 크기의 천사 토피어리가 비를 맞고 있었다. 평경은 지금 치유의 정원 연못이 있는 한가운데 있었다.

서둘러 돌아봤을 때, 남자는 주머니에 손을 꾹 찔러 넣은 채 사무관 건물로 들어갔다.

평경은 으스스한 추위를 느끼며 싸늘한 주변을 서성였다. 슬리퍼 사이로 빗물이 튀었다. 설명할 수 없는 슬픔이 차올랐다.

같은 시각, 도훈은 택시에 내려 샨티의 정문을 지나고 있었다.

며칠 전 함께 왔던 이레의 모습이 사진을 찍듯 선명하게 떠올랐다. 도훈은 잠시 멍한 무력감을 느끼고 샨티의 정원을 바라봤다.

서경이 뭔가를 숨기고 있었다. 도훈은 서경의 거짓말에 수긍하는 척했다. 며칠째 자신을 괴롭히던 편두통은 말끔히 사라졌다. 다른 어떤 때보다 도훈의 머릿속은 깨끗했다. 내가 확실히 그 여자를 죽였다. 그날 밤에도 비가 내렸고, 똑같은 모습으로 천사 토피어리는 비를 맞고 처량하게 서 있었으니까.

멀리서 민머리에 환자복을 입은 채 비를 맞고 걸어가는 사람이 보였다.

또 미친놈인가, 도훈은 심란한 얼굴로 행인을 바라봤다. 확실히 낯이 익었다.

"채평경?"

낮게 중얼거렸다.

불과 엊그제 평경을 만났는데, 눈앞의 몰골이 말이 아니었다.

머리카락은 다 어디 간 거야? 도훈은 얼른 등걸로 엮어 만든 벤치 뒤로 자리를 피했다. 온갖 의문에 휩싸여 도훈은 아는 체를 할 수 없었다. 저런 짓을 할 사람은 이서경, 자신의 엄마가 가장 유력한 용의자였기 때문이었다.

한 시간 전 여자 두 명이 들어와 이레의 머리를 바리캉으로 바짝 밀었다. 때가 왔구나.

"난 어떻게 돼요?"

이레의 물음에 두 사람은 눈알을 굴리며 시선을 피했다.

그들은 바닥에 잘려나간 머리카락을 빠른 동작으로 치우고 떠났다.

이레는 머리카락 하나 남지 않은 머리를 만져봤다. 꺼끌꺼끌하고 생경한 느낌에 얼른 손을 뗐다.

더미들의 짧은 머리가 떠올랐다. 나도 그렇게 되는 건가.

다른 건 다 괜찮은데 태어나지도 못할 새끼손톱만 한 크기의 아이를 생각했다. 팔 다리가 있을 텐데. 그 조그만 한 팔로 양수 안에서 수영을 하다가 손뼉도 치고 할 텐데.

"이건 너무 하잖아요."

아무도 없는 방에서 이레가 흐느낌이 묻어나는 목소리로 말했다. 견딜 수 있을 만큼의 시련을 준다면서!

이레는 마음껏 하느님을 원망했다. 그러다가 악연이 된 첫사랑 도훈을, 그의 마녀 같은 엄마 이서경을 원망했다. 아니, 이레는 자신을 지키지 못한 연약한 자기 자신을 미워했다. 세상이 결코 선의로 만들어진 것이 아님을 숱하게 배워왔으면서 왜 이토록 어리석었을까.

상처로 얼룩진 두 발을 내려다보며 이레는 마음껏 자신을 욕했다. 죽어도 싸다고 생각했다. 미운 마음이 가득 차 걷잡을 수 없는 눈물이 흘렀다. 속수무책으로 눈물만 흘리는 자신이 싫어서 얼른 팔등으로 눈물자국을 지웠다.

넌 울 자격도 없어. 병신, 머저리, 좆밥……!

"뭐하고 있는 거야?"

이레는 서경의 목소리에 고개를 들었다. 서경이 이레를 내려다보고 있었다. 빨간 립스틱이 칠해진 입술은 죽어간다는 김 박사의 말이 무색해 보였다. 혈색이 도는 뺨은 또 어떻고!

"어떻게 할 건데요?"

이레가 불쑥 내뱉었다. 서경은 바닥에서 일으켜주려는 듯 팔을 내밀었다. 네이비색 손톱이 빛을 받아 윤이 났다.

이레는 그 손을 잡는 대신, 스스로 일어나 침대에 걸터앉았다. 서경은 이레의 얼굴이 마음에 든다는 듯 턱을 부드럽게 쓸어 가볍게 올렸다. 믿을 수 없게 곧은 의지가 드러나는 눈동자를 보며 서경은 속으로 감탄했다.

"네가 착하게 돌아왔으니까 상으로 친구는 풀어줬다."

"그리고요?"

"그리고? 너는 치료를 받아야지. 몸이 말이 아니잖니. 지켜보니까 네 정신도 문제고."

서경은 정신을 발음할 때 검지로 제 관자놀이를 두 번 톡톡 쳤다.

이레는 눈도 깜빡이지 않고 빤히 서경을 노려보았다.

"죽일 거잖아요."

"안 죽여. 널 왜 죽여? 너처럼 예쁜 애를."

"그래요? 그거 다행이네요."

서경이 언제까지 거짓말을 할 참인지 모르겠다. 이레가 계산한 시간에 의하면 일주일 중에 하루가 남았다. 머리카락을 잘랐으니 이번에는 강제로 아이를 떼어갈지도 몰랐다.

"아줌마, 병원에서는요, 주사 한 대 맞기 전에도, 간호사가 아플 거라고 예고를 해줘요. 내가 바본 줄 알아요? 내 머리를 이렇게 만들고, 뇌라도 열어볼 참이에요? 언제까지 입을 다물고 거짓말을 늘어놓을 거예요!"

이레는 머리가 핑 돌면서 겨우 숨을 헐떡였다.

"복수예요? 내가 당신 아들의 아이를 임신해서?"

"아니, 오히려 지금은 너와 도훈의 아이가 궁금하기도 하다. 믿기 어렵겠지만, 왠지 너를 보고 있으면 더러운 이씨 집안의 핏물도 어느 정도 씻겨 나갈 것 같거든."

이레는 서경의 말뜻을 제대로 이해하지 못한 채 바라봤다.

"몸에 미련두지 말아라, 아가. 네가 날 만난 순간부터 나는 너를 점찍었어. 너는 마치 샨티를 위해 준비된 나무랄 데 없이 완벽한 선물 같았다. 물론 지금도 그 생각에는 변함이 없어. 힘들게 얻은 전리품일수록 빛이 나는 법이지."

"내 몸을 어쩌려고요? 그들처럼 만들고 싶은 거예요?"

이레는 더미를 머릿속에 그리며 믿고 싶지 않은 얼굴로 물었다.

"하나만 약속하지. 이레야, 넌 그들처럼 실험체가 되지 않을 거다. 너는 완벽한 피조물로 태어날 거다. 대한민국에서 최고로 돈이 많은 열일곱 살 소녀가 될 거야."

더 나쁜 일.

실체는 정확히 몰랐지만 이레는 자신이 죽는다는 사실, 그것 하나만은 확실히 알 수 있었다. 서경이 자신의 목을 비틀어 작두로 잘라 제 머리를 흔들어 웃는 상상을 했다. 이레는 발작을 일으키듯 어깨를 움찔거리며 떨었다.

"이 정도면 주사 맞기 전, 예고는 충분히 됐니?"

힛, 서경이 짧게 웃었다.

순간적으로 이레는 치솟는 살의를 느꼈다. 맹독을 뿜어내는 작은 방울뱀처럼 날쌔게 서경을 덮쳤다. 악. 하고 서경이 이레의 무게를 버텨내지 못하고, 둘은 함께 바닥으로 넘어졌다. 이레가 악착같이 서경의 볼 부근을 꽉 물었다.

서경은 톱니바퀴처럼 꼭 맞물린 이빨을 떼어내고 싶었지만 겁부터 났다. 살점이 뜯겨져 나갈 것 같았다. 되는대로 비명을 질렀다. 이레의 머리통을 팔꿈치로 힘껏 내리쳤다. 의외로 이레는 힘없이 몸을 떨며 옆으로 떨어져 나갔다.

쌕쌕거리는 숨소리가 들렸다. 서경이 옆을 보자, 이레는 미약하게 떨며 기절했다. 그녀의 환자복 아래가 축축하게 젖어들었다. 오줌이었다.

한참을 그대로 앉아 서경은 기절한 이레의 몸을 끌었다. 꽤나 무거웠다. 이레의 몸을 끌어당겨 침대 위에 눕혔다. 침대 하단부에 붙어 있는 벨트를 꺼내 팔과 다리를 고정시켰다.

서경의 이마에서 식은땀이 흘러나왔다. 입 주변이 미치게 아팠다.

바닥에 널브러져 있던 서경은 이레의 고른 숨소리를 확인하고 돌아섰다.

"절 처음 본 날, 기억나요? 내가 손해 보는 일은 없다면서요?"

어느새 깨어난 이레의 목소리가 등 뒤에서 들렸다.

"그럼. 네가 언제 대한민국 최고 재벌의 몸으로 살아보겠어? 복 받은 거지."

서경은 고개를 홱 돌려 쏘아붙였다.

갑자기 이레가 울음이 한데 뒤섞인 발작적인 웃음을 터트렸다. 그르렁 낮게 쳇소리가 들리더니 찔끔 눈물마저 흘렸다. 붉게 달아오른 이레의 얼굴은 꼭 샨티에 잘 어울리는 정신병자 같았다. 서경은 이레의 건방진 웃음이 그칠 때까지 잠자코 기다렸다.

"그러면 아줌마가 복 받으면 되겠네요. 어차피 금방 죽을 몸이라면서요?"

후, 서경이 바람 빠진 웃음을 흘렸다. 그딴 소리는 또 어디서 들은 거야. 서경은 자신의 약점을 이레가 알고 있다는 사실에 짜증이 났다. 한편으로는 아무려면 어떨까 싶었다.

이대로 이레를 놓아준대도, 상흔은 그대로 남아 끝내 그녀의 삶을 망가트리고 말 것이다. 어떤 결말이든 승자는 서경이었다.

"당신도 죽고, 도훈이도 죽고. 결국은 다 죽을 몸이네."

서경의 속내를 비웃듯 이레가 웃으며 중얼거렸다.

죽어? 누가!

서경은 당장 이레의 뺨을 후려칠 듯 상체를 기울였다.

"당신 자식이 소중하듯 나도 내 아이가 소중해. 지키고 싶단 말이야. 내 아이는 왜 죽어야 하는 건데!"

이레가 절규했다. 서경은 부들거리던 주먹을 펴고 방을 나섰다.

***

기훈은 매일 하루 1000미터 정도의 수영을 했다. 샨티에서 즐기는 유일한 취미 생활이었다.

한두 명 사용할까 말까 한 수영장의 수질은 웬만한 동네 수영장보다 훨씬 깨끗했다.

샨티의 수영장은 지하 식당 옆에 붙어 있었지만, 한쪽이 경사면에 올라가 있어 땅거미가 질 때 쯤 유리창으로 멋진 노을이 들어차 수면이 반짝거렸다.

동절기에는 오후 5시쯤, 바로 지금이 매우 낭만적인 시간이었다.

큰일을 앞두고 여느 때와 같이 수영에 몰두할 수 없어 수면에 뜬 채 유리창 사이로 들어오는 어둠의 빛깔을 관찰하고 있었다. 일반 관리실장에서 민 회장의 직속 비서로 업무가 바뀌면서 감당할 수 없을 만큼 벅찬 일들이 일어났다.

대학을 나와 대영그룹에 입사한 뒤 차곡차곡 커리어를 쌓은 평범한 회사원이었다. 민 회장의 비서가 되기 전까지는 한 번도 누군가에게 해를 입힌 적이 없었다. 헌데, 기훈은 갑자기 맡겨진 막중한 임무를 생각하자 물의 힘이 자신을 잡아당기기라도 하듯 중심을 잃고 허우적거렸다.

입속 가득 한꺼번에 들어오는 물을 몇 번 삼킨 뒤에야 얼른 정신을 차리고 헤엄쳤다.

바닥에 앉아 기훈은 잠잠한 수면을 바라봤다. 반대편 끝에서 휠체어를 탄 재익이 손을 흔들며 알은체를 했다.

가끔 수영장을 들러 구경만 하던 전 마라토너였다. 젊은 나이에 놀랄 만한 지구력으로 올림픽에서 2연패를 달성한 금메달리스트였던 그는 당대의 영웅이었다.

기훈은 이곳에서 그를 만났다는 사실만으로 반가움을 감추지 못했었다. 교통사고 이후 종적을 감춰버려 더 신비로운 인물이 되어 있기도 했다.

"한동안 못 봬서 어디 아프신 줄 알고 걱정했어요."

기훈이 재익에게 다가가며 말했다.

재익은 으레 사람을 기분 좋게 만드는 눈웃음을 지었다. 눈꼬리가 둥글게 말렸다.

"그래요. 내 걱정 해주는 건 여기서 기훈 씨밖에 없네."

재익이 말했다.

기훈은 의자 위에 놓인 수건으로 대충 물기를 훑었다. 재익의 무릎 위에 가지런히 놓인 신문이 눈에 들어왔지만 모른 척했다. 대영그룹이 생명과학 분야에 1000억 원 규모의 자회사를 설립했다는 내용이었다.

"덕분에 재미 좀 봤어요. 샨티에서 앞으로 몇 년은 돈 걱정 없이 살 수 있겠더라고요."

재익의 말에 기훈이 별거 아니라는 듯 웃었다. 촌구석에 틀어박혀 주식으로 돈을 버는 재익이 안되어 보여 기훈이 살짝 귀띔을 해준 것이었다.

"여기 너무 비싸지 않아요? 다른 데 찾아보면 적당한 금액에 좋은 요양원이 있을 텐데요."

기훈은 혹시 재익의 자존심을 건드릴까 봐 조심스럽게 말했다. 비정상적인 인간들이 득시글거리는 샨티에 재익이 왜 이렇게 머무르려고 하는지 걱정되었다.

"샨티는 보안이 철저하니까. 아무도 날 못 찾아요."

"하긴 선생님이 여기 계실 줄은 꿈에도 몰랐으니까요. 하지만 이번에는 옮기시는 게 좋을 것 같아요."

"왜요?"

기훈이 머뭇거렸다.

"아, 제가 괜한 걸……. 인간의 욕심이 끝이 없어서 그래요, 하하. 같이 커피나 하러 가요."

재익은 호탕하게 웃음을 짓고 휠체어를 끌었다. 기훈이 뒤에서 휠체어 손잡이를 잡고 재익을 도와줬다.

"주인이 바뀌면 시설도 바뀌는 법이니까요."

멈칫, 재익이 동요했다.

"샨티가 바뀝니까?"

"아마도요."

기훈은 그동안 지켜본 서경이 꼭두각시로 있을 위인이 아니었기에 무력을 써야 할지도 모른다고 생각했다. 대영그룹은 미래 산업으로 바이오 재단 '샨티'를 아주 높게 평가했다.

　병상에 누운 민회장이 군이 최고급 시설을 갖춘 그룹의 병원을 마다하고, 샨티에 들어간 것도 같은 이유였다. 대영그룹은 물밑 작업에 한창이었다. 민회장의 수술만 끝나면 샨티에서는 대대적인 지각 변동이 일어날 것이었다.

　"주식은 계속 오를 거예요. 좋은 데로 가세요."

　기훈이 사람 좋게 덧붙였다.

　사각 유리창을 사이에 두고 희원이 웃었다.

　주식은 지금 상황을 믿을 수가 없었다.

　연구소 지하에 끌려가듯 도착해 퀴퀴한 지하실 냄새가 가득한 방에 던져졌다. 시억은 이미 예상한 일이라는 듯 덤덤했다.

　"나한테 당신이 이럴 수 있을 거라고 생각해요?"

　희원은 주식의 말에 천천히 고개를 끄덕였다.

　"조용히 계세요. 운이 좋으면 좋게 끝내줄 수도 있으니까."

　"지금 나한테 협박해요? 전화 한 통이면 당신이나 여기 당장 끝장내 줄 수 있다고. 알아먹어요!"

　희원은 서경이 어쩌다가 저런 쓸데없는 훼방꾼을 남편으로 맞이했는지 안쓰러운 생각마저 들었다. 하기는 서경이 건강한 몸이 아니니까 이제사로서는 최선을 다한 정략결혼이었을 것이다.

　"당신이 뭐라고 생각합니까?"

　희원은 어서 빨리 주식이 주제 파악을 하기를 바라며 물었다.

　"하, 이서경 밑이나 닦아주는 하인 새끼 주제에, 어디서 힘 있는

척이야! 당신 구린 짓 수도 없이 한 거 나 다 알아. 백 년은 감옥에 썩게 할 수 있어."

주식이 펄쩍 뛰며 날을 세웠다.

"아이고, 무서워라. 이거 어쩌지. 나는 당장에라도 당신을 땅에 파묻을 수 있는데. 여기 정원이 왜 한겨울에도 그렇게 활짝 꽃들을 틔우는 줄 알아요? 내가 아주 좋은 거름을 줘서 그래요, 으흐흐."

희원이 끔찍한 금니를 드러내며 미소 지었다.

주식은 희원의 미소에서 전에는 알지 못한 에너지를 읽었다. 샨티의 허드렛일을 하는 농사꾼으로 얕본 것은 실수였다. 저놈을 해치우지 않는 이상, 샨티를 가질 수 없을 거라는 생각이 들었다.

그는 시억과 주식을 가둬놓고 언제 오겠다는 말도 없이 방을 나갔다.

외딴 지하창고에 갇힌 두 사람을 도와줄 사람은 아무도 없었다.

주식은 욕을 하며 시억을 봤다. 시억은 여기 온 이후부터 도라도 닦는 사람처럼 구석에 앉아 한마디도 하지 않았다. 혈색은 오피스텔에 있을 때보다 훨씬 나아졌다.

무턱대고 문을 펙펙 치다가 제 풀에 지친 주식이 시억의 옆에 앉았다. 코끝이 차가웠다. 오래된 냉기가 몸속으로 파고드는 것 같았다.

"추워요?"

눈을 붙이고 있는 줄 알았던 시억이 말했다.

"왜? 옷이라도 벗어주게?"

주식이 툴툴거렸다.

"12월이 되면 사람들이 얼어 죽었어요. 얇은 환자복이 전부인데, 당연히 추워서 죽죠. 여기 온도를 재면 수은주가 영하 15도까지 떨어져요. 그럼 체감 온도는 더했겠죠."

"지금 무슨 소릴 하는 거야? 어떤 사람들 말이야?"

"여기 갇혔던 사람들. 그들, 봤잖아요?"

시억의 눈빛이 암연하게 젖어들었다. 그는 지금 다른 세상에서 다른 무언가를 보는 것 같았다. 주식은 잠자코 시억의 말을 기다렸다.

"처음에는 그렇게 그들을 죽였어요. 그런 후에 산 속에다 내다버리면 나중에 발견돼도 결국 사인은 동사니까."

그랬다. 이희원은 일부러 시억을 여기에 가둔 것이었다.

너의 본분을 잊지 말라고. 네가 어떤 사람인지 정확히 기억하라는 말이었다.

샨티에 온 열 다섯의 시억은 누구보다 뒤처지길 싫어하고 관심을 받고 싶어 안달이 난 소년이었다. 샨티의 첫 인상은 학교보다 훨씬 멋진 곳으로 보였고, 어른들은 그들이 선택받은 아이들이라고 치켜세웠다. 처지가 비슷한 50명 쯤 되는 아이들이 각자가 다른 꿈들로 충만했다. 즐거운 시간은 아주 짧았다.

한두 명이 사소한 잘못으로 체벌을 당하고 며칠 뒤에는 종적을 감췄다. 자유 시간은 짧았고 규율은 점점 학교보다 견디기 힘들게 혹독해졌다.

외딴 시골에서 할 수 있는 일은 별로 없었기 때문에 도시 생활에 익숙해진 아이들은 지치고 벗어나고 싶어 했다.

시억도 마찬가지였다. 피씨방에서 실컷 게임을 하고 싶었고, 하교 길에 왁자지껄한 버스와 도시의 불빛이 그리워졌다.

감시가 느슨해진 틈에 시억은 몇몇 아이들과 탈출을 감행했다. 야밤에 같은 고아원 출신 셋과 함께 도시로 나가, 이곳이 아이들을 학대하고 있다고 말하기로 결심했다. 그 밤에 정문도 못 가서 셋은 고스란히 잡혔다. 그리고 그들은 깜깜한 병원 지하로 보내졌다.

아, 그때 그들은 왜 그렇게 잔인했을까.

"임상실험이라는 이름 아래 약물에 취해서 서서히 그들은 다른 종이 되어버렸어요. 처음엔 말이 어눌해지고, 손발이 오그라들죠. 그 다음엔 눈빛이 죽어버려요. 그러면 끝난 거예요. 더 이상 사람이 아닌 거죠."

"어떻게 그렇게 잘 알지?"

주식의 물음에 시억은 한참 뜸을 들였다. 충혈된 눈 아래 근육이 심하게 떨렸다.

"열다섯 살 사랑의집 고아원 출신 세 명이 그들을 관리했어요. 그 중에 가장 악랄한 놈이 바로 나였으니까."

"열다섯 살?"

주식은 말을 잇지 못했다.

그들이 마구 벽을 두드렸다. 그들에게 밤낮은 존재하지 않았다. 시간의 개념은 사라지고, 인격은 사살 당했다. 실험쥐에게 누가 설탕물을 건네겠는가.

고아이기 때문에 우리가 샨티로 끌려온 것이었다. 찾는 사람이 아무도 없으니까, 함부로 해도 괜찮을 거 같으니까. 아이들은 먹을 것을 잘 주지 않아서 하나같이 식탐이 강했고, 잦은 폭행으로 멍투성이였다.

고아란 피해의식은 엉뚱한 곳으로 발현되기 시작했다. 시억은 자신만은 다르다는 것을 보여주고 싶었다. 힘이 있던 관리자 이희원의 눈에 들기 위해 시키지도 않은 일을 했다.

시도 때도 없이 힘을 과시했고, 나서서 아이들에게 벌을 줬다. 어리둥절하던 아이들은 금방 시억의 위치를 확인하고 낮게 기었다.

물을 달라고 하는 당연한 요구를 거절했다. 그들 중 누군가가 반항하면 잊지 않고 복수를 했다. 가벼운 손찌검으로 시작돼 나중에는 누구 하나가 실신할 때까지 구타했다.

그렇게까지 할 필요는 없잖아, 함께 들어온 친구가 말했다.

그렇게까지 안 할 필요도 없잖아. 시억은 이미 열다섯 살 소년의 모습은 싹 지운 후였다. 제일 먼저 샨티를 도망가고 싶어 했으면서 가장 악질적인 어른으로 자랐다.

"그것도 아동 학대라는 건 알고 있지?"

주식이 말했다. 시억은 무슨 뜻인지 모르겠다는 얼굴로 주식을 봤다.

"미성년자에게 이런 환경에서 누군가를 감시하라는 역할을 던져준 것 자체가 학대라고. 가혹하잖아."

주식이 처음으로 시억을 안됐다는 눈으로 바라봤다. 한 번도 생각해보지 않은 문제였다. 그저 시키는 대로 잘한 게 잘못이라고 자기합리화를 하긴 했지만, 십 년 동안 내내 그 문제에서 시억은 스스로를 괴롭혀왔다.

"아는 얼굴도 있었어?"

주식이 물었다.

"아니요."

시억은 거짓말을 했다. 간혹 생판 모르는 얼굴도 있긴 했다. 그렇지만 대부분이 시억과 함께 자라온 형과 누나 그리고 또래의 아이들이었다. 그들 중에서도 유난히 약해 애초에 반항할 의지조차 없는 겁쟁이들이 이곳 지하실로 왔다.

그대로 놔둔다고 해도 어차피 약물 실험에 의해 죽어갈 아이들을 감시했다.

오장육부가 뒤집어지고, 위경련이 계속되다가 종국에는 썩은 생선 눈깔을 갖게 되는 도태된 아이들.

저렇게 되면 안 돼. 꼭 살아남아야 해.

자신도 선택되어질까 봐 시억은 더 냉혹해져야 했다.

함께 감시자 노릇을 했던 친구 두 명이 또다시 도망칠 계획을 짰을 때, 시억은 곧장 친구들을 방에 가뒀다.

"하는 짓은 투견인데, 눈깔은 꼭 죽기 직전 도사견 같구나."

이희원이 혀를 차며 시억에게 다른 일을 맡도록 했다.

친구 셋 중 그 혼자만 걸어서 지하 감옥을 빠져나올 수 있었다.

지금에 와서야 희원이 혀 찬 대상이 친구들이 아닌 자신을 향했다는 것을 안다. 관심 받고 싶어 안달 난 시억을 불쌍히 여겨 거둔 것이리라.

"내가 그때 학대를 당한 것이라면, 내 잘못이 없어집니까?"

문득 궁금해진 시억이 낮은 목소리로 물었다.

"……법의 테두리 안에서 나에게 네 죄를 물었다면 난 무죄를 선고했겠지. 하지만 그 기저에 무엇이 깔려 있는지는 법이 결정하지 않아. 그건 누구도 모르는 일이지."

주식은 어느덧 죄를 선고하는 판사의 얼굴을 하고 있었다.

무죄. 그 단어가 주는 무거움에 시억은 치를 떨었다.

주식이 헛기침을 했다. 언제까지 그러고 있을 거냐고 묻는 얼굴이었다.

"그래서 여기 갇혀서 죄 값을 받겠다 이거냐?"

시억은 그것도 나쁘지 않았다.

"미친 짓이다. 그 꼬마는 죽든지 말든지 상관도 없고? 김이레."

시억이 서서히 고개를 들었다. 그것만은 절대 있어서는 안 됐다. 그 애의 눈이 빛을 잃고 혼탁해져 결국은 잿더미가 되는 일은 보고 싶지 않았다.

시억의 반응은 주식이 예상했던 것보다 뜨거웠다.

대번에 표정이 돌변해 벌떡 일어나 머리를 굴리는 듯했다.

이레를 구하면서 자신의 빚을 갚는다고 생각하는 건가. 주식은 이유가 뭐든 좋았다. 여기를 빠져나갈 수만 있다면.

빌어먹을, 추워도 너무 춥잖아! 주식은 정장 깃을 올리며 시억을 쳐다봤다.

"이레는 여기 있을 겁니다. 그들이 이레를 타깃으로 내일 뇌수술을 할 거니까."

시억이 절대 열리지 않을 것만 같은 육중한 쇠문을 팔꿈치로 치며 말했다.

"뇌수술?"

주식이 어안이 벙벙한 얼굴로 되물었다. 설마 서경이 그런 짓을 할 거라고는 생각조차 하지 않았다. 아들의 여자 친구를 데리고 뇌수술을 한다고?

"그래요, 이레를 다시 샨티에 보냈으면 안 됐어요. 그 애의 몸을 그들이 노린단 말입니다."

시억은 주식에게 원망이 담긴 얼굴로 말했다,

"뇌가 아니라 몸이란 말이야……."

주식은 한동안 말을 잇지 못했다. 이제야 모든 퍼즐이 맞춰지는 기분이었다. 이서경이 그토록 그 꼬마에게 집착하고 난리친 것이 이해되었다. 그리고 대영그룹의 방문, 몇 년째 병상에서 자리를 지키고 있는 식물인간 민 회장까지.

이곳은 상상을 초월하는 미친 인간들의 소굴이었다.

"그런데 김이레는 지금 임신 중인 거 아니야? 아이는?"

주식의 물음에 시억의 표정이 더욱 비장해졌다.

"그러니까 더더욱 구해야죠."

시억이 당기는 통에 쇠의 마찰음은 듣기 싫게 끽끽 울었다. 주식은 서경이 원하는 끝이 궁금해졌다. 그래서 나한테 생길 수 있는 이득이 뭔지…….

도훈은 이레가 머물던 3호실에 들어갔다. 문은 가볍게 열렸다.

내부는 일주일 전과 똑같은 풍경으로 도훈을 맞이했다. 달라진 건 방 주인, 이레가 없다는 것이었다.

이레가 잠을 청했을 이불을 떠들어보았다. 침구는 떨어진 머리카락 한 올 없이 청결했다.

도훈은 침대에 털썩 주저앉았다. 어떤 기억이 또 다시 뒤통수를 강타하듯 찌르고 지나갔다. 처음 보는 여자에게 느꼈던 근본 없는 분노가 불타고 있었다. 아직도 도훈은 왜 자신이 그날 밤에 샨티에 있었는지 알 수가 없었다.

모든 것이 마치 영화 속 장면처럼 끊어지며 지나갔다. 거기에는 어떤 감정도 없었다. 동떨어진 외부에서 살인사건이 일어난 현장을 보는 것처럼 미지근했다.

"하지 마, 엄마!"

도훈이 화를 내며 애원했던 것 밖에는. 원인도 결과도 없어 꿈인지 현실인지 분간이 안 되는 기억들.

도훈은 침대로 파고들어 갔다. 블라인드 사이에서 거세어진 빗줄기가 창을 때리고 있었다. 그 사이로 뿌연 먼지들과 방 안에서 나는 진한 꽃향기. 도훈은 잘못 왔다는 생각에 사로잡혔다.

'오면 안 되는 곳에 와버렸다.'

전신에 오한이 들기 시작해 떨림은 뼈 마디마디를 흔드는 기분이었다. 벗어나고 싶으면서 동시에 한 발짝도 움직일 수가 없었다.

도훈은 코트 주머니에서 챙겨온 두통약을 물도 없이 씹어 삼켰다. 그 약을 대신해 도훈이 기댈 수 있는 것은 겨우 아스피린뿐이었다.

오한은 잦아들지 않았다. 피가 쭉 빠져나간 듯 손에서 힘이 사라졌다. 부들거리면서 누군가에게 도움을 청하고 싶었다. 하지만 그 누구도, 설령 서경이라도 도훈의 고통을 덜어줄 수는 없었다. 사물이 색을 잃고 세상이 까맣게 죽었다.

"괜찮다. 스무 살이 되면 괜찮아진다더라."

끙끙 앓는 아들을 보며 주식은 위로도 되지 않는 잡소리를 했다. 도훈의 유전병은 스무 살까지 살지 못하는 시한부였다. 죽으면 괜찮아진다는 소리를 그렇게 아무렇지도 않게 했다.

도훈은 오한이 사라질 때까지 그대로 침대에 누워 있었다. 어느 틈에 까무룩 잠이 들었다. 지쳐 있던 그의 얼굴에 진한 그림자가 드리우고, 청회색이던 하늘은 시커먼 어둠으로 바뀌었다. 둥근 보름달만 오롯했다.

잠에서 깬 도훈이 눈을 뜨자, 허공에 있던 손이 황급히 사라졌다.

낯선 남자였다. 짧게 깎은 스포츠형 머리에 어깨와 팔 근육이 발달돼 있었다. 둥글게 처진 눈이 희번뜩하게 빛났다. 그가 휠체어에 앉아 있지 않았다면, 도훈은 이곳을 지키는 가드 정도로 생각했을 것이다.

"누구세요?"

도훈이 몸을 일으키며 벽으로 붙었다. 얼마나 깊이 잠이 들었던 건지 전신을 괴롭히던 오한은 사라졌다. 식은땀을 심하게 흘렸는지 셔츠가 젖어 있었고, 이마 위에는 머리카락이 달라붙어 있었다.

"3호실에 새로운 손님이 온 것 같아서 잠깐 들러봤어요."

재익의 말투는 부드러웠다. 그는 카디건 주머니에서 손수건을 꺼내 건넸다. 도훈은 하얀 무명천을 내려다봤다. 쓰고 싶지 않았다.

"새로 왔어요? 그런 소식을 못 들었는데."

재익이 다시 손수건을 챙겨 넣었다.

"여기 요양원에 계시는 분이세요?"

"그래요."

재익이 끄덕하며 친절하게 웃었다.

"그러면 한 가지만 물을게요. 일주일 전 여기에 온 제 또래 여자애 보셨어요? 보셨으면 기억이 나실 거예요. 쉽게 잊히지 않는 얼굴이니까."

"이레."

도훈은 남자의 입에서 나온 그 한 마디에 미친 듯이 고개를 끄덕거렸다.

샨티로 오는 순간부터 심장이 두근거리며 발끈거렸다. 이레가 샨티에서 잘 있을 것 같지 않았다. 무엇이든 좋았다. 이레에 대해 알 수 있는 거라면.

"혹시 어디로 갔는지 아세요? 누가 괴롭히진 않았어요? 왜 도망 갔는지요, 어디 아픈 데는 없었어요?"

도훈이 질문을 쏟아냈다.

"이레를 찾으러 왔어요?"

"걱정돼서 왔어요."

재익은 기억을 더듬는 듯 생각에 잠겼다가 천천히 입을 뗐다.

"나도 잘은 몰라요. 뭐 다리가 이래서 어디를 잘 나다닐 수도 없으니까. 한 사흘 전에 여기가 난리가 났죠. 이레가 도망쳐서 유리창도 다 깨지고, 사이렌도 울리고 그랬어. 시끄러워서 잠을 잘 못 잤지. 그날은. 그 다음 날인가, 걱정이 돼서 여길 왔어요. 오늘처럼."

"그래서요?"

재익이 머리를 긁적이다가 휠체어를 잡았다. 말하기가 어려운지 도훈의 시선을 피했다.

도훈이 재익의 손을 잡았다. 손등이 아주 거칠어서 도훈은 속으로 놀랐다.

"말해주세요. 내가 그 애 보호자예요."

보호자라는 말을 할 때 도훈은 울컥 울음이 터졌다. 자격도 없는 놈이라서 말하고 나서도 깊숙한 곳이 송곳에 찔린 듯 아팠다.

"내가 본 게 제대로 본 건지 잘 모르겠어서 말하기가 조심스러운데. 이레는 그 다음 날 돌아왔어요. 저 바닥에 있었고, 이 대표가 그 작은 애 위에 올라타고 있었어요."

"이 대표가 누구죠?"

"아, 여기를 아는 사람은 누구나 다 아는데, 이서경이라고 정신과 박사예요. 여길 운영하는 대표고."

도훈은 입술이 바싹 말라갔다. 계속 말하라고 도훈이 재익에게 고개를 끄덕였다. 재익이 자신의 목덜미를 쓰윽 만졌다.

"목을 조르고 있었어요. 이 대표가……."

"잘못 보신 거겠죠. 응급처치를 한다거나 엄…… 아니, 그럴 리가 없잖아요."

도훈이 말했다. 순간 재익이 멋쩍게 웃었다.

방 안은 순식간에 얼어붙었다. 재익의 손목시계 초침 소리 말고는 두 사람 모두 한동안 입을 다물었다. 도훈은 눈앞에 갑자기 나타난 남자의 말을 믿을 수도, 믿지 않을 수도 없었다.

"당신은 누구예요?"

도훈의 질문에 재익은 깊은 한숨을 쉬었다. 훤한 이마에서 진한 주름이 잡혔다. 재익의 눈이 아득하게 도훈을 바라봤다. 내가 이 사람을 알던가? 도훈은 낯이 익다고 느꼈다.

"나는 은둔생활자라 밝히고 싶진 않아요. 그냥 2호실 붙박이라고 생각해두면 좋겠네."

재익은 휠체어를 밀어 방문으로 향했다.

도훈은 그가 가는 길에 닫힌 문을 열어주려고 한 발 앞서 걸었다. 분명히 들어올 때는 문고리가 달려 있었는데, 그 자리는 뻥 뚫려 있었다. 도훈이 자는 사이에 그가 문고리를 부수고 들어온 게 틀림없었다.

"아프지 말아야지. 하나밖에 없는 아들인데."

재익이 누군가에게 하는 말인지 모를 소리를 했다. 도훈은 제대로 알아듣지 못했다. 그때, 중앙 계단에 있던 괘종시계가 12시를 알리며 종을 쳤기 때문이다.

오늘이 바로 그날, 축일이었다.

3부

이른 새벽녘 서경은 홀로 명상원의 계단을 밟았다.

울퉁불퉁한 험한 돌들을 쌓아올린 계단은 낮에도 발밑을 잘 보지 않으면 위험했다.

명상원 종각 위에서 마름모 십자가의 푸른빛에 의지해 서경은 계단을 더듬었다. 도훈이 아팠을 때 하루도 빠지지 않고 들러 기도를 했던 장소였다.

입구를 지키던 수위는 잠이 달아난 얼굴로 나와 서경에게 인사를 건넸다. 제단 위에 각기 다른 크기의 52개 촛불이 꺼지지 않고 일렁거렸다. 얼마나 많은 사람이 희생이 됐는지 그것들을 볼 때마다 서경은 아연해졌다.

제단 위에 걸린 아버지 이제사의 초상화가 희미한 미소를 짓고 있었다.

그 아래 동그란 나무함에는 한 줌의 재가루가 놓여 있었다. 이제사의 유골 일부분이었다.

나의 희생과 업적을 잊지 말라고, 이제사는 유골의 일부분을 명상원에 보관되기를 희망했다. 자식들을 다 먼저 보내놓고도 자신은 죽어서도 잊히기를 거부하는 그런 파렴치한이었다.

서경은 나무함 속에서 촛불에 반사돼 은빛으로 빛나는 재를 손으로 만졌다. 작은 알갱이들이 손가락 사이에 묻어나왔다. 그녀의 죽음도 이처럼 얼마 남지 않았으리라.

서경은 제단 위에 창문을 열었다. 오랫동안 아니, 거의 십 년의 세월 동안 창은 연 적이 없는지 녹슨 표면이 뜯어지며 비명을 질렀다.

"거긴 열면 안 됩니다."

데스크에 앉아 서경을 훔쳐보던 수위가 얼른 다가왔다.

촛불 아래 서경의 얼굴은 기이하게 번뜩였다. 이레에게 물린 상처는 부풀어 올라 입 한쪽이 혹처럼 커져 있었다. 수위가 한 걸음 물러났다. 서경이 기어코 창문을 열었다.

바람이 한꺼번에 들어와 명상원의 무거운 공기를 환기시켰다. 52개의 촛불이 일시에 꺼졌다.

서경은 차창 밖으로 나무함을 뒤집어 먼지를 털어내듯 허공에 날렸다.

탁탁, 나무함을 두들겨 남김없이.

"명상원은 당분간 폐쇄됩니다. 여기 있는 것 다 치워주세요."

"예?"

서경의 명령에 수위가 얼빠진 얼굴로 되물었다. 명상원은 샨티원들의 주요 일과 중 하나였다. 모두 저녁 식사를 하기 전 이곳에서 기도를 올렸다. 지금의 고난과 노력 뒤에 영원한 삶이 이어질 거라는 믿음으로 고인이 된 이제사의 넋을 기렸다.

서경은 가타부타 설명 없이 작은 손전등으로 명상원 내부를 비췄다.

너무 오래되고 낡았다. 모든 것을 뜯어 없애버려야겠다.

오전 6시 30분 경. 서경은 집무실로 가 정장을 차려입었다. 바쁜 하루가 될 것이다.

정오에 대영그룹에서 방문할 것이고, 샨티는 가장 큰 수술을 치르는 동안 홍역을 앓아야 할 테니까.

팔팔 물이 끓었다. 서경은 전기 포트의 버튼을 누르고 잔에 물을 따랐다. 올 여름에 말린 장미꽃을 두 개의 찻잔에 띄웠다. 잔의 바닥이 보이지 않을 만큼 작은 꽃송이가 가득 찬 장미차를 좋아했다. 쓴 맛과 진한 향, 보기에 아름다웠다.

노크를 하고, 이희원이 들어왔다.

간밤에 거의 잠을 자지 못했는지 두 눈이 퀭했고, 언젠가부터 깎지 않은 턱수염이 거뭇했다. 아마 늙은 구렁이가 죽고부터였을 것이다.

둘은 샨티에서는 보기 힘든 절친한 친구 사이이자, 잠자리 파트너였다. 그럴 거면 봐달라고 부탁이라도 한 번 할 것이지, 희원은 늘 그런 식이었다. 속내를 드러내느니 유일한 친구를 잃었다.

오븐에 갓 돌린 식빵이 노릇노릇하게 구워졌다. 서경은 눈짓으로 어서 식탁에 앉으라고 했다.

"얼굴은 왜 그렇습니까?"

서경이 접시에 블루베리 쨈을 담다 말고 고개를 들었다. 스텐으로 된 간이 냉장고에 서경의 얼굴이 흐릿하게 비쳤다.

"많이 흉한가?"

서경이 준비한 아침 식사를 테이블 위에 놓으며 물었다.

"오후에 마스크를 쓰시는 게 좋을 것 같습니다. 약은 발랐어요?"

희원이 장미꽃이 든 찻잔을 내려다보며 말했다.

"너무 많아요. 이러면 맛도 향도 제대로 즐길 수가 없어요."

희원이 찻숟가락으로 장미꽃송이를 떠 차 접시 위에 꺼내뒀다.

"그런가. 난 커피나 먹지, 삼촌 입맛에 맞추려니까 어렵네. 다음에 차 내리는 법 좀 제대로 알려줘요."

"그러죠."

서경이 살짝 미소 지었다. 잔을 입에 대자 장미향이 진하게 풍겨왔다.

'당신에게 주는 마지막 선물이에요.'

서경은 그렇게 생각하며 앞에 놓인 토스트를 집어 한 입 베어 물었다. 따뜻하고 바삭바삭했다.

축일이 오면, 서경은 지나치게 친절해졌다가 살짝만 일이 틀어지면 사람을 못살게 굴었다. 이제 시작인가. 희원은 서경이 아침 식사를 같이 하자고 한 이유를 듣고 싶어 잠자코 기다렸다. 지하창고에 갇힌 두 남자에 대해 결정을 내린 모양이었다.

장미차가 여느 때보다 썼다. 단순히 말린 장미를 많이 넣어서 그런 것은 아니었다. 희원은 혀끝에서 느껴지는 맵싸한 이물감에 찻잔을 들여다봤다. 찻숟가락을 들어 안을 휘저었다. 바닥에 전혀 다른 성질의 잘게 빻은 풀이 깔려 있었다.

"뭘 넣은 겁니까?"

희원이 물었다. 동시에 작은 틈 안에서 물이 새어나가듯 몸에서 힘이 쭉 빠졌다. 희원은 직감적으로 이게 무엇인지 알았다. 희원이 정원 한쪽에서 키우던 협죽도의 뿌리였다.

서경은 눈앞에 앉아 입가에 묻은 빵부스러기를 손으로 닦았다. 무슨 영문인지 모르겠다는 얼굴. 마음에 들지 않는 타인을 조종해 궁지에 빠트려놓고 왜 그러냐고 묻는 태연함.

희원이 종종 봐오던 얼굴이었다.

희원은 온 힘을 짜내 의자 위에서 버티려고 안간힘을 썼다. 눈을 부릅뜨고 네가 한 짓을 잘 보라는 듯 서경을 뚫어지게 노려봤다.

"그렇게 맛이 없어요?"

서경은 여전히 미소를 머금고 물었다.

"서경아, 왜……!

희원이 힘겹게 말을 뱉었다. 이유를 물으려 했지만, 그 전에 엄청난 고통으로 숨을 쉴 수 없어 금방 넘어갈 것 같았다. 결국 희원은 더 버티지 못하고, 의자 밑으로 떨어져 고통스럽게 몸을 뒤틀었다. 곧 입에서는 허연 거품이 새어나왔다.

붉게 충혈된 그의 눈이 필사적으로 서경을 찾았다. 허공에 손을 뻗어 도와달라고 했다. 그가 몸을 뒤틀 때마다 테이블 다리를 건드려 식기들이 흔들렸다.

서경은 쨈을 듬뿍 발라 남은 토스트를 한 입에 넣었다. 그녀는 바닥을 내려다보지 않았다. 버린 것은 한 치의 동정심도 갖지 말라고 아버지에게 배웠다. 그러나 인간의 목숨이 얼마나 끈질기고 끈질긴지, 희원의 마지막은 15분 가량이나 지속되었다.

아버지의 운전기사, 서경에게 제라늄과 제비꽃의 차이를 알려준 사람 그리고 뒤늦게 품어온 샨티에 대한 욕망을 드러낸 자.

삼촌, 나는 이제부터 샨티를 조금이라도 욕심내는 사람은 모두 용서하지 않을 겁니다. 이건 도훈이의 목숨 줄이니까.

서경이 식사를 마쳤을 때는 일곱 시가 다 되어 있었다. 그사이 비는 개어 창가에 서서히 태양이 떠올랐다. 햇살은 곧바로 명상원의 상징인 종각 위의 마름모 십자가를 빛으로 달구었다.

눈부신 빛은 차례로 본관과 사무관을 비추더니 종내에는 대자로 죽음을 맞이한 이희원의 동공을 뜨겁게 건드렸다.

11월 셋째 주. 축일 아침은 보기 드문 이상고온으로 겨울의 비정함을 감추고 순했다.

서경은 창가에 서서 모처럼만에 우거진 수풀과 아름답게 어우러진 건물을 바라봤다.

오늘을 기점으로 죽음을 맞이할 사람들을 생각했다. 두 손을 모아 짧게 묵례했다.

밤새 소리를 지르고 별짓을 다해봤지만 문은 열릴 기미도 보이지 않았다.

영화에서처럼 숟가락이라도 있다면, 벽을 파든 뭐든 했을 것이다. 먼저 시억이 나가 떨어져 바닥에 등을 대고 누웠다. 봉합한 상처에서 피가 조금씩 나와 셔츠를 물들이고 있었다.

최소한 끼니라도 챙겨줘야 할 것 아닌가.

주식은 허기를 느끼며 벽을 쾅쾅 쳐댔다. 낮인지 밤인지 몇 시간이 흘렀는지 알 수가 없었다.

"용변 볼 일 있으세요?"

갑작스럽게 시억이 물었다.

"먹은 게 없는데, 나올 게 있을 리가."

주식이 짜증을 내며 말했다.

시억이 몸을 일으켜 방 옆에 붙은 화장실 문을 열었다. 말이 화장실이지 오래된 변기 하나가 전부였다. 덩그러니 놓인 변기는 세월의 자국을 그대로 드러낸 채 살짝만 열어놓아도 지독한 암모니아 냄새를 풍겨왔다.

"문 닫고 해."

비위가 상한 주식이 얼른 코를 잡고 인상을 찡그렸다.

시억은 변기 뚜껑을 닫고, 밑에 붙은 차단 밸브를 손으로 흔들었다. 나사 틈 사이에 잔뜩 녹이 슬어 있었다. 시억이 나사를 힘껏 돌렸다.

잘 돌아가지 않았다. 변기 수조 뚜껑을 열어 조절 밸브와 물 보충관을 힘으로 뜯었다. 반동이 일어나면서 단순한 밸브 선들이 시억의 양 손에 쥐어졌다.

주식이 요란한 소리에 화장실로 들어갔다.

변기는 반쯤 부서지고, 밑으로 이어진 여러 관들을 파손했다. 끊어진 차단 밸브 때문에 그 사이로 구정물이 질금질금 흘러나왔다.

"참 대단해."

주식이 빈정인지 응원인지 애매한 말투로 말했다.

"이제 똥도 마음대로 못 싸게 생겼네."

주식이 덧붙였다.

"그 전에 나가야 합니다."

시억이 부순 공급관을 들고 밖으로 나갔다. 그것으로 문과 벽 사이의 얇은 틈새를 공략했다.

뒤에서 보던 주식이 어깨를 으쓱했다. 관이 너무 컸다. 택도 없지, 싶었다.

터엉.

일시에 울리는 소리에 두 사람의 눈가가 환해졌다. 나갈 수도 있다는 희망. 공급관을 잡은 시억의 손길이 더 집요해졌다. 그때, 뒤에 있던 주식이 나지막이 중얼거렸다.

"아니다. 바깥문이 열린 소리야."

발소리가 들리더니 놓으라고 악을 쓰는 여자의 목소리가 들렸다.

시억은 얼른 공급관을 뒤로 숨겼다. 손바닥만 한 유리창 밖으로 머리를 깎은 여자의 모습이 보였다. 평경은 가래침을 퉤, 뱉더니 주변을 보고 겁에 질린 모양이었다.

"안 들어간다고!"

평경이 소리 질렀다.

시억은 얼른 주식에게 눈짓을 보냈다. 어쩌면 마지막 기회일지도 몰랐다. 상대가 누구든 일단은 덤비고 봐야 했다.

"하나만 묻자. 쟤네들 사람도 막 죽이니?"

주식이 낮은 목소리로 물었다.

끄덕. 시억이 그렇다고 했다. 주짓수가 취미인 주식도 어느 정도 몸싸움에는 자신이 있었지만 불리한 상황이라 나서고 싶지 않았다. 시억이 주식의 어깨를 툭 쳤다. 상대에게 믿음을 주는 얼굴이었다. 두 사람은 심기일전 하며 동시에 한숨을 쉬었다.

잡역부가 유리창 사이로 문을 열기 전 안을 살폈다.

시억과 주식은 순간적으로 지쳐 있는 얼굴을 했다. 사실 지치기도 했다.

자물쇠로 열쇠를 여는 소리가 들렸다. 평경은 끝까지 들어가지 않기 위해 최대한 발버둥을 쳤다. 잡역부가 괴팍한 손길로 평경의 배를 사정없이 걷어찼다.

평경이 고꾸라지며 창고 문 앞에서 쓰러졌다. 이때였다!

시억이 평경의 어깨를 잡은 잡역부의 우람한 손을 잡아 뒤로 꺾은 후 똑같이 배를 차줬다.

뒤에 있던 주식이 얼른 창고를 나와 공격하려는 잡역부의 사타구니를 찼다.

혼자인 줄 알았는데…….

뒤에 두 사람이 더 있었다. 이런!

그 중 한 사람이 총을 겨누고, 피할 새도 없이 가스총을 쐈다.

평경과 시억, 주식이 악, 하고 비명을 지르며 손을 내저었다. 순식간에 시야가 뿌옇고 매스꺼웠다.

"가야 돼."

시억이 자신을 다그치듯 외쳤다.

그는 눈물을 흘리며 자신에게 다가오는 한 사람의 허리춤을 노렸다. 잡역부들은 보통 왼쪽에 맥가이버 칼을 챙겼다. 예상 적중. 시억은 손에 잡힌 무기로 능숙하게 잡역부의 목을 겨눴다.

눈에서 계속 눈물이 흘러서 잡역부의 숨을 한 번에 끊을 수 없었다. 용서하세요, 부디.

시억이 등 뒤에서 난타 중이던 엉겨 붙은 두 사람 중에 자줏빛 점퍼의 등에 칼을 꽂았다. 겨우 위기에서 벗어난 주식이 힘이 빠져 볼멘소리를 했다.

"좀 빨리 도와주지. 일부러 사람 애간장 태우는 거지?"

아직도 구석에서 기침을 하는 평경의 팔을 시억이 잡아끌었다. 평경이 눈물자국이 가득한 얼굴로 머뭇거렸다.

"아저씬 누구세요?"

시억이 쉽게 대답하지 못했다.

"나 쟤 아는 애 같다."

뒤에서 먼저 평경을 알아본 주식이 아는 체를 했다.

"너는 왜 아직도 여기 있냐?"

평경은 주식의 후줄근해진 몰골을 바라보며 의아한 얼굴로 쳐다봤다.

"판사님은 왜 여기서 이러고 계세요? 아버지 병문안 왔다면서요?"

평경이 콧방귀를 끼며 이죽거렸다.

"머리 다 어디 갔냐?"

"아저씨 와이프 사이코패스인 거 알죠?"

"그만들 합시다. 이레 구해야죠."

시억이 두 사람의 신경전을 보다 못해 끼어들었다. 두 사람의 표정이 사뭇 달라졌다. 이곳은 연구소 지하 4층. 올라가는 방법은 계단뿐이다. 가면서 사람을 마주치지 않을 방법은 제로. 그 수가 적기를 바라는 수밖에 없었다.

이레는 잠깐 잠의 나락으로 빠졌다.

꿈속에서 다 큰 남자가 자신의 어깨를 쥐고 흔들었다. 선이 고운 남자는 도훈을 쏙 빼닮아 자신에게 화를 내고 있었다. 설명은 필요 없었다. 이레는 직감적으로 그가 자신의 아이라는 것을 알고 있었다.

이레는 죄인처럼 남자를 향해 무릎을 꿇고 눈물을 흘렸다. 화를 내던 남자가 낄낄거리며 웃었다. 그 웃음이 왠지 소름끼치고 무서워 이레가 뒷걸음질 쳤다.

눈을 떴을 때, 자신을 보고 의사들이 껄껄 웃고 있었다.

김 박사가 이레의 옆에 자리를 잡고 앉아 이레의 상태를 체크하고 있었다. 뭐가 그렇게 재밌는 거지?

이레가 불만스러운 얼굴로 그들을 바라봤다. 김 박사는 이레의 입에 물린 장치를 뽑아 의료장비를 한쪽으로 밀었다.

"한 방 먹였다며? 그 여자 피부에 들어간 보톡스가 흘러넘치지 않던?"

서경을 말하는 것 같았다.

김 박사의 말에 뒤에 서 있던 연구진 조수 세 명이 킥킥 웃었다. 이레는 뭐라고 대꾸를 하고 싶었지만 목이 심하게 따가워 말이 잘 나오지 않았다.

"아이는 탈 없이 잘 있어."

"어차피 죽일 거잖아요?"

이레의 목소리가 가시처럼 돋아났다.

김 박사는 오묘한 눈길로 이레를 내려다봤다. 오래 묵은 회한 같은 것을 느꼈다. 김 박사는 뒤에 있는 조수들에게 나가 있으라고 고갯짓을 했다. 그들은 군말 없이 의료장비를 챙겨 나갔다.

"자, 내가 선물 하나를 주지."

김 박사는 호주머니에서 엄지손가락만 한 투명한 약통을 꺼내 이레의 손에 쥐어주었다. 약통에는 하얀색 알약이 들어 있었다.

"미페프리스톤이라는 성분으로 만들어진 약이야. 먹으면 심각한 부작용을 초래할 거야. 다시는 임신을 못 할 수도 있고, 심하게 하혈을 할 거야. 하지만 유산을 하게 되면 너는 대상자에서 벗어날 수도 있을 거야. 자유로운 생활을 할 수는 없겠지만 살 수도 있다는 얘기다."

김 박사가 말했다.

이레는 잘 이해가 가지 않는 얼굴로 손에 든 약통을 물었다.

"도훈의 아이를 임신해서 이서경이 저에게 복수를 한다는 말이에요?"

김 박사가 어쩔 수 없다는 얼굴로 어깨를 으쓱했다.

"그런 것까지는 난 모른다. 그저 살 수도 있는 방법을 알려주는 거야."

"왜 갑자기 이런 것을 주는 거죠?"

이레가 의심스러운 눈초리로 바라봤다.

"오해 말아라. 장난치는 것이 아니니. 그저 선택권 하나를 제시하는 것뿐이다. 그에 따른 결과는 다 너의 것이다."

쓸데없는 동정일지도 몰랐다. 김 박사는 밀실에 갇힌 이레를 모니터로 수시로 확인하며 서경과의 몸싸움을 지켜봤다. 이레는 서경이 다녀간 후 줄곧 팔다리가 결박된 채 몸을 버둥거렸다. 세상에. 저런 의지가 어디에서 나오는지 알 수가 없었다.

오로지 호기심 하나로 모니터에서 눈을 뗄 수 없었다. 김 박사는 이제사 박사의 조수 시절부터 수많은 임상시험 대상자들을 만나왔다.

그나마 용기가 있는 자들은 임상시험 도중 스스로 죽음을 택했다.

오후 내내 개인 연구실에서 이레에 관한 모든 리포트를 읽었다. 엄마의 학대에 방치되어 버려진 여자애였다. 김 박사는 어느 한 대목에서 페이지를 넘기지 못했다.

'장래희망이 수시로 바뀌는 경향이 있음. 대체적으로 소박하고 욕심이 없음. 최근에는 고등학교를 무사히 졸업하는 것이었다고 함.'

고등학교를 졸업하는 게 꿈인 고등학생이라니. 김 박사는 이레가 귀엽다는 생각이 들었다. 문득 오래전에 인연을 끊은 자식 생각이 났다.

오래전 샨티의 불법 연구 방식에 기가 질린 김 박사는 발을 빼겠다고 선언했었다. 이제사는 자신의 뒤를 이을 유일한 후계자가 도망치려 하는 것을 가만히 두고 보지 않았다. 두 아들과 딸아이의 이름을 거들먹거렸다. 며칠 뒤 김 박사는 그동안 모아둔 돈을 끌어 모아 가족들을 전부 미국으로 이민 보내버렸다.

"고등학교는 한국에서 마치고 싶단 말이야. 내 친구들도 다 여기에 있는데, 왜 가야 돼!"

딸이 울먹이며 부탁했다. 하지만 그때 김 박사는 가족들이 다칠까 봐 눈에 뵈는 게 없었다. 실험이란 이름 아래 숱하게 사람을 죽인 이제사가 너무나 두려웠다. 한시라도 바삐 그의 손을 벗어나야만 했다.

툭. 바닥으로 이레의 손에 들려 있던 약통이 떨어졌다.

김 박사는 상념을 떨치며 이레를 바라봤다.

"고맙습니다. 하지만 필요 없어요. 나는 그러고 싶지 않아요."

이레는 살짝 고개를 흔들고 부르튼 입술에 침을 발랐다. 곧 제가 죽을 것을 알아서 그런 걸까. 단호하게 군은 이레의 얼굴에 영기마저 흘렀다.

과거, 이제사의 그늘에서 벗어나려고 발버둥 쳤던 자신에게 필요했던 건 바로 저 얼굴이 아니었을까. 죽음도 불사하겠다는 태도. 김 박사는 이레가 너무 아깝다는 생각이 들었다.

"……이레는 무슨 뜻이지? 한글인가?"

"제 생일이 7월 7일이에요. 그래서 이레."

이레는 웃지도 않고 말했다.

"목을 조르고 있었어요. 이 대표가……."

도훈은 휠체어에 탄 남자의 말을 결코 믿지 않았다.

일단 그는 샨티에 머무는 미친놈일 가능성이 컸다.

두 번째로, 서경이 이레의 목을 조를 이유가 없었다. 자신이 사랑하는 사람에게 엄마가 해를 가한다는 건 말이 안 됐다.

"거기 누구야?"

직원의 목소리에 도훈이 고개를 들었다. 도훈은 자신이 지금 어디에 있는지조차 모르겠다는 듯 멍한 얼굴이었다. 사무관 복도 어디쯤이었다. 직원은 고개를 갸웃거리며 도훈을 의심스러운 눈으로 바라봤다.

"엄마 보러 왔어요. 이서경 대표님."

도훈은 자신의 목소리가 아득히 느껴졌다.

"아, 대표님 자리에 없을 텐데."

"출구가 어디죠? 몇 번 와봤는데도 은근히 헷갈려서요."

"따라와요."

직원은 곧 의심을 거두고 앞서 길을 안내했다.

도훈은 방금 전까지 있던 굳게 닫혀 있는 4층의 유리문을 바라봤다.

휠체어를 끄는 남자와 불쾌한 대화를 나눈 이후 도훈은 뭐에 홀린 듯 사무관으로 향했다. 되도록 서경을 피하고 싶었다. 일전에 이레가 급하게 샨티에서 전화를 걸어 서경의 컴퓨터 비밀번호를 물어왔던 사건도 있었고, 더 이상 엄마를 믿을 수 없었다. 그녀가 없는 틈에 집무실에 들어가 뭐라도 확인할까 싶었다.

도훈은 건너편 3호실에서 집무실의 불이 어서 꺼지길 기다렸다.

새벽 5시경 서경이 사무관을 나섰다.

그녀는 연못을 오랫동안 바라보다가 명상원으로 향했다.

기다렸다는 듯 도훈은 사무관으로 걸어갔다. 밤을 점령한 풀벌레 소리가 아주 요란했다.

사무관에서 교대 근무를 하던 나이든 수위는 눈썰미가 좋은지 어둠 속에서도 도훈을 알아봤다. 일전에 기절했을 때 널 업고 김 박사한테 데려간 게 자신이었다고 자랑도 늘어놨다.

"저 몸이 안 좋아서 요양 며칠 왔어요. 어머니 집무실에 아까 가방을 두고 와서 잠깐 가지러 가려고요."

도훈이 예의바르게 말했다.

"그래, 올라가봐."

수위는 쉽게 자리를 비켜줬다.

4층의 자동문은 고장이 났는지 아예 사람 하나 드나들 만큼의 너비로 고정되어 열려 있었다.

도훈은 데스크를 지켜야 할 맹꽁이 비서가 없는 것을 의아해했다. 게다가 서경의 집무실은 방금 폭풍이 일어난 듯 물건들이 제멋대로 여기저기 쌓여 있었다. 평소에 책 한 권 삐죽이 튀어 나온 것도 알아 챌 정도로 치밀한 성격을 가진 엄마였다.

도훈이 훔쳐보려던 데스크톱 모니터는 금이 가 있었고, 전원 버튼을 눌렀으나 반응이 없었다.

책상 서랍은 죄다 잠겨 열리지 않았다.

깨진 유리창, 얼기설기 붙여놓은 테이프 자국이 여기에서 무슨 일이 벌어졌다고 알려주었다.

도훈은 거대한 책장을 옆으로 밀었다. 그러자 대형 스크린에서 여러 개의 카메라로 송출된 CCTV 화면이 분할되어 나타났다.

총 열다섯 대의 카메라.

우연히 이것을 봤을 때 도훈은 개인의 일상이 말살된 것 같다고 말했고, 서경은 생각보다 훨씬 위험한 인물들이 어디서 나타날지 모른다고 대답했다.

도훈은 두 번째 칸 중간에서 명상원 한가운데 앉아 기도를 하는 서경의 모습을 보았다.

각 입구마다 지키고 선 보초들이 보였고, 아무도 없는 연못 뜰과 주차장도 비쳐졌다.

잠시 화면이 뒤바뀌었다. 영상 시스템은 아마도 5분 단위로 바뀌는 것 같았다.

그리고 그 큰 스크린에 오직 한 사람.

그것은 이레였다. 캄캄한 밀실에서 침대 벨트에 묶여 고통스러워하는 사람.

머리카락이 평경처럼 없었고, 얼굴은 너무 야위어서 십 년은 늙어 보였다.

도훈은 피가 거꾸로 솟는다는 게 어떤 느낌인지 깨달았다. 머리와 심장이 차갑게 식었다. 그와 반대로 감정은 지옥 불구덩이에 빠진 것처럼 끊임없이 단근질을 당했다. 대체 저기가 어딘지 알 수가 없었다. 본관? 사무관? 그것도 아니면 병원?

　휠체어를 끈 남자의 말은 사실이었다. 엄마, 이서경이 이레를 학대한 게 분명했다.

　도훈은 생전 처음 느껴보는 분노에 휩싸여 엄마를 죽이고 싶다는 생각을 했다. 이때껏 자신에게 헌신한 엄마에 대한 살의에 소름끼쳐 놀라 하면서도 자신을 농간한 엄마에 대한 복수심이 타올랐다.

　몇 번 스크린 화면이 바뀌었다. 서경은 어느새 명상원을 나와 사무관으로 걸어오고 있었다.

　가벼운 발걸음이었다. 도훈은 순간 정신을 차리고 다시 책장을 원상태로 돌려놓고 밖으로 나갔다. 비서가 늘 앉아 있던 로비 데스크 밑으로 가서 몸을 숨겼다.

　잠시 후, 엘리베이터에서 내린 서경은 콧노래를 흥얼거리고 있었다.

　비서실 데스크 위에 놓인 전화기가 울렸다. 도훈은 숨을 죽였다. 옷을 갈아입던 서경은 전화를 받지 않았다. 전화는 더 이상 울리지 않았다.

　집무실로 희원 삼촌이 모습을 드러냈다. 도훈은 자신에게 인자한 희원 삼촌을 꽤 좋아하는 편이었다. 주식보다 더 살뜰히 용돈과 선물을 챙겨주곤 했었다. 하지만 이제 서경의 오른팔이라 할 수 있는 희원 삼촌마저 의심이 갔다.

　두 사람은 집무실 안쪽에서 한동안 밀담을 나누는 듯했다.

　상황이 그렇게 바뀔 줄은 몰랐다. 30분 정도가 흘렀을까. 웅크린

다리가 저려와 종아리를 내뻗으며 스트레칭을 하는 순간, 가드들이 뛰어 들어왔다. 그리고 희원 삼촌이 업혀나갔다.

그의 고개는 한쪽으로 꺾인 상태였고, 입에서는 말라붙은 거품과 핏기가 섞여 있었다. 까뒤집은 눈은 확실히 죽은 자의 것이었다.

달그락달그락. 안에서는 식기를 씻는 소리가 들렸다. 익숙한 생활 소음과 맞물려 죽음은 물에 씻기듯 감춰지는 것 같았다.

도훈은 엄마가 아니, 이서경이 비로소 괴물이라는 것을 알아챘다. 심한 욕지기가 나와 얼른 집무실을 달려 나갔다.

"왼쪽으로 꺾으면 바로예요."

"네, 감사합니다."

직원이 경쾌한 구두 소리를 내며 시야에서 사라졌다. 복도의 곳곳마다 커다란 화분들이 놓여 있었다. 희원은 사시사철 그것들을 보기 좋게 관리했다. 서경이 지나가는 말로 희원을 칭찬했던 기억이 났다. 그가 없으면 안 된다면서…… 그를 죽였다.

나이든 수위가 아까와 똑같은 표정으로 다정하게 물었다,

"어이, 가방은 찾았어?"

"여기는 뭘 하는 곳이에요?"

도훈은 지쳐 쓰러질 것 같은 얼굴로 물었다. 힘들고 피곤했다. 방금 전의 일들이 삶 전체를, 나아가 영혼까지 송두리째 낙인을 새겼다. 도훈도 어쩔 수 없는 열일곱 살이었다.

***

정오가 지난 한때, 서경의 집무실에서 경악에 찬 비명이 흘렀다.

밖에서 서경을 기다리고 있던 직원들이 안으로 들어가자, 물건들이 마구잡이로 날아왔다.

서경은 손에 집히는 대로 서류더미며 스탠드, 아이패드를 집어던졌다. 포마드를 발라 시원한 이마를 드러냈던 서경의 헤어스타일도 누가 잡아당긴 듯이 마구 헝클어져 있었다.

"보안을 어떻게 하는 거야! 관리팀 다 데려와!"

대표가 그렇게 미쳐 있던 적을 처음 본 그들은 두 눈이 휘둥그레졌다. 누군가 용기를 내어 말했다.

"관리팀은 지금 브이아이피가 오시는 바람에 최소 인력만 빼고, 다 연구소에 있습니다."

"그래? 그렇다면 너희들 상관은 누구지?"

정적이 일었다. 몇몇이 서둘러 무전을 넣었다.

서경의 두 눈에서 눈물이 차올랐다. 대표가 울어? 그들은 당황한 얼굴로 서 있었다. 이럴 때 상황을 정리해주는 사람은 이희원 팀장이었다. 그런데 지금 그들에게는 아무도 없었다. 냉혈한으로 알려진 대표의 민낯을 받아들이기 힘들었다.

서경이 꺼지라고 손사래를 쳤다. 그들이 물러가기도 전에 더 버틸 수 없었는지 그녀가 소파에 얼굴을 묻고 무섭게 악을 썼다.

서경은 책장을 밀어 다시 스크린 화면을 봤다.

15개의 화면 중 어디에도 도훈을 비추는 카메라는 없었다. 어디에 있는 거야? 도훈아.

서경은 손거스러미를 물어뜯으며 불안하게 화면을 확인했다. 손끝에서 저릿한 통증을 느껴 보니 엷게 피가 비쳤다.

서경은 이희원을 해치우고 식기를 씻은 후 소파에 파묻혀 그동안 밀려 있던 잠을 잤다.

수위가 올라와 서경에게 보자기에 싸인 물건을 건넸다. 그 안에 여덟 개의 금니가 들어 있을 거였다. 서경은 희원의 목숨을 거둔 후, 그의 잇몸에 박힌 금니를 모두 빼오도록 지시했다.

"모든 게 이상 없었습니다. 참, 아드님은 본관에서 쉬고 계십니다."

갑자기 나온 도훈의 이름에 서경이 날을 세우며 그게 무슨 소리냐고 물었다.

수위는 자신이 실수했음을 깨달았다. 도훈이 여기에 있으면 안 되는 인물이라는 것도.

서경은 책장 안을 열어젖혀 녹화된 CCTV를 되돌려봤다. 놀랍게도 도훈이 두 시간 전까지 비서가 쓰던 데스크 밑에 숨어 있는 게 잡혔다.

목구멍이 바짝 말랐다. 도훈이 대체 뭘 본 건지 알 수가 없었다.

그 순간 화면이 뒤바뀌면서 현재 샨티의 상황이 자동으로 송출됐다. 김이레는 여전히 방에 갇힌 채 몸을 바르작거리고 있었다.

서경은 불안한 예감에 휩싸여 몸을 떨었다. 설마 도훈이 이 화면을 보진 않았겠지. 봤으면 끝장이야! 서경은 가만히 있을 수 없어 방 안을 왔다 갔다 했다.

아들은 예전부터 책장 뒤에 있는 감시용 카메라에 대해 부정적이었다. 개인 사생활을 침해한다나. 그러니 도훈이 봤을 리는 없어.

아니, 그건 서경을 위한 달콤한 핑계였다. 서경은 리모컨을 조작해 시간을 돌렸다.

도훈이 집무실에 드나들기 전 어디에 있었는지 확인이 필요했다.

다시 도훈의 행적을 쫓았다.

전날 밤 도훈은 이레가 머물던 3호실에 있었다. 화면 속 아들은 갑작스레 통증이 왔는지 혼자서 끙끙 앓고 있었다. 서경은 옆에서 도훈을 보는 듯 진심으로 가슴이 아파왔다.

화면을 돌리던 서경은 딱 정지 버튼을 눌렀다.

그 남자였다. 한재익. 그가 아들을 깨워 뭔가를 얘기하고 있었다.

서경이 안내 데스크에 전화를 걸었다.

"2호실 한재익. 지금 데리고 와주세요."

사실, 서경은 언젠가부터 터줏대감 노릇을 하는 한재익이 마음에 안 들던 차였다.

손톱달이 걸려 있던 십 년 전 밤이었다.

서경은 맨발로 샨티를 배회하고 있었다. 며칠째 계속된 폭염에도 샨티는 언제나 서늘한 기운을 유지했다. 손등까지 덮는 카디건을 걸친 서경은 한기를 느꼈다. 급성백혈병으로 한 차례 고비를 넘긴 후에도 도훈의 예후는 좋지 않았다. 하루에 몇 번씩 죽음의 고비를 넘어야 했다.

그때마다 서경의 심장은 야금야금 갉아 먹혔다. 죽음이라는 이름에게. 서른아홉 살 서경에게는 어떤 희망도, 삶의 의지도 없었다.

아버지의 제자 김홍수 박사와 그의 제자들은 국내 최고라고 자부할 만한 의료진이었다.

일주일을 넘기기 힘들 거라는 통보를 듣고, 서경은 김 박사의 멱살을 붙잡았다가 무릎을 꿇었다가 무너지는 억장을 어찌할 수가 없어 자해를 시도하기도 했다.

이제 겨우 열두 살인 도훈은 이미 병색이 짙어 가죽만 붙어 있는 형국이었다. 서경이 보기에도 그 무렵 도훈은 호흡기에 의지해 삶을 연명해 가는 것을 버거워 했다.

잠깐 정신이 든 도훈이 무슨 말을 하고 싶은 듯 작은 입술을 오므렸다. 서경이 얼른 상체를 숙여 귀에 댔다.

"엄마, 고마워요. 이제 그만해도 돼요."

도훈이 또박또박한 목소리로 타일렀다. 여전히 총기 가득한 맑은 눈에서는 엄마가 얼마나 많은 거절을 당했고, 매번 의사들의 고갯짓에 실망했고, 그럼에도 수고를 다한 것을 안다고 말하는 것 같았다.

도훈은 그 말을 남기고 다시 잠에 빠졌다. 그게 무슨 소리냐고 도훈을 흔들어 깨우려다가 이대로 영영 일어나지 않고 죽을 것만 같아서 서경은 유리 같은 아들을 건들지 못하고 병실을 나왔다.

아버지의 죽음 이후 병원은 처참하게 무너져 가고 있었다. 아직까지 이제사의 뛰어난 제자들이 병원에 남아 있던 것도 거의 기적이었다.

깨진 담벼락, 잡초와 이끼, 아무리 독한 향수를 뿌려도 따라붙는 포르말린 냄새.

이런 곳에서 아들의 마지막을 보낼 수는 없었다. 서경은 병원을 빠져나가 앞뜰로 걸어갔다. 요양원이 공사를 진행하다 자금 문제로 중단되었고, 자재들이 도처에 깔려 관리되지 않았다. 그 앞에 사람이 죽어 수시로 귀신이 드나든다는 더러운 연못이 있었다.

날벌레들이 득실거렸고, 수초 냄새가 비릿했다. 고인 물결 위에 손톱달의 잔영이 외로이 떠 있었다. 서경은 아들을 먼저 보낼 자신이 없었다. 그러느니 먼저 가는 편이 나았다.

가만히 서서 연못을 바라봤다. 손톱달이 가슴을 찌르고 끝내는 자신의 목숨을 빼앗아 갔으면 싶었다.

그녀 인생에서 행복은 없었다. 시지프스의 바위처럼 끝났다 싶으면 지옥은 다시 되풀이되었다. 가족들의 연이은 죽음 그리고 도훈을 낳고부터 자신에게도 찾아온 죽음의 전조. 하지만 적어도 도훈을 갖고, 키웠던 일상은 얼마나 눈물 나게 행복했었는지.

서경은 흐느끼다가 그때를 생각하고 다시 미소를 지었다. 그 기억까지만 갖고 가야겠다. 서경은 주위에 있는 돌을 잡아 양 카디건 주머니에 잔뜩 넣었다.

호주머니가 더 크고 깊은 것을 가지고 나오지 않은 것을 아쉬워했다.

"그것 가지고는 어림도 없지. 내가 앉아 있는 것 정도 무게는 돼야 영영 물 위로 안 떠요."

서경은 남자의 목소리에 놀라 뒤로 자빠지며 엉덩방아를 찧었다. 수풀 사이에서 나온 남자는 휠체어를 끌며 서경을 쭉 지켜보았단 얼굴로 히죽 웃었다. 서경은 마지막을 방해한 남자를 불쾌한 눈으로 무시했다.

"누가 아파요? 당신? 가족?"

"상관 말아요."

남자가 곧장 자리를 뜰 것 같지 않아서 서경은 그를 피해 갔다.

"그래도 죽지 말아요. 고통은 생각보다 금방 지나가니까. 내가 겪어봐서 알아요. 지나고 나면 웃게 될걸요."

남자가 서경의 등 뒤에 대고 뻔뻔하게도 격려를 했다. 서경은 방금 모욕이라도 당한 듯 얼굴이 화끈거렸다.

"나도 내 아이가 겨우 휠체어 신세라면 그렇게 말할 수 있을 것 같아요."

서경의 말투가 얼음장처럼 차가웠다. 생사를 매초마다 오가는 심정을 당신은 알 리가 없을 거다. 그러니 별거 아니라는 듯 하찮은 소리를 해대는 거겠지. 서경은 할 수 있다면 마음껏 비웃어주고 싶었다. 세상 어떤 비극 속의 주인공이 와도 내 아이의 고통과는 견줄 수 없을 것이다.

"엄마가 그렇게 힘들어 하니까 아이가 떠나고 싶은 거예요. 엄마 더 힘들지 말라고."

그때 남자는 서경의 마음을 비추는 연못 같았다. 담담한 어조 때문인지, 남의 사정을 멋대로 넘겨짚었다는 것에 화가 나지 않았다.

"엄마가 힘내야죠."

남자가 위로했다.

서경은 말문이 막혔다. 겨우 그 말 한 마디에 자신이 무너질 줄은 몰랐다. 얼어버린 심장 위에 그가 뜨거운 물 한 방울을 떨어트린 것 같았다.

서경은 딱딱한 돌바닥에 무릎을 꿇었다. 서러운 울음이 터져 나왔다. 카디건을 불룩하게 만든 돌들이 밖으로 굴러 떨어졌다. 돌들을 다시 움켜쥐었다. 그런 한 마디 말을 누구에게도 들어본 적이 없었다.

그만하면 할 만큼 했다고, 죽지도 않은 아들을 앞에 두고 남편은 이미 죽은 자식 취급을 했다. 걸핏하면 마음의 준비를 하라고 했던 의료진도 그랬다. 그들은 환자보다 더 환자 같은 서경을 두려워했다. 그녀가 아들의 침구를 손수 갈고 식기를 세척할 때 등 뒤에서 저

건 사랑이 아니라 집착이라고 손가락질했다. 아버지와 친오빠들, 이 제는 어린 자식까지.

모두가 드센 팔자를 가지고 태어난 그녀 때문이라고 했다. 그럴수록 더 독하게 그녀는 스스로를 보호했다. 슬픔도 기쁨도 느끼지 못하는 마녀처럼. 묵묵하게.

남자는 땅을 짚고 엎드린 서경의 울음이 꼭 늑대의 하울링 같다고 생각했다. 긴 한숨을 토해내듯 그녀는 딱 세 번을 울고 다시 병원으로 뛰어갔다.

고맙다는 말 한 마디도 없이.

"신수가 훤해지셨어요, 대표님. 아드님은 여전히 건강하시죠?"

"어젯밤에 보셨잖아요."

재익은 서경의 집무실을 구경하며 그녀 주위를 한 바퀴 돌았다. 서슴없는 눈빛이었다. 손톱달이 뜬 밤 이후로 재익과 단둘이 마주한 건 처음이었다. 이렇게 젊었었나 싶게 재익은 적당히 살이 올라 혈기왕성해 보였다. 겨울인데도 얇은 반팔 티셔츠 하나 걸친 재익의 어깨와 이두박근이 도드라져 보였다.

한때 아주 오래전 얘기지만 서경은 한재익에 대해서 약간의 호감을 갖고 올림픽 우승 영상을 찾아보기도 했었다.

"차, 뭐 드실래요?"

서경이 건성으로 물었다.

"아, 됐어요."

서경이 다시 소파에 앉아 재익을 마주봤다.

콕 집어서 말할 수는 없지만 그의 눈빛은 기이할 정도로 사람 신경을 건드는 데가 있었다.

"어제 제 아들과 무슨 얘기를 나눴어요?"

"여전하시네. 아들 얘기만 나오면 흥분하시는 거."

"빈정대지 말고, 묻는 말에 제대로 대답하시죠."

서경이 아차, 싶게 발끈했다. 하지만 그의 말이 사실이었다. 도훈이 샨티를 휘젓고 다니는 것을 생각하면 눈앞이 캄캄했다. 빙빙 돌려 시간을 끌 처지가 아니었다.

"도훈이 다시 입원한 건가요? 심하게 아픈지 끙끙 앓아서 내가 그놈의 문고리를 다 부수고 들어갔어요. 문고리 뒤집혀 달려 있던 거 알고 있었어요?"

재익이 종달새처럼 재재거렸다. 오랫동안 외부와 인연을 끊고 이곳에 있었더니 사람 자체가 달라진 것 같았다.

"제 아들 이름은 어떻게 아세요?"

서경은 피가 차갑게 식는 것을 느꼈다. 아무리 생각해도 한재익이 아들의 이름을 함부로 입에 올릴 자격은 없었다.

"알죠. 어제 서로 통성명을 했으니까. 대표님이 얼마나 아끼는 아들인데, 한 번 들으면 기억해야죠."

다시 히죽거렸다.

재익의 말투 속에는 당신이 십 년 전 내 발밑에서 눈물을 흘렸다는 것을 똑똑히 기억하고 있다는 무언의 언질이 담겨 있었다. 쉽게 입을 열 부류가 아니었다.

"여기 오래 머물고 계셨어요. 그렇죠?"

"네."

"남은 입소비는 돌려드리겠습니다. 이번 주 안에 나가주세요."

"제가 뭘 실수한 게 있습니까?"

그가 굉장히 난감하다는 얼굴로 말했다.

"내 착각일지 모르지만, 당신은 여기 그저 쉬러 온 게 아니라는 생각이 들어요. 어떻게 설명해야 될지 모르겠군요. 내 말을 오해해도 좋아요. 당신이 이곳에서 사람들을 조종하면서 희열을 느끼고 있는 것 같아요. 마치 소시오패스처럼요."

서경은 소시오패스라는 단어에 힘을 주어 말했다.

재익은 그다지 놀라지 않은 것 같았다. 그의 눈은 이제껏 보지 못한 광휘로 번뜩였다. 휠체어를 끌어 서경을 등지고 돌아섰다.

순간 탁자 위에 서경이 놔둔 금니 조각이 반짝거렸다.

서경은 일부러 그가 못 본 척 시선을 돌리는 것을 확인했다.

"혹시 이 팀장님도 내보내셨어요?"

"이 팀장님이요?"

서경이 시치미를 뗐다.

"정원 관리하시는 분 있잖습니까? 앞니가 번쩍이시는 분."

"네, 관뒀어요."

재익은 고개를 끄덕이고는 더 묻지 않고 나갔다.

서경은 이희원의 전리품을 치우지 않은 자신의 실수에 화가 났다. 한재익이 뭔가 눈치챈 것 같았다. 휠체어를 끌고 샨티의 구석구석을 쑤시고 다닌다는 것은 서경도 익히 들어 알고 있었다. 오늘 안에 내보내야겠다.

서경은 책장 아래 칸 캐비닛에서 요양원 입소자들의 서류철을 찾았다.

그의 보호자는 세 살 터울의 친누나로 되어 있었다. 다이얼 번호를 눌렀다.

"여보세요."

특이한 억양이 묻어나는 익숙한 여자의 말투였다. 어디서 들었더라? 서경은 얼른 대답하지 않았다.

밖에서 비서가 다가와 정문에 그들이 왔음을 알렸다.

'잠깐. 기다려.'

서경이 눈짓으로 말했다. 수화기에서 재차 '여보세요?' 하는 목소리가 들렸다.

서경은 핸드폰 CCTV 어플을 켜 성북동 자택을 살폈다.

"전화를 거셨으면 말씀을 하세요."

전화는 끊겼다. 자신의 집 주방에서 그릇을 정리하던 가정부가 이상하다는 듯 전화를 끊고 핸드폰을 앞치마에 넣었다. 서경이 알기에 가정부는 탈북자 출신으로 중국을 통해 혼자 들어왔다고 했다. 그녀에게 남동생이 있을 리가 없었다.

일이 굉장히 이상하게 돌아가고 있었다.

"대표님, 브이아이피 지금 입구에 도착했습니다."

무전을 받은 비서가 보고했다.

서경은 창가에 서서 고급 세단 세 대가 연달아 정원 앞마당에 당도하는 것을 무심히 바라봤다.

"한재익이 있는 2호실에 가서 종이 한 장이라도 이상한 게 있으면 샅샅이 뒤져서 가져와."

"예? 그렇지만……."

"한재익은…… 멀리 보낼 것 없다. 어차피 못 움직이니까. 그 방

화장실에 가둬."

  실제 시간은 초 단위로 흘러갈 테지만 이레의 시간은 영원처럼
느껴졌다. 연구원들은 약 두 시간마다 찾아와 이레의 상태를 체크
했다. 이레는 시간의 흐름을 잊어버렸다.

"조금만 참아. 이 짓도 곧 끝나."

  연구원 중 하나가 이레에게 격려의 말을 건넸다. 거짓말. 이서경
도, 김 박사도 같은 말을 했다. 온몸이 바스라질 것 같은 고통을 빨
리 끝낼 수 있는 사람은…… 자신밖에 없었다.

  대한민국에서 돈이 제일 많다는 사람에게 몸뚱이를 내주고 세상
에서 사라지고 싶지는 않았다.

  절대로.

  이레는 아이를 생각했다. 아이가 움직일 때마다 그녀의 감각은
예민하게 살아서 들썩거렸다.

  '엄마가 가만히 있으면, 너는 결국 죽게 될 거야.'

  변치 않는 사실이었다. 그래서 이레는 최선을 다해 몸을 움직였다.

  벨트는 꼼짝도 하지 않았다.

  "평경아, 비밀 하나 말해줄까? 도훈이가 아프지 않았다면, 나는
도훈이를 사랑하지 않았을 거야. 아빠도, 할머니도 그저 불쌍하고
안돼 보여서 미워할 수가 없었어. 나는 머리가 어떻게 된 인간인가
봐. 사랑이 여태 그런 것인 줄 알았단 말이야."

  평경과 크게 싸웠던 날이었다. 함께 산부인과를 다녀와 아이를 낳
겠다는 이레의 결정에 화가 나 평경은 일주일째 말도 걸지 않았다.

그게 진심으로 자신을 생각해서 그런 것도 이레는 잘 알았다. 하지만 어디서부터 비롯된 건지 모를 이 감정을 설명할 자신이 없었다.

답답했을 것이다. 설명할 수 없어 침묵을 지키는 이레에게 배신감도 느꼈겠지. 이레는 어쩔 수 없는 일이라고 생각했다. 잠을 뒤척이다 눈을 뜬 이레는 평경이 베란다에서 혼자 울고 있는 것을 보자, 마음을 고쳐먹었다. 반지하방에 들어오는 은은한 달무리는 그날따라 고귀했다. 어쩌면 평경에게 자신의 감정을 이해받을 수 있을 것만 같았다.

이레는 이부자리를 털고 일어나 평경의 옆에 앉았다.

"이제는 조금 알겠어……. 사람들이 말하는 사랑이 뭔지. 내 전부를 주어도 아깝지 않을 거라면, 내 미래를 걸어도 괜찮지 않을까?"

조근조근 천천히 이레는 자신의 심정을 말했다.

이제껏 낙이라고는 TV에서 그늘 하나 없이 웃는 아이돌 찬을 보는 게 전부였다. 도훈과의 어설펐던 감정은 사랑이라기보다는 연민에 가까웠다. 도훈은 보기보다 약해서 자신을 필요로 했으니까. 이레는 자신에게 부재한 것이 무엇이었는지, 행복이 무엇인지 어렴풋이 깨달았다.

연구원이 이레의 정맥에서 뽑은 30cc의 피를 실린더에 담았다.

"조금만 느슨하게 해주세요. 숨이 잘 안 쉬어져요."

연구원이 이레의 부탁에 잠깐 고민을 하다 고개를 저었다.

"미안하다."

연구원들이 실린더와 차트를 들고 방을 떠났다.

마침내 이레는 자신이 결정한 것을 실행하기로 결심했다. 두 팔과 두 다리는 벨트에 꼭 매여 있었고, 빠져나가려면 피부가 벗겨질지도 몰랐다.

그녀는 먼저 두 팔을 빼내기 위해 안간힘을 썼다. 아이의 최후를 다른 사람에게 맡기지 않겠다. 우리는 함께……, 희생양이 되느니 스스로 죽겠다.

평경이 쓰러진 남자의 검은 모자를 벗겨 썼다. 작은 두상 위에 쓴 모자가 헐렁거렸다.

"그거 변장이야?"

주식이 놀리듯 물었다.

"나중에 다 손해배상 청구할 거예요."

평경이 야무지게 대답했다. 휘파람 소리가 짧게 들렸다.

구석에 몸을 숨겼던 두 사람이 시억의 신호에 따라 고개를 들었다. 선두에 선 시억의 얼굴이 어느새 땀범벅이었다. 평경이 끄덕하고, 주식과 함께 계단을 따라 올라갔다. 손가락으로 숫자를 세던 평경이 낮게 말했다.

"7층이에요."

세 사람이 고개를 끄덕였다.

계단참마다 그들을 스친 보안요원 다섯 명이 쓰러져 있었다. 평경이 볼 때, 시억은 재야에 몸을 숨긴 고수 같았다. 상대를 순식간에 제압하는 솜씨가 장난이 아니었다. 나중에 기회가 된다면, 호신술이라도 배우고 싶었다.

시억은 7층에 뇌를 바꾸는 수술실이 있다고 했다. 이레가 그곳에 있을 것이다.

"여기에는 진짜 총을 가진 요원들이 있어요. 다 같이 가기에는 너무 눈에 띄어요."

"제가 바람잡이 할게요."

시억의 말을 자르며 평경이 나섰다.

"걔네가 절 쫓는 사이, 아저씨 둘이 이레를 구하면 되지 않을까요?"

"얌마, 그러다가 너 다치면 어떡할래?"

주식이 말했다.

"내 생각에도 그건 너무 위험해. 이레가 이 자리에 있었으면 분명 반대했을 거야."

시억도 동의했다. 세 사람은 안에 몇 명의 경비가 지키고 있을지 몰라 열어보지 못한 철문을 바라봤다.

그때, 시억이 쓰러트린 요원에게 뺏은 무전기가 귓가에 울렸다.

'다들 상시 대기. 대영. 7층 접견실로 지금 올라갑니다.'

"기다려야겠어요."

시억이 말했다.

"아, 언제까지요?"

문 열고 뛰어가면 끝인데……!

평경은 답답한 마음에 소리를 높였다. 평경의 목소리가 비상구에 울렸다. 동시에 뭔가를 들은 보안요원이 귀를 쫑긋하고 문 쪽으로 다가왔다.

주식이 평경에게 콱! 때리는 시늉을 했다.

셋은 황급히 다시 구석으로 뛰어갔다. 문은 순식간에 휙 열렸다.

"너 뭐야?"

미처 몸을 숨기지 못한 주식이 망했다는 얼굴로 뒤를 돌아봤다.

시억과 평경이 구석에서 몸을 숨긴 채 긴장한 얼굴로 주식을 건너 봤다. 주식은 꿀꺽 마른침을 삼켰다.

요원은 주식의 발밑에 쓰러진 다른 요원들을 보고, 얼른 총을 꺼 냈다. 바짝 긴장한 주식이 황급히 양손을 들었다.

"내가 안 했어요! 내가 오니까 이 사람들이 쓰러져 있었다고. 나 는 샨티 이서경 대표 남편 되는 사람입니다. 그, 그거 쏘면 나도 죽 겠지만, 당신도 죽는 거요."

요원이 반신반의하며 경계했다.

"이, 이 대표 좀 연결해줘. 길을 잃은 게 잘못은 아니지 않나?"

주식이 갑자기 말을 놓으며 능쳤다. 하지만 뒤로 이상감지를 확 인한 요원들이 주식을 옆으로 밀치며 비상구 계단으로 들어섰다.

시억이 재빨리 계단 옆에 놓인 적재함 뒤로 평경을 숨겼다. 요원 들은 서둘러 계단을 내려가 좌우를 살살이 살피고 쓰러진 요원들의 상태를 확인했다.

"침입자가 있는 것 같습니다."

누군가가 외쳤다.

적재함은 겨우 평경을 가렸다. 시억이 그 앞에서 가만히 숨을 죽 였다. 우연히 시억과 눈이 마주친 요원이 놀란 눈으로 바라봤다.

그때, 위에서 '잡아!' 하고 요원들이 일사분란하게 뛰는 소리가 들 렸다. 주식이 이번 한 번만 좋은 일 하는 셈 치고, 바람잡이 노릇을 한 것이다.

"여기……."

요원이 입술을 달싹였다.

시억이 찌를 듯한 눈빛으로 요원에게 쉿, 입가에 검지에 세우고 올라가보라는 손짓을 했다. 시억의 다른 손은 가스총을 쥔 채 상대 요원을 겨누고 있었다. 요원은 잠깐 고민하더니 두어 계단을 한꺼번에 성큼성큼 뛰어올라갔다.

문이 닫혔다. 평경이 참았던 숨을 내쉬며 바닥에 스륵 주저앉았다.

"죄송해요."

평경이 몸 둘 바를 모르겠다는 얼굴로 사과했다. 시억이 신경 쓰지 말라는 듯 고개를 끄덕였다.

"언제 들이닥칠지 모르니까 일단 아래층으로 가자."

평경이 고개를 끄덕였다.

시억의 소매 밑으로 핏줄기가 뚝뚝 떨어졌다. 부상을 입었는데도 집념은 조금도 흐트러지지 않았다. 평경은 그가 끝까지만 가준다면, 정말 이레를 구해서 함께 여기를 탈출할 수 있을 것 같았다.

6층의 손잡이를 잡은 시억의 손이 가늘게 부들거렸다.

"아저씨, 이레랑 친했어요?"

평경이 물었다. 시억은 대답 대신 손을 펴 입을 막았다. 방금 귓전으로 짧은 무전이 들어왔기 때문이다.

'전원 스톱! 브이아이피 관리팀 대기 바람. 김이레 사망 추정.'

결국 이런 결말이었나. 시억의 얼굴 위에 식은땀이 비오듯 쏟아졌다. 눈물인지 땀인지 분간하기 힘들었다. 시억은 비틀거렸다.

"뭔데요?"

평경이 눈치 빠르게 물었다.

시억은 자신의 소매 깃을 붙잡은 평경을 똑바로 볼 수가 없었다. 시억은 괜찮은 척 겨우 포커페이스를 유지했다.

"괜찮을 거야. 가자."

뭐가 괜찮다는 거지? 평경은 주어가 빠졌다는 것을 묻고 싶었지만, 이내 앞서가는 시억의 뒤를 따랐다.

민태관은 사무관 일 층 로비에 앉아 독한 시가의 맛을 즐겼다.

훤칠한 키에 맞춤 양복은 날렵한 몸을 더욱 돋보이게 했다. 그는 민 회장에게서 물려받은 움푹 들어간 깊은 눈매로 샨티의 정원을 감상했다. 대영그룹의 수행원들이 그의 뒤에 서서 심란한 얼굴로 대기했다.

김 박사가 피가 튄 가운을 갈아입지도 못한 채 로비에서 그를 맞은 건 오후 3시가 홀쩍 지난 시간이었다.

민태관은 소파에 반쯤 엉덩이만 걸친 자세 그대로 김 박사를 바라봤다. 그가 상황을 낙관할 수 없다며 고개를 흔들었다. 민태관이 시가를 유리 테이블 위에 반쯤 걸쳐두고 인상을 썼다.

"이서경은 어디 갔어요?"

민태관이 물었다.

김 박사는 안경을 추어올리며 뒤에 서 있던 하기훈을 바라봤다.

기훈도 오전 내내 코빼기도 안 보이는 이희원과 서경을 찾던 중이었다.

"낸 돈이 얼만데, 손님 대접을 이런 식으로 하나……."

민태관이 볼멘소리를 했다.

김 박사는 함께 온 조수의 옆구리를 꾹 찔렀다.

조수가 눈치껏 나서서 커피나 차를 뭐로 드시겠냐고 물었다. 민태관은 웃기지도 않는다는 듯 콧방귀를 끼며 일어섰다. 뭔가를 발견한 듯.

반대편 창가에서 자신을 뚫어지게 보는 기분 나쁜 남자의 얼굴이 보였다.

"저 사람은 뭐야?"

기훈이 민태관의 시선을 따라 창밖을 바라봤다.

한재익은 자신의 방도 아닌 곳에서 이쪽을 노려보고 있었다. 기훈도 놀랐다. 함께 차를 마시며 세상사에 대해 달관한 말투로 말하던 한재익과는 전혀 달랐다. 가면을 벗은 듯 완전히 다른, 날이 선 얼굴이었다.

"한재익입니다. 전 마라톤 선수."

"아아."

민태관이 기억난다는 듯 고개를 끄덕였다.

"그런데 저자가 나를 왜 죽일 듯이 째려봐? 비밀유지가 첫 번째 계약 조건 아닌가? 저자가 내 얼굴을 봤으니 인터넷에다 떠들면 어떻게 하지?"

낮은 목소리였으나 그가 충분히 화가 났다는 것을 알 수 있었다.

"걱정 마세요. 가족도 친구도 없어요. 오늘 안에 처리하겠습니다."

끼어든 목소리에 잠시 침묵이 흘렀다. 서경이었다.

"오, 우리 대표님!"

민태관이 좀 전과는 확연히 다른 표정으로 두 팔을 벌린 채 서경을 맞이했다.

두 사람은 오래 알고 지낸 동업자처럼 가볍게 서로를 안았다.

서경은 페이즐리 블라우스에 날을 세운 정장 바지를 입고 있었다. 귀에 건 샹들리에 목걸이가 빛을 받을 때마다 반짝거렸다. 입가가 상처로 어릿하게 부어 있었다. 은연중에 비치는 불안의 빛이 서경만이 갖고 있는 위태로운 아름다움을 배가시켰다.

"죄송합니다. 김 박사님께 전해 들었듯이 좋은 날에 일이 좀 꼬여 버렸습니다. 하지만 걱정하실 것 없어요. 대상자는 세 번째까지 준비되어 있으니까요."

"이 대표님 일 잘하는 거야 나도 알죠. 우리 회장님 생사가 걸린 일이라 그래요. 난 그래도 이레라는 애가 맘에 들어요. 시뮬레이션 돌렸을 때도 거부반응이 제일 적었다면서요?"

"네, 김이레가 주 조직적합성 복합체인 MHC가 가장 일치합니다."

김 박사가 민태관의 말을 받았다.

민태관이 갑자기 혀를 쯧쯧 차며 김 박사에게 말했다.

"그런데 왜 여기 계십니까? 걔 머리를 분해하든 터진 출혈을 막든 뭘 하시러 가셔야죠."

"아, 네."

김 박사가 껄끄러운 티를 내며 돌아섰다.

민태관은 김 박사의 하얗게 센 머리와 구부정한 걸음걸이를 눈여겨봤다.

서경이 그런 민태관의 주의를 환기시키듯 두 손을 맞잡으며 조심스럽게 웃었다.

"회장님은 이미 만나셨을 테고, 이제 샨티에서 준비한 신선한 만찬을 즐기러 가실까요?"

"그럴 기분 아닌 거 알잖습니까?"

민태관은 무표정한 얼굴로 대답했다. 하지만 서경은 전혀 굴하지 않았다.

"사장님만을 위한 만찬입니다. 온실에서요."

서경이 은밀한 눈빛으로 말했다.

민태관은 말 속에 담긴 성적 의미를 곧바로 읽었다. 그는 순식간에 기분이 좋아졌다. 그리고 그것을 숨기지 않았다.

서경은 민태관이 문란한 사생활로 인해 꽤 오래 성병으로 고생한 것을 알고 있었다. 이제는 다른 방식으로 여자를 좋아한다는 사실까지.

서경과 민태관이 나란히 사무관을 나섰다. 민태관은 감쪽같이 사라진 한재익을 눈으로 찾았다.

"내가 좋은 생각이 떠올랐어. 아까 그 운동선수도 같이 가면 어때요? 마지막 만찬으로. 좀 안됐잖아."

민태관은 잔뜩 골려주고 싶은 눈으로 빙글거렸다. 악한의 장난기였다. 서경은 가볍게 그의 팔을 잡으며 고개를 저었다.

"신선한 맞춤 식단에 썩은 고기가 들어가서는 안 되죠."

서경의 말에 민태관이 하하, 소리 내어 웃었다.

서경은 왜 한재익의 방에 간 직원들이 보이지 않고, 그가 저렇게 버젓이 나와 있는지 의문이 들었다. 민태관을 온실에 보내놓고, 시간을 벌 참이었다. 그런 후 2호실로 가서 직접 한재익을 처리해야겠다고 마음먹었다.

겨울에 심어놓은 정원의 꽃들이 추위에 발발 떨며 소리 없이 죽어갔다. 그래도 괜찮았다. 샨티를 즐기기에는 아직 괜찮았다.

이제사가 죽은 후 뇌과학 분야의 최고 실력자는 김홍수 박사였다.

246

그럼에도 김 박사는 샨티에만 머물면서 한낱 실력 좋은 엔지니어 취급을 받는 것에 분개했다. 누구도 그를 무시할 순 없었다. 그가 없다면 샨티는 하루아침에 무너질 것이었으니까.

그의 조수들이 11호실에서 의식 없는 김이레와 여전히 씨름을 하고 있었다. 그 애는 벨트에 단단히 묶인 팔다리의 피부 표면이 다 벗겨질 정도로 몸부림을 쳐서 빠져나왔다. 그런 후에 문에 대고 머리를 박았는지 머리통이 깨져 있었다.

문틈 바닥에서 피가 새어나오는 것을 이상하게 여긴 상비 직원들이 급하게 문을 열었을 땐 이미 김이레의 숨이 꼴딱 넘어가고 있었다. 뇌가 아무런 손상이 없을 리가 없었다.

김이레는 이미 끝났다.

"무조건 살려."

김 박사는 자신의 입에서 나온 명령을 스스로 비웃으며 명령했다. 제자들 사이에서 김이레의 잔뜩 부은 다리가 보였다.

김 박사는 할 말은 다했으니 더 이상 방해하지 말라는 얼굴로 제자들을 등지고 나섰다.

서경의 말은 거짓이었다. 민 회장을 위한 세 번째 대상자? 웃기는 소리. 김이레 말고 샨티에 대체자는 아무도 없었다.

머리가 바스러진 김이레를 두고 뭘 하겠다는 건가. 뇌진탕도 위험했다. 조금의 손상도 용납되지 않았다.

김 박사는 아래층으로 내려가 자신의 보금자리로 향했다.

김 박사의 방은 넓고 쾌적했다. 꼭 필요한 것들만 있었고, 장식이라고는 침대 위에 걸린 추상화가 전부였다. 이 방만 드물게 연구소 내에서 창문이 있어 밖이 훤히 내려다보였다. 그래봐야 죽은 자들이 묻힌 밭들뿐이었지만.

김 박사는 피로 얼룩진 가운과 옷을 모두 벗어 바구니에 넣었다.

검은 꽃이 핀 볼품없는 몸이 드러났다. 욕실로 들어가 샤워기를 틀었다. 쏴아아, 뜨거운 물줄기도 그의 분노를 가라앉혀주지 못했다. 언제까지고 이곳에 있을 순 없었다. 그 많은 돈을 이제는 쓰지도 못하고 죽을 지경이었다. 하지만 그만둔다고 말하기에는 서경을 믿을 수 없었다.

이서경이 날 죽이고 말 것이다. 애비를 닮은 그 괴물 같은 년이.

딸깍.

밖에서 문을 여는 소리가 어렴풋이 들렸다. 청소원은 아침에나 오는데, 누가 멋대로 방으로 들어왔나. 귀가 예민한 김 박사는 샤워기를 끄고 잠시 소리를 기울였다. 다시 문 밖은 쥐죽은 듯 조용했다.

방에서 느닷없이 전화가 울렸다. 김 박사는 물기도 제대로 닦지 못한 채 욕실을 나섰다. 급격히 떨어진 낮은 공기에 소름이 돋았다.

"박사님, 김이레가 아니에요. 더미예요!"

다급한 목소리였다.

"그게 무슨 소리야?"

김 박사는 전혀 이해되지 않는 얼굴로 다시 물었다. 저쪽에서 흡, 흐읍, 거칠게 숨 넘어 가는 소리가 들렸다.

말도 안 돼!

김 박사는 자신도 모르게 손에 든 수화기를 꽉 쥐었다. 그럴 순 없어. 응급처치를 할 때 피투성이가 된 김이레의 얼굴을 머릿속에서 그려보았다. 떠오르지 않았다.

"다시 말해봐. 여보세요? 여보세요!"

전화는 이미 끊겼다. 김 박사는 옷장으로 가 손에 잡히는 옷을 아무거나 꺼내들었다. 그가 바지를 꿰어 입는 동안 거울 뒤에서 검은 그림자가 엿보였다. 김 박사는 숨을 쉴 수가 없었다. 실내온도가 순식간에 10도는 떨어진 것 같았다.

거울 뒤에서 그가 김 박사의 허름한 몸을 보며 웃고 있었다. 이제 와서 그가 다시 나타날 줄은 몰랐다.

"뭘 그렇게 놀래? 김 선생. 아니 이제는 김 박사라고 불러줘야 하나?"

재익이 말했다.

***

이제사의 연구실 앞을 지키던 사람은 이희원이었다.

지금처럼 잠금장치가 좋지 않던 시절이었다. 희원은 연구실 앞에 작은 플라스틱 의자를 갖다놓고 용무를 보러 온 사람들에게 한사코 돌아가라고 했다. 이제사의 연구실은 아무도 들어올 수 없는 성역이었다. 그러니까 희원은 고철 덩어리를 믿을 수 없어 하는 주인 때문에 인간 자물쇠 노릇을 하고 있던 거였다.

고등학생이던 서경은 호시탐탐 연구실을 노렸다. 분명히 그 방에 무언가가 있었다. 엄마의 갑작스러운 교통사고 이후로 서경의 의심은 한층 더해졌다. 심하게 훼손됐다는 이유로 마지막 모습도 보지 못하고 엄마의 장례를 치렀다. 열 살 서경에게 개 사체를 해부해서 보여주던 아버지가 말이다.

집안의 구심은 연구밖에 모르는 이제사가 아니라, 그 외의 것들을 모두 떠맡아야 했던 서경의 엄마였다. 피아니스트였고, 길고 섬세한 손가락으로 자식들의 삶과 죽음을 모두 받아들여야 했던 불행한 여자였다.

그런 여자의 일생이 결국에는 하루아침에 원인 모를 차량 엔진 폭발로 타 죽었다는 걸 서경은 받아들일 수 없었다. 제일 먼저 서경은 가족을 의심했다. 유일하게 남은 가족, 아버지를.

희원은 언제나 자기 임무에 투철했다. 서경은 그를 꼬여내기 위해 고등학생이 아니, 사람이 할 수 있는 짓을 모두 다 했다. 아버지의 연구실에 분명 뭔가가 있다는 확신이 들었다.

서경은 엄마가 시집올 때 혼수품으로 들고 온 독일제 과도를 들고 희원에게 갔다. 칼끝은 희원이 아니라, 서경의 왼쪽 심장을 겨눴다.

"열어주지 않으면 죽을 거예요."

희원은 서경이 충분히 그럴 수 있다는 것을 알았다. 더 이상 남은 것이 아무것도 없었기 때문이다. 결국 한숨을 내쉬고는 벨트 뒤춤에서 자물쇠를 꺼내 문을 열어주었다.

"하나만 약속하자. 보고 나서 그게 무엇이든 간에 잊어버려. 잊어버릴 수 없어도 잊은 척해."

연구실 안에 든 것이 무엇이길래? 막연한 두려움을 가지고 서경은 아버지의 연구소 안에 발을 들였다.

한 시간쯤 둘러본 서경은 두 가지 사실을 깨달았다.

역시 엄마가 교통사고로 죽은 게 아니라는 것과 아버지를 평생 용서할 수 없으리라는 것.

애써 비명을 삼켜내며 서경은 문을 열어준 희원을 증오했다. 차라리 왼쪽 가슴에 칼을 찔러 넣는 것이 나을 뻔했다.

더 이상 이제사의 연구실 앞을 지키던 이희원의 모습은 볼 수 없었다. 며칠 뒤 나타난 희원은 앞니가 다 뽑혀 한동안 말을 하지 못했다. 자물쇠 역할을 제대로 하지 못한 벌을 받은 것이다. 모두가 다 공범이고, 잔인했다.

서경은 차가운 스테인리스 손잡이를 잡은 채 지나간 미망에 사로잡혀 있었다.

바닥에 피가 흘러나와 구두 밑창으로 스며들었다.

이레가 있던 방은 예전의 서경이 그토록 들여다보고 싶어 했던 아버지의 연구실 자리였다. 몇 번의 공사로 예전 모습은 깨끗이 지워졌지만, 완벽한 방음은 그대로였다.

"대표님?"

하기훈이 38구경 리볼버를 든 채 서경을 바라봤다.

문 위쪽에 밖에서 안을 볼 수 있게 만든 작은 모니터는 까만 화면만 내보내고 있었다. 안에서 누가 죽었는지 피의 원인이 무엇인지 문을 열어보기 전까지는 알 수가 없었다.

"카메라 깨지기 전 상황이 심각했답니다. 우리 직원들은 접근 권한이 없어서 지켜볼 수밖에 없었다구요. 무조건 조심하셔야 합니다."

하기훈이 간단히 상황을 설명했다. 서경은 기훈의 손에 들린 총이 거슬렸다. 매그넘 제품의 은닉휴대용 총기였다. 총을 가지고 지금까지 샨티에 머물렀다는 사실이 기분 나빴다.

"그 총…… 쓰지 마세요."

"상황이 위험합니다."

하기훈이 반기를 들었다.

"직원들 말로는 김이레가 아닌 것 같다고 했습니다."

서경은 하기훈의 뒤로 열 명 남짓한 직원들의 얼굴에 뜬 불안함을 읽었다. 뭔가를 보긴 본 모양이었다. 하지만 죽어가던 김이레가 반나절 만에 괴력을 사용하는 일은 있을 수 없는 일이었다. 서경은 분위기를 누그러트리려고 미소를 지었다.

"원래 보통 아이가 아니었어요. 절대 총은 쏘지 마세요."

서경이 한 번 더 다짐을 받았다. 지문인식 창에 엄지손가락을 댔다.

'해제되었습니다.'

여자의 기계음이 들렸다.

서경이 힘껏 문을 밀었다.

짧은 순간 방 안의 정경이 눈에 들어왔다. 세 명의 젊은 의료진들이 바닥에 쓰러져 있었다. 죽은 것인가. 그들의 눈은 공포를 가득 담은 채 허공을 노려보고 있었다. 피가 사방으로 튀어 있었다. 수억 원을 호가하는 첨단 장비들이 바닥에 나뒹굴었다.

한가운데 이레가 누워 있던 침대는 세로로 서 있었다. 그 뒤에서 쉭쉭대는 거친 숨소리가 들렸다. 피에 젖은 손가락이 제대로 된 형체를 갖지 못하고 오그라져 있었다. 서경은 어떻게 더미가 밀실에 들어왔는지 이해할 수 없었다.

분명 김이레가 아니었다.

침대 뒤에 숨은 녀석이 서경을 향해 고개를 살짝 틀었다. 구정물 같은 눈동자 속에서 서경은 오래된 기시감으로 아연해졌다. 이희원에게 자살 협박으로 어렵사리 들어갔던 아버지의 연구실에서 서경의 엄마가 그렇게 노려보고 있었다.

타앙. 탕.

옆에 있던 기훈이 성급하게 더미의 주변을 쏴댔다. 놀란 더미가 침대를 던졌다. 유리문은 꿈쩍도 하지 않고 철재 침대를 튕겨냈다.

"쏘지 말라고요!"

서경이 소리를 질렀다. 더미가 그들을 향해 덤벼들었다.

순식간에 기훈이 서경을 끌어 문을 닫아버렸다. 반쯤 닫히던 문을 더미가 꽉 잡았다.

기훈이 다시 총구를 겨누자, 동시에 서경이 총구를 옆으로 쳐냈다.

빗나간 총알이 굉음과 함께 천장의 형광등을 깨트렸다. 암흑 속에서 더미가 멍해진 사이, 서경은 다시 문을 닫았다.

"절대 죽이면 안 된다고요. 내 말 못 알아들었어요!"

서경이 핏대를 세웠다.

"김이레가 아니잖습니까! 저거 괴물이잖아요. 저것들 뭡니까? 연구소에서 키우는 애완동물이에요? 왜 자꾸 튀어 나와요!"

하기훈도 지지 않고 소리를 높였다.

"하 실장님, 지금 무슨 짓을 하는 건지 알고나 하세요? 뇌 이식이 그리 쉬운 줄 압니까! 저들은 괴물이 아니라 피실험자라고요! 적어도 남의 뒤치다꺼리나 하는 당신보다 훨씬 중요해요."

서경이 번개 같은 목소리로 소리쳤다. 뒤에 있던 수많은 눈들이 서경을 싸늘하게 바라보았다.

자존심이 상한 기훈이 리볼버를 총집에 집어넣으며 물었다.

"좋습니다. 그렇다면 김이레는 어디 있습니까?"

"……."

기훈이 비릿한 미소를 흘렸다. 서경도 전후 사정을 전혀 알 수가 없었다. 축일날, 왜 이런 일들이 자꾸만 벌어지는지 혼란스러웠다.

기훈은 그럴 줄 알았다는 듯 무전기를 켜고 출입구 통제와 민태관에게 이레의 부재 사실을 알렸다.

서경은 문 위에 붙은 고장 난 모니터를 망연히 바라봤다. 이번에도 김이레에게 한 방 먹었다. 조력자가 있지 않고서야 어떻게 여기를 빠져나갔지?

멀리서 누군가가 헐떡이며 뛰어왔다. 낯이 익은 남자였다. 샨티원이었다.

"대표님, 본관 2호실 사람들이 당했습니다."

남자가 기훈과 대영 쪽 직원들의 눈치를 보며 말을 아꼈다.

서경은 고개를 끄덕였다. 잠시 잊고 있던 둥근 눈꼬리를 가진 그놈이 떠올랐다. 혹시 범인이 너야? 한재익…….

"김이레는 찾을 거예요. 한 시간 안에."

서경이 기훈에게 걱정 말라는 듯 말했다.

"물론 그러시겠죠."

기훈은 전혀 믿지 않는다는 얼굴로 대답했다.

유리문 손잡이에 각목이 비스듬히 걸려 있었다.

정신을 차린 이레가 처음 든 생각은 내가 또 어떤 곳에 잡혀 있구나, 하는 거였다. 하지만 등에서부터 올라오는 따뜻한 기운에 비로소 이곳이 명상원의 마룻바닥임을 알았다.

통유리 창으로 노릇노릇한 햇살이 내리비치고 있었다.

이레는 한겨울 잠깐 비추는 햇살이 좋아 어쩔 줄 모르는 고양이처럼 몸을 쭉 뻗었다. 자유로워진 손발이 너무 시원했다.

나는 죽은 것인가? 이레는 잠깐 생사가 헷갈렸다.

어째서 기억은 통째로 사라지고, 자신의 몸은 명상원에 있는 것인지 알 수가 없었다. 누군가 초능력을 써서 공간이동이라도 한 것 같았다.

뒤틀리는 뱃속과 머리통 한쪽이 퉁퉁 부어 있는 걸로 봐서는 아직 살아있었다. 이레는 몸을 일으켜 주위를 살폈다.

명상원의 풍경은 일주일 전 왔던 때와 달랐다. 항상 제단 위에 빛나던 촛불이 모두 치워져 있었고, 기묘한 인상이라고 생각했던 이 제사의 초상화 역시 바닥에 다른 물건들과 함께 쌓여 있었다. 전체적으로 어수선한 분위기. 이사를 앞둔 사무실의 정경이었다.

이레는 기억을 더듬었다. 죽기로 결심한 후 몸을 뒤틀고 또 뒤틀었다. 팔다리를 묶었던 벨트는 움직일수록 조이게 만들었는지 모든 신경이 결국은 끊어지지 않을까 무서웠다. 그래도 멈추지 않았다. 양 팔목을 심하게 비틀어댔고, 피부가 너덜너덜하게 벗겨졌다. 머리털이 곤두서며 모든 신경세포가 아프다고 울었다.

화상이라도 입은 듯 불그죽죽하게 벗겨진 피부를 보는 순간, 쇼크로 기절을 했다.

거기까지가 기억의 끝.

장소만 달라졌을 뿐, 갇힌 것은 똑같았다. 입구는 유리문 손잡이를 각목으로 걸어둔 후, 두꺼운 사슬로 한 번 더 칭칭 감은 자물쇠가 걸려 있었다.

해가 조금씩 서쪽으로 기울기 시작했다. 이레는 누군가 정리를 하다 말고 사라져 입을 벌린 채로 있는 상자를 뒤졌다. 벽걸이용 전자시계가 가장 먼저 눈에 들어왔다. 지금이 오후 5시 35분이라고 녹색 숫자가 알려줬다.

이레는 상자에서 찾은 전리품 중에 가장 마음에 드는 초코파이 상자를 열었다. 들척지근한 초콜릿과 마시멜로우가 입에 닿자마자 녹았다. 익숙한 단맛은 평범한 일상의 맛이었다. 그리고 희망의 맛이기도 했다.

자리에 앉아 12개입 초코파이를 다 먹어치운 이레는 바닥에 엎드려 밖을 내다봤다.

간간히 사람들이 지나가긴 했지만 특별한 움직임은 보이지 않았다.

어떻게 된 거지?

모두 지난 사건들은 씻은 듯 잊어버린 얼굴이었다.

부질없는 희망의 불티가 허공을 떠다녔다. 나간다면, 나갈 수만 있다면, 그럴 수만 있다면 제대로 꿈꾸어 보지 않은 멋진 인생을 살아갈 수도 있을 것이다. 지금 이건 꿈이 없던 열일곱 살에 대한 호된 가르침일 수도 있다는 생각이 들었다.

좀 전까지 자살을 결심하고, 다시 미래를 꿈꾸는 자신이 우스워 이레는 스스로를 비웃었다. 어차피 갇힌 건 똑같았지만, 눈앞에 형상화된 장애물들은 치울 수도 있을 것 같았다.

이레는 다시 상자를 뒤졌다. 어떻게 쓰는 건지 모르겠는 무전기와 공구상자, 십자가 그리고 쓸모없는 책들이 전부였다.

유리문을 깨야 할까……?

문을 흔들어본 이레는 웬만한 벽보다 눈앞의 유리가 더 튼튼하다는 걸 알 수 있었다. 갑자기 이레의 눈에 하얀 운동화가 보였다.

계단을 올라오는 사람의 인기척이었다. 이레는 엎드린 채 사각지

대로 몸을 숨겼다.

뭘 하는지 문 쪽에서는 한참 부스럭대는 소리만 났다. 이레의 가슴이 쿵쿵 뛰었다.

"이레야, 여기 있어?"

부드러운 저음의 목소리였다. 도훈이?

이레는 용기를 내어 반대편에 있는 침입자를 확인했다. 큰 키에 단정한 이목구비가 언뜻 보였다. 분명 도훈이었다.

살았다는 안도감과 섣불리 나서지 말라는 빨간 불이 동시에 켜졌다.

이레는 갈등되어 붕어처럼 괜히 입을 뻐끔거렸다.

기자라고 정체를 숨긴 그의 아버지 주식과 자신을 죽이지 못해 안달이 난 서경까지. 이레가 바보같이 도훈을 믿을 이유는 하나도 없었다. 도훈이 순결하다 해도 이제는 그를 용서할 수가 없을 것 같았다.

도훈이 유리문에 얼굴을 들이밀고 안을 살피는 게 보였다. 이레는 단서로 남긴 초코파이 상자와 핏자국을 불안하게 바라보았다.

한참을 지켜보던 도훈은 별다른 게 없다고 생각됐는지 발길을 돌렸다.

터벅터벅, 발소리가 멀어졌다.

이레는 한동안 꼼짝도 하지 않고 눈을 감았다. 붉은 해가 서서히 기울고 대기가 검푸른 색깔로 변해 있을 때까지 움직이지 않았다.

지지직거리는 낮은 전파음이 들렸다.

이레는 눈을 뜨고, 귀를 쫑긋거렸다.

"미어캣. 미어캣, 응답하라."

허스키하고 앳된 여자의 목소리가 별안간 명상원에 울렸다.

웅크려 있던 이레가 깜짝 놀라 소리의 근원지를 찾았다. 창틀에 놔둔 무전기였다.

무전기는 빨간 신호를 내보내며 깜박거리고 있었다.

미어캣은 평경이 이레를 부르던 애칭이었다. 호기심이 많아 여기저기 기웃거리는 게 꼭 미어캣 같다고 했다. 이레는 말문이 막혔다. 평경이라고 확신했지만 두려웠다.

쾅. 간 줄 알았던 도훈이 부스럭거리며 나타나 바짝 유리문에 달라붙었다. 도훈은 여태까지 숨어 있던 이레를 보고 놀란 모습이었다.

"괜찮아? 이레야."

이번에는 도훈이 그냥 돌아갈 것 같지 않았다. 각목에 걸린 사슬을 풀려고 했다. 이레는 도훈을 없는 사람 취급했다. 제발 가.

마음이 급해졌다.

이대로 놓치면 안 된다. 평경의 신호를 무시할 수는 없었다. 어떻게 된다고 해도 상관없었다.

'나 여기 있어. 여기 있다고, 평경아!'

"내가 다 설명할게. 나도 몰랐어. 우리 엄마가 그런 줄은, 나도 몰랐다고!"

닫힌 유리문의 두께만큼 도훈의 목소리는 귀찮은 날파리떼처럼 이레에게 웅웅거릴 뿐이었다. 그 어떤 변명도 지난 일주일의 고통을 덜어주진 않았다.

"미어캣. 미어캣, 응답하라."

또 한 번, 평경의 구조 신호가 들렸다.

"평경아, 나야!"

가까스로 이레가 응답했다.

이레는 도훈이 어떤 시도도 하지 말고 그냥 돌아가기를 원했다.

도훈이 자물쇠를 끄르려고 밖에서 실랑이를 벌이는 동안, 이레는 공구함에서 무언가를 뒤적거렸다. 20센티미터 정도 되는 파이프렌치를 들고 도훈에게 들이댔다.

"제발 그냥 가. 나는 네가 정말 싫어. 모르겠어? 널 증오해. 네가 죽어버렸으면 좋겠어."

도훈이 가지 않고, 화단에서 주워온 커다란 돌로 자물쇠를 내리쳤다. 이레가 뒷걸음질 치며 물러섰다. 자물쇠는 굳건했다.

"이레야, 오해야. 내가 그런 거 아니야. 엄마가 잠깐 미쳤었나 봐. 왜 그런지 나도 모르겠어. 나는 널 구하려고 온 거야. 네가 어디 있는지 몰라서 하루 종일 찾아다녔어."

도훈이 애원했다. 도훈은 이레의 싸늘한 눈빛을 참기가 힘들었다. 도훈이 그토록 사랑했던, 저 눈가에 수십 번 입맞춤을 했었다.

아이를 가졌다고 말했을 때 놀라기도 했지만, 그 아이가 이레와 꼭 닮은 눈으로 자신을 바라보는 걸 상상하면 좋기도 했었다. 아이를 낳겠다고 고집하는 이레가 내심 고맙고 든든했다.

고등학교를 졸업하면 이레의 마음을 돌려놓고 청혼을 할 생각이었다.

도훈도 자신이 비겁했던 것은 인정한다. 중요한 순간에 발을 빼버리고 엄마에게 모든 걸 맡긴 게 잘못이었다. 이제 그 대가를 톡톡히 치르는 중이었다. 열기 하나 없이 냉정해진 이레의 눈빛이 그 대가였다.

도훈이 다시 무거운 돌을 들고 자물쇠를 내리쳤다. 내 뼈마디를 다 부숴서라도 이레를 꺼내줄 것이다. 도훈은 이를 악물었다. 유리문에 긴 금이 갔다.

"잠깐 멈춰 서봐."

이레가 말했다. 이레는 두 발짝 더 뒤로 물러섰다.

도훈이 돌을 두 손으로 받쳐든 채 이레를 바라봤다.

이레는 자신의 몸을 덮은 얇은 환자용 원피스를 끌어올려 벗었다. 그러자 살가죽이 뼈에 착 달라붙어 삐쩍 마른 이레의 흰 몸이 드러났다.

도훈은 잔뜩 인상을 찌푸렸다. 몸이 온통 멍투성이였다. 아직 덜 자란 젖가슴 밑으로 이어진 배가 살짝 나왔을 뿐이었다. 이레는 새 옷을 자랑이라도 하는 여자처럼 그 자리에서 한 바퀴 돌았다.

도훈이 길쭉한 제 손가락을 세게 깨물었다. 보기가 힘들어서 눈을 감으려고 하자, 이레가 다그치듯 쳐다봤다. 똑바로 봐. 이렇게 만든 건 너야, 하고 말하는 듯한 눈길.

한순간 정적이 흘렀다. 이레는 한 번도 생각해보지 않았던 사실을 깨달으며 천천히 원피스를 다시 꿰어 입었다. 그것은 너무도 타당한 복수심이었다. 책임질 수 없는 선을 넘은 이유로 대가를 치른 건 이레뿐이었다. 불공평했다.

"이런데도 내가 널 어떻게 믿어?"

"나는 몰랐어. 나는 결백해. 정말이야."

"아니, 넌 똑같아. 넌 똑같은 악마야. 네가 정말 나에게 용서를 빌고 싶다면, 그래 그 문을 열고 영영 사라져줘. 세상에서 너를 제일 증오해. 만약 다시 마주친다면 그때는 내가 널 어떻게 할지도 몰라. ……죽일 거야."

이레는 자신의 목소리를 들으면서 스스로 놀랐다. 자기도 모르는 사이에 움튼 증오의 감정을 어쩔 수가 없었다. 손에 쥔 파이프렌치가 흉기가 되어 할 수만 있다면 죽이고 싶었다. 그 뒤에 떠오른 건, 빤빤한 이서경의 얼굴이었다. 죽은 아들을 앞에 두고 서경은 통곡을 하겠지. 이레는 그 생각을 하며 허탈하게 웃었다.

"내가 왜 이렇게 되었지……?"

도훈이 다시 자물쇠를 내리쳤다. 도훈은 원래 말수가 적은 사람이었다. 그런데 지금은 이레에게 묻고 싶은 게 너무나 많았다. 하지만 알게 될 진실이 두려웠다. 이미 한계치를 넘어섰다. 이레의 작은 몸에 생긴 핏덩이로 얼룩진 상흔이면 되었다. 그것만으로 도훈을 산산조각 내기에 충분했다.

자물쇠를 부수면서 도훈은 엄마의 얼굴을 떠올렸다. 견고하고 녹슨 자물쇠처럼 자기 인생에 차단을 쳐놓는 건 늘 엄마였다.

이상한 일이었다. 지금 이 순간, 첫사랑이었던 서로가 동시에 이서경을 생각했다. 도훈은 그녀에게 복수를 하겠노라고 맹세했다. 최고의 복수가 무엇인지 도훈은 잘 알았다. 자신이 세상에서 사라져주는 것.

자물쇠가 쨍, 소리를 내며 산산이 부서졌다. 도훈은 쇠사슬을 풀고, 비스듬히 걸린 각목을 빼냈다.

도훈이 문을 열고 비켜섰다.

"내가 꼭 해결할게."

"너 같은 마마보이가 어떻게?"

이레는 하나도 믿지 않는다는 투로 말하며 도훈을 지나쳤다.

도훈은 시선을 떨어트려 잠자코 바닥을 쳐다봤다. 그 순간 홀쩍 큰 키가 난쟁이처럼 작아 보였다.

2호실은 난장판이었다. 일격을 당한 직원들이 피를 흘린 채 신음하고 있었다.

그들 사이를 본관 담당의가 돌아다니며 응급처치를 했다.

한재익 혼자서 방에 있는 야구방망이를 휘두르며 다섯 명을 상대했다고 한다. 서경은 눈으로 보고도 믿을 수가 없었다. 상대는 움직임이 불편한 장애인인데, 결과는 차례로 순서를 기다렸다 폭행을 당한 것처럼 완패를 당했다.

"김 박사님 언제 오세요?"

담당의가 물었다. 벽에 기댄 직원은 기침을 할 때마다 피를 쏟았다. 숨소리가 막 끓는 전기주전자처럼 거칠었다.

"김 박사는 못 오지. 오늘 큰 수술인데."

서경이 찡그린 얼굴로 말했다. 과연 이들이 김 박사의 혜택을 받을 만한 자격이 있는지 물어보고 싶었지만 관뒀다. 모자란 것들.

서경은 재익이 쓰는 침대 밑과 협탁을 살폈다. 각종 운동기구들이 전부였다.

카펫 위를 걷다가 접힘 자국이 선명한 곳을 들췄다.

그 아래 비밀을 숨겨두는 빈 공간이 나왔다. 너비 30센티미터 정도의 작은 구멍이었다. 한재익의 이름으로 된 낡은 가죽지갑과 스크랩북을 발견했다. 샨티에 관한 기사를 일일이 오려서 붙인 것들이었다.

참 정성도. 그 중에는 정신분석의로서 서경의 인터뷰가 실린 것도 있었다.

"밑에 계신 마취과랑 수술 가능한 과장님 한 분이라도 지원이 필요합니다. 환자들 보기보다 내상이 심한 것 같아요. 급소만 골라서 그놈이 아주 야무지게 팼어요."

담당의 말이 서경에게 제대로 전달이 되지 않은 모양이었다. 서경은 여전히 스크랩북에 몰두해 있었다. 한재익이 꽤나 오랜 시간 뒷조사를 해온 게 확실했다.

"급합니다. 대표님?"

서경은 카펫 위에 굴러다니는 야구방망이를 주워들었다. 서경은 휠체어에 앉아 야구방망이를 휘두르는 한재익을 머릿속으로 그려보았다.

휙 바람을 가르는 소리가 제법 묵직하게 들렸다.

"한재익은 어디로 갔지?"

서경은 여전히 끓는 주전자 소리를 내는 직원의 턱 끝에 야구방망이를 갖다 댔다. 이들의 안위에는 별 관심이 없었다. 직원은 고개를 흔들었다.

"주인……."

"말하지 마세요. 갈비뼈가 부러져서 폐를 찔렀을 수도 있어. 위험해요."

담당의가 말을 꺼낸 환자를 나무랐다.

서경이 담당의를 무시하고, 피를 토하는 직원 앞에 얼굴을 들이밀고 다시 물었다.

"주인?"

직원이 고개를 끄덕였다.

"뭐 하는 사람이냐고 물어보니까…… 내가 샤, 샨티의 주인이라고……."

서경은 이해되지 않는 얼굴로 일어섰다. 직원은 물론 농담이나 할 처지가 아니었다.

그게 무슨 뜻이지? 한재익이 언제부터 샨티에 있었지? 마라토너인 그가 왜 십 년의 세월을 여기서 보냈지? 마지막 심리상담은 언제였지?

의문들이 순식간에 쓰러지는 도미노처럼 멈출 줄 모르고 꼬리에 꼬리를 물었다.

그럴 리가 없어.

서경은 마침내 도미노의 마지막 칩이 쓰러지고 난 뒤 멀리서 조망한 그림을 본 것처럼 눈앞이 아찔해졌다. 서경은 눈앞에 마주한 끔찍한 농담에 속이 울렁거렸다.

"대표님?"

서경은 야구방망이를 내동댕이치고 2호실을 박차고 떠났다.

샨티의 정원 앞에 서서 서경은 먹먹하게 깔리는 저녁 어스름을 바라보고 있었다. 잡념은 그리 오래가지 못했다. 서경을 발견한 하기훈이 다가왔다.

하기훈은 서경의 얼굴에 드러난 검은빛을 보며 결국 이레를 찾지 못한 것이라고 짐작했다.

"회장님이 위독하세요."

하기훈의 말에 서경은 쉽게 이해되지 않는 얼굴로 바라봤다. 무언가가 세게 그녀의 머리를 치고 간 후였다.

그 후에 온 기나긴 경고음으로 서경은 진공 상태에서 벗어나지 못했다. 온몸이 쪼그라드는 기분이었다. 서경은 자신의 혀가 뭐라고 지껄이는지 인식하지 못한 채 물었다.

"어떤 회장님이죠?"

"네?"

"뭐라고요?"

서경은 머리를 세차게 흔들며 다시 물었다.

"괜찮으세요?"

"무슨 일인지 다시 말해주세요."

미친 인간이야. 한재익이 아버지일 리는 없잖아!

마침내 결론을 내린 서경이 다시 침착해진 얼굴로 기훈에게 물었다.

"회장님이 위독하세요. 김 박사님이 지금 당장 수술에 들어가야 한답니다. 이레는 찾았습니까?"

"그래요, 회장님이 위독하시군요. 이레는 못 찾았어요. 하지만 일단 회장님을 뵈러 가요."

서경이 기계적으로 말을 내뱉었다. 서경이 먼저 발을 떼다가 당혹스러운 얼굴로 다시 돌아봤다.

"회장님이 지금 어디 계셨죠?"

"괜찮으십니까……?"

하기훈이 이번에는 정말 걱정이 되는 얼굴로 서경을 바라봤다.

서경의 어깨에 손을 올렸다. 그녀가 보기 드물게 심하게 떨고 있었다. 안색이 하얗게 질려 있었고, 초점마저 흔들렸다. 거의 기절 직전의 상태였다.

기훈은 서경의 눈동자가 다른 곳을 보고 있다는 것을 깨닫고 고개를 돌렸다.

등 뒤에서 젊은 남자가 이쪽을 노려보고 있었다.

도훈이었다. 도훈은 분노와 두려움으로 벌벌 떨면서 말했다.

"이레는 지금 명상원에 갇혀 있어. 엄마, 나한테 뭐 할 말 없어?"

"도훈아."

서경이 도훈에게 비틀거리며 걸어갔다. 서경은 아들의 눈동자가 평상시와 달리 시뻘건 불을 감추고 있다는 것을 눈치챘다. 서경은 더 다가가지 못하고 하기훈을 바라봤다. 그나마 상황을 피할 좋은 핑계거리였다.

"도훈아, 다 오해야. 엄마가 돌보시는 분이 지금 위독하대. 지금 그곳을 가봐야 해."

하기훈은 서경을 도와줘야 할 것 같아 고개를 끄덕였다.

기훈이 연구소 쪽으로 걸음을 옮겼다. 그 뒤로 서경이 달라붙었다.

"얘기 좀 해. 지금. 그 오해 다 얘기하라고!"

도훈이 소리를 질렀다. 앞서 걷던 기훈마저 움찔할 정도의 분노가 담겨 있었다.

"다음에……."

서경이 그렇게 대꾸했지만, 기훈에게조차 들리지 않을 만큼 작은 목소리였다. 서경은 처음으로 수습을 할 수 없을 것 같다는 생각이 들었다. 다시는 아들 얼굴을 제대로 볼 수 없을 거라는 엄청난 공포가 엄습했다.

"이시억이다. 동굴로 와. 무슨 일이 있어도 기다릴게."

시억이 평경의 손에서 무전기를 빼앗아 말했다.

저쪽에서 응답이 오기 전에 무전기를 껐다. 관리팀 무전기는 시시각각 전부 다 공유되어 길게 할수록 위험했다.

평경도 대충은 알고 있었는지 아쉬운 눈치였지만 딱히 토를 달지 않았다. 그들은 연구소 6층, 누군가의 숙소로 쓰이고 있는 방에 숨어들었다. 몇 번 밖으로 나가려고 시도할 때마다 끊임없이 인기척이 들렸다.

"동굴이 어디예요?"

평경이 물었다.

시억은 며칠 전 부상을 입고 버려진 진지 구덩이에서 둘이 무릎을 맞대고 떨던 일을 떠올렸다. 영특한 아이다. 이레는 충분히 알아듣고 절대 엉뚱한 곳으로 갈 리 없다.

"우리가 구해줬어야 되는 거 아니에요? 어딘지 물어보고요."

"그러면 여기 인간들 모두가 개떼처럼 이레가 있는 곳으로 갈 거야. 그러길 원해?"

시억의 날카로운 반응에 평경이 겸연쩍은 표정으로 고개를 끄덕였다.

상황이 급박하게 흘러갔다. 죽었다던 이레의 보고가 나오고, 불과 30분도 되지 않아 이레가 사라졌다는 다급한 보고가 이어졌다.

숨죽여 무전기를 통해 상황을 판단하던 시억은 저도 모르게 주먹을 쥐었다. 이레가 죽지 않았다는 사실에 사무치는 기쁨을 느꼈다. 이레가 도망을 친 게 분명했다.

"네 이름은 뭐지?"

시억이 물었다. 평경은 생사의 고비를 넘기면서 이름도 모른다는 사실에 어처구니 없어했다.

"채평경이요, 다스릴 평에 빛 경."

"예쁜 이름이네. 나는."

"이시억. 알아요."

평경이 시억의 말을 끊으며 끼어들었다.

"한자 뜻은 모른다. 고아원 원장이 아무렇게나 지은 거라."

아무렴 어떠냐고 평경이 어깨를 으쓱했다.

"지금쯤 모든 출입구가 통제됐을 거야. 시간이 없어서 다들 잡으려고 혈안이 되어 있을 테니까. 우리는 둘 다 함께 못 빠져나가. 내가 널 호위할 거야. 어떻게 해서든 너는 밖으로 나가야 해. 나가서 좌회전. 큰 은행나무가, 네가 양쪽에서 안아도 모자랄 만큼 큰 은행나무가 보이면 그쪽으로 뛰어. 벌판 쪽으로, 아직 탄내가 진동하는 곳으로 달려."

"잠깐만요. 그쪽은요?"

평경은 밝은 실내등 아래서 본 시억이 생각보다 나이가 어리다는 것을 깨달았다. 20대 초반쯤 되는 얼굴이었다. 적어도 아저씨라고 불리기에는 억울한 나이였다.

"난 무리야. 최악의 상황에 대비해야지. 자, 이제 총을 다루는 법을 알려줄게."

시억이 약실을 열어 장전된 다섯 개의 탄약을 보여줬다.

안전장치 레버를 풀고, 방아쇠를 당기면 되는 간단한 방식의 가스총이었다. 이것으로 누군가를 죽일 수는 없어도 최대한의 시간을 벌 수는 있었다.

평경은 한 손에 묵직하게 잡히는 가스총을 유심히 살폈다.

"왜 이렇게까지 도와줘요?"

밤을 지새던 그날 이레가 자신에게 물었던 것과 똑같은 질문을 평경이 했다. 그때는 이레가 미성년자라서 도와주고 싶었다는 바보 같은 대답을 했었지만 이제는 그 답이 뭔지 알았다.

"힘들어. 걔가 고통 받고 아파하는 걸 보는 게. 사람이 사람을 무턱대고 괴롭히는 건 많이 봐서 당연하다고 생각했지만, 그 반대도 그렇다는 걸 몰랐다. 이레가 좋다."

시억의 눈빛은 어느 때보다 진지했다.

사람이 어떻게 낯부끄러운 말을 아무렇지도 않게 할 수 있는 거지? 평경은 시억이 누구보다 순수한 영혼을 가진 사람이라는 것을 금방 알아차렸다. 좋은 사람을 이런 곳에서 만났다는 게 마음이 아프고 기뻤다. 이레도 그랬을 것이다.

***

먹물을 풀어놓은 듯 별 하나 뜨지 않은 밤이었다.

이레는 영하의 추위도 잊은 채 밤길을 살금살금 기어갔다.

두 번째 오는 길이라 그리 어렵지 않았다. 그새 샨티의 지리를 익혀버린 이레는 시억이 말한 동굴이 진지라는 것을 알았다.

지금쯤이면 먼저 평경이 시억과 함께 와 있을지도 모른다. 이틀 사이에 다 타버린 갈대밭에는 진한 탄내가 났다. 자꾸 기침이 터져 나오려고 했다.

휑한 갈대밭은 눅진한 진흙을 그대로 드러냈고, 발등까지 푹푹 빠져버렸다. 곳곳에 불을 끄느라 쏟아부은 물로 진흙탕이었다. 그새 썩어 들어간 갈대에서 비릿한 냄새가 났다. 거친 돌들 사이를 비틀거리며 걸어갔다. 운 좋게 남은 나무들이 귀신의 산발머리처럼 바람에 가지를 떨었다.

이레는 천천히 걷되 절대로 멈추지 않았다. 금방 잠복한 가드들이 플래시를 켜고 달려들 것만 같았다. 하지만 이상하게 힘이 났다. 그녀의 등 뒤에서 수호천사가 지켜주는 기분이었다. 포기하려 할 때 자석처럼 손을 내밀어 이레를 인도했다.

지척에서 호각 소리가 들렸다.

이레의 움직임이 빨라졌다.

누군가가 홱 이레의 팔을 끌어당겼다.

"야, 이 느림보 거북이야."

히끅, 이레는 반사적으로 나온 딸꾹질에 입을 막았다. 샛길에서 불쑥 튀어나온 목소리. 동그란 어깨와 들쭉날쭉한 숨소리, 단박에 평경이라는 것을 알았다.

평경은 말도 없이 손을 잡아왔다. 얼음장처럼 차가웠다. 쿵쿵 뛰는 심장 소리가 부숴질 듯 귓가에 울렸다. 모자로 푹 눌러써 얼굴은 잘 보이지 않았다.

"아까는 미어캣이라더니 이제는 거북이래."

"추워 죽는 줄 알았단 말이야."

침묵. 누가 먼저랄 것도 없이 동시에 와락 품에 안았다.

뜨거운 입김과 굵은 눈물이 뚝뚝 떨어졌다. 히끅거리는 이레의 등을 툭툭 쳐주며, 평경도 눈물을 흘렸다. 어으으으응, 가슴에 파묻혀 울음소리가 바보처럼 나왔다.

"아저씬?"

겨우 울음을 멈추고 이레가 물었다. 평경이 고개를 설레설레 흔들었다.

이레는 지쳐 감겨 있던 시역의 마지막 모습을 떠올렸다. 그러자 명치가 톡 쏘는 것처럼 싸했다.

"우리 저쪽으로 가서 얘기해."

"응."

진지로 가려는 이레를 평경이 막았다.

대신 멀리 짚더미를 쌓아둔 곳을 가리켰다. 평경은 연신 두리번거리며 주변을 경계했다.

친구를 위기에 몰아넣었으면서 친구가 옆에 있으니 이레는 눈물 나게 좋았다. 너무나 이기적이라고 생각하면서 평경에게 고마웠다.

"야, 김이레."

"응?"

"그만 좀 봐. 내 얼굴 닳겠다."

평경의 말에 이레가 머쓱하게 웃었다. 전혀 실감이 나지 않았다. 명상원에서부터 일이 너무 잘 풀렸다. 이레는 언제 누가 불시에 나타나 등을 떠밀어 밑바닥으로 추락할 것 같은 불안감과 위태한 행복을 동시에 느꼈다. 그래서 평경을 잡은 손에 힘이 들어갔다.

그때, 뒤에서 첨벙. 물이 튀는 소리가 들렸다.

평경과 이레는 서로를 바라보며 미끄러지듯 납작 바닥에 몸을 붙였다. 얼굴에 튄 구정물이 역겨웠다. 누운 그들 뒤로 기다렸다는 듯 손전등에서 쏘는 불빛이 사방을 비추고 있었다.

평경이 급하게 숨을 들이켰다. 벌떡 대는 심장이 터질 듯 두근거렸다.

평경은 고개를 살짝 돌려 이레에게 '가만히 있어' 하고 소곤거렸다. 이레가 무슨 소리냐고 눈을 부릅떴다.

평경이 고개를 살며시 돌려 반대편을 바라봤다. 두 개의 손전등이 움직이는 걸로 봐선 그쪽도 두 사람이었다.

"언제까지 그러고 있을 거니?"

굵직한 남자의 목소리가 들렸다.

평경이 불쑥 상체를 일으켜 세웠다. 갑작스러운 빛 때문에 평경과 이레는 제대로 된 시야를 확보할 수가 없었다. 평경이 한 발 나서서 이레의 앞을 막았다. 평경은 쓸 일이 없길 기도했던 시억이 넘겨준 가스총을 겨눴다.

어쭈? 저쪽에서 놀랍다는 듯 킬킬거렸다. 그들 중 하나가 플래시를 끄고 품에서 총을 꺼냈다.

"어쩌지. 우리도 있는데."

이레가 일어나 평경의 옆에 섰다.

"둘 중에 누가 그년이냐? 쌍둥이 같아서 누가 누군지 헷갈린단 말이야."

"갈게요. 내 친구는 건들지 마세요."

얼른 이레가 나섰다.

"김이레, 넌 가만히 있어."

평경이 가스총을 쥔 채 쉰 목소리로 소리쳤다.

그때 바람결에 '개새끼들아' 하는 욕설이 실려 왔다.

대치중이던 네 사람은 모두 소리 나는 쪽을 쳐다봤다. 그 형체는 왼편에서 갑자기 나타나 두 장정을 향해 무지막지하게 덤벼들었다. 두 사람이 엉켜 갑자기 뛰어든 남자를 팼다. 힘의 우세가 너무나 명확했다. 기세만 좋았지 덤빈 남자는 기술도, 힘도 없었다.

"심도훈 아냐?"

평경이 겁에 질려 중얼거렸다.

이레는 자신의 뒤를 지켜주는 막연한 수호천사의 존재가 도훈이었다는 것을 깨달았다.

계속 쫓아왔던 거야? 이레는 허탈함에 할 말을 잃었다.

"가, 이레야! 가."

도훈이 필사적으로 외쳤다.

이레는 한 발짝도 움직일 수 없었다. 도훈이 저대로 죽을 수도 있다는 생각이 머릿속을 지배했다. 평경이 나름대로 도와주려고 했는지 냅다 가스총을 발사했다. 순식간에 사방에 매운 연기가 피어올랐다. 엉켜 있던 세 사람이 기침을 하며 괴로워했다.

"제발 가줘……."

도훈이 비틀거리며 외쳤다.

이레는 막막함에 아악, 하고 비명을 질렀다.

그들이 이레에게 다가가려고 하자, 도훈이 필사적으로 허리춤을 붙들고 놔주지 않았다. 가스총 손잡이에 연타로 머리를 강타당하면서 금방 피가 흘렀다.

"이걸로…… 빚…… 은 갚은 거야!"

억눌린 잇새 사이로 도훈의 목소리가 들렸다.

"가자."

이레가 정신을 차리고, 요원들에 매달린 도훈을 빼내지 못해 당황하던 평경의 손을 잡아 끌었다. 평경이 난처한 얼굴로 울면서 이레를 봤다. 이레 역시 가슴이 아팠다. 하지만 평경이라도 지키려면 빠른 판단을 해야 했다.

이레가 먼저 뛰었다. 평경은 몇 번 뒤돌아보다가 어쩔 수 없이 이레와 함께 도망을 쳤다.

움푹 빠지는 갈대밭을 지나 본관 쪽으로 난 둘레길로 뛰었다.

등 뒤에서 탕탕, 총소리가 울렸다.

그제야 이레는 뜀박질을 멈추고 뒤를 돌아봤다. 시야는 여전히 암흑이었다.

'도훈일 리는 없어. 도훈이는 샨티 대표의 아들이잖아. 이곳을 물려받을 사람이야.'

이레는 혼란에 빠져 웅얼거렸다. 평경이 이레의 생각을 읽은 듯 말했다.

"도훈이는 아닐 거잖아, 그치?"

"모르겠어."

민 회장은 위중한 상태로 수술실로 옮겨졌다.

수술실은 한쪽이 특수 유리창으로 설계되어 반대편에서 관람이 가능하게 만들어놓았다.

30석이나 되는 좌석과 수술실을 실시간 보여주는 대형 스크린이 있었다. 뇌이식 수술이 역사가 되고 예술이 될 거라는 생각에서 만든 장소였다. 서경이 샨티의 대표가 되고부터는 성공률이 곤두박질치긴 했지만.

누군가 민 회장에게 투여되는 일정량의 약물을 고의로 조절한 게 틀림없었다. 패혈증을 동반해 신경계가 제어가 되지 않았다. 복잡하게 꼬여 어디서부터 손대야 할지 난감한 전깃줄처럼, 연구진들은 민 회장에게 대롱대롱 걸린 링거 줄을 일일이 확인했다.

김 박사가 서둘러 응급처치를 하고 겨우 맥박을 잡았지만 언제 터질지 모르는 시한폭탄이었다. 김 박사의 손발이 되었던 의사들은 더미에게 당해 치명상을 입고 쓰러졌다. 남은 3년차 새끼 의사 둘이 낯을 붉히며 허둥거리고 있었다.

이윽고 민태관이 들어왔다. 민태관은 아버지의 수술이 있기 전, 이서경이 준 선물을 한참 받던 참이었다. 처녀들의 품에서 시간을 때우던 민태관의 얼굴에서 희미한 생기가 돌았다. 그 이면에는 일이 틀어질 거라는 생각조차 해보지 않은 자만심이 엿보였다.

지키고 있던 직원들이 태관의 뒤로 물러났다. 비서실장에게 민 회장이 위독하다는 사실을 들으며 오긴 했으나 지난 3년간 민 회장은 주욱 그런 상태였다.

그런데 유리창 안에서 벌이는 사투는 민태관이 보기에도 심상치 않았다. 계속해서 경고음이 울렸고, 김 박사는 거의 울고 싶은 얼굴로 작은 모니터와 민 회장을 번갈아 보고 있었다.

심장 어느 한 부근을 누르자, 민 회장의 몸에서 아직 피가 돌기는 하는지 검붉은 점액질의 핏덩이가 새끼 의사들의 얼굴을 덮쳤다.

"조심 좀 하세요!"

보다 못한 민태관이 마이크에 대고 소리쳤다. 태관의 신경질적인 목소리가 수술실 내에 울렸다. 김 박사가 고개를 끄덕였다.

태관은 극장용 좌석같이 생긴 빨간 의자에 앉아 심기 불편한 얼굴로 다리를 한쪽으로 꼬았다.

"경비 둘, 간호사 둘, 담당의 한 명, 총 다섯 명이 병실을 지키고 있었는데, 그놈들 다 누가 들어온지 몰랐다는 건 다 장님새끼들이라는 얘기야?"

태관이 옆에 있던 비서실장에게 책망하듯 물었다.

비서실장은 입술을 가볍게 깨물고는 우물쭈물했다.

"현재 경위를 파악하고 있습니다만……."

민태관이 씩씩대면서 마침 들어오는 서경을 보자 벌떡 자리에서 일어났다. 서경이 90도로 고개를 숙였다.

"죄송합니다."

더 따지고 볼 것도 없이 태관의 손이 나갔다.

서경은 순식간에 구석으로 밀려 바닥에 주저앉았다.

"이 대표, 때려서 미안합니다."

태관은 부르르 떨리는 손을 잡아 주머니에 넣었다. 새빨개진 얼굴은 하나도 미안하지 않은 얼굴이었다. 오히려 더 화가 부글부글 끓는 얼굴이었다.

"장난합니까? 우리 아버지 저 지경 만들려고 지난 3년간 샨티에 돈을 쏟아부은 거 아닙니다. 대영그룹의 명운이 달려 있습니다. 정신 똑바로 차리세요."

민태관이 덧붙였다. 누군가가 대표를 부축하려고 하자, 서경은 신경질적으로 쳐냈다.

겨우 아물었던 입안의 실핏줄이 다시 터졌다. 침과 함께 고인 핏물을 삼켰다.

"괜찮습니다. 화가 나신 것 이해합니다. 하지만 아이는 곧 잡힙니다. 회장님도 김 박사님이 잘 컨트롤 하고 계시고."

"컨트롤? 이 대표 눈에는 저게 컨트롤 하는 걸로 보여요?"

태관의 포악한 손길이 날카롭게 깎인 서경의 턱을 비틀어 잡았다.

당장에라도 비틀어버릴 것처럼 거칠게 서경의 몸을 돌려 유리창을 보게 했다. 재벌 2세? 그보다는 길거리를 떠도는 싸움꾼에 더 어울리는 몸짓이었다.

민 회장은 대영그룹의 신화 같은 존재였다. 올해 94세. 그는 노환으로 병상으로 쓰러지기 전까지 대영을 이끌었다. 대단한 노인네였다. 그의 세 아들은 모두 무능하고 방탕했다. 민태관은 대영의 막내아들이었다. 위에 두 형보다 욕심은 덜 했지만, 보스톤까지 날아가 따온 경영학 박사라는 타이틀이 무색하게 그쪽으로 영 재능이 없었다.

신규 사업마다 제 살을 깎아먹듯 몇 천억의 돈이 증발했다. 대영그룹의 황태자로서 의욕 넘쳤던 그도 이제는 모진 손가락질과 호시탐탐 노려오는 이사들의 압박을 견디기 힘들었다. 그러니 민태관은 더욱더 뇌이식 수술에 매달렸다. 이미 반송장이 된 민 회장의 몸에 대고, 기도를 올리곤 했다.

서경은 속으로 욕을 하며 김 박사가 고군분투하는 수술실을 들여다봤다.

오실로스코프 그래프가 널을 뛰었다. 그때마다 김 박사는 눈에 띄게 긴장해 있었다.

"너무 늙었어요. 뇌도 신체만큼 늙습니다."

불쑥 들어온 남자의 목소리에 태관과 서경이 돌아봤다.

휠체어에 앉은 한재익이 근심스러운 얼굴로 대형 스크린을 보고 있었다.

"이분 누구세요?"

태관은 로비 건너편에서 자신을 노려보던 한재익을 알아보고 서경에게 설명을 요구했다.

서경은 마침내 설마 했던 예감이 들어맞았음을 느꼈다. 외형은 달라졌지만 광기 어린 눈동자가 번들거렸다. 그 전에는 왜 몰랐을까. 진한 쌍꺼풀 아래 감춰진 눈은 지난 삼십오 년간 자신을 옥죄던 서릿발 내린 눈빛과 똑같았다.

"이 사람 누구냐고요? 아, 오늘 왜 이러시지? 이 대표님."

성질 급한 태관이 다시 소리쳤다.

"오늘 수술은 할 수 없습니다."

재익이 말했다. 마치 이곳이 자신의 영역이며 침범하는 것은 용서하지 않겠다는 말투였다. 태관이 손가락으로 재익에게 삿대질을 했다. 황당해 죽겠다는 얼굴이었다.

"미친 사람입니까? 아니면 뭐요, 저 사람? 여기는 어떻게 들어왔어?"

"아픈 사람이에요. 제가 모셔다 드리죠."

즉시 서경이 나섰다.

"이 대표 다시 봤어. 일반인들 아무나 연구소에 막 들어오고 보안이 형편없습니다. 세계 최고다 뭐다 그렇게 잘난 체를 하더니, 당신 구멍뿐이잖아. 당신이 샨티를 망치고 있어."

태관이 서경의 등 뒤에다 마구잡이로 욕을 해댔다. 그러나 그의 말은 아무것도 들리지 않았다. 자신보다 젊은, 되살아난 아버지의 존재에 대해 도저히 믿을 수가 없었다.

재익은 웃으면서 악수를 내밀었다.

빤빤한 얼굴 어디에도 아버지라는 증거는 없었다.

"좋지 않은 시기에 나를 드러내서 미안하구나."

서경은 내민 재익의 손을 마주잡았다.

오랜 운동으로 손바닥은 굳은살이 박혀 있었다. 그의 젊은 기운이 단박에 전해져 왔다.

서경은 손을 놓지 않고 한동안 재익을 의혹에 찬 눈으로 바라봤다.

"무슨 쇼를 준비하는지 전혀 감이 잡히질 않습니다. 샨티에 너무 오랫동안 계셨어요, 한재익씨."

서경이 말했다.

마침내 재익은 서경이 어떤 편에 서려 하는지 이해했다. 쉽게 인정할 수 없을 것이다. 이제사의 네 남매 중 막내딸 이서경은 새가슴이면서 작은 그릇에 담긴 고집과 집념은 제일 셌다. 재익이 자신의 존재를 드러냈을 때, 제일 염려한 부분이었다.

망할 계집아이. 그래도 재익은 자식으로서 서경에게 일말의 애정이 남아 있었다. 그러지 않고서야 이 지경이 될 때까지 샨티를 가만히 봐줄 리가 없었다.

재익이 희원을 통해 알아본 바로는 샨티의 부채는 꾸준히 상승해 이미 50퍼센트를 넘어섰다. 바이오재단 이사진들이 언제라도 마음만 먹으면 서경을 대표 자리에서 끌어내리고 샨티를 집어 삼킬 수도 있었다.

그들은 민 회장의 수술을 기점으로 움직일 것이다.

이미 물밑 작업이 한창인데, 서경은 도훈의 고쳐지지 않는 병을 고치겠다고 좌우를 살피지 않고 다니는 눈먼 장님 같았다. 대영에서 제시한 민 회장의 수술 성공 시 보장금 백억 원에 눈이 멀어버렸다.

이제 우리가 손을 잡을 때였다.

재익은 미리 준비해둔 노란 서류봉투를 건넸다. 서경은 께름칙한 기분으로 노란 봉투를 내려다봤다. 절대 함정에 걸려들지 않겠다는 얼굴이었다.

"오랜만에 보는데 선물 하나 준비했다. 샨티를 지키려면 아무도 믿어선 안 되지.”

“이게 뭔지 몰라도 일개 요양객이 연구소에 멋대로 들어올 수는 없습니다. 어떻게 들어오셨어요?”

“누가 알고 있었냐고 묻는 거라면, 김홍수라고 해야겠다. 그이가 직접 날 바꿔주었지. 그렇게 멋진 옷은 아니지만 그럭저럭 만족한 단다.”

하, 서경은 짧게 탄식했다. 배신감에 치를 털며 구두 굽을 콱콱, 바닥을 찍어 내렸다.

당장의 분노보다 한재익을 왜 의심하지 않았는지 자신에 대한 한심함이 앞섰다. 수많은 기회가 있었는데도 왜 그를 그냥 놔뒀는지 스스로도 이해가 되지 않았다.

한재익이 한밤중에 샨티의 구석구석을 돌아다닌다는 보고를 받았을 때도, 서경은 오히려 장애인인 그의 처지에서 이해해 넘겼다. 은퇴한 운동선수가 뭘 하겠느냐고.

“헛소리 하지 마세요, 한재익 씨. 오늘 당장 샨티를 떠나지 않으면 당신을 묶어 전기치료에 들어갈 겁니다. 그게 어떤 건지 익히 들어 잘 아실 테니 설명은 필요 없겠죠?”

서경은 매몰차게 쏘아대며, 한재익이 건넨 노란 봉투를 열었다.

누군가가 몰래 찍은 사진들이었다.

고성능 카메라로 찍힌 선명한 사진의 주인공은 남편 심주식이었다. 주식이 대영과 에이치브이알, 화이트 산업 같은 재계 1, 2, 3위를 다투는 그룹들을 드나든 사진이 찍혀 있었다. 서경은 할 말을 잃고 저도 모르게 입이 떡 벌어졌다.

“네 남편은 그들의 하수인이야. 이미 대영 쪽과 붙어먹었다. 민 회장이 수술을 마치면 너나 도훈, 둘 중 하나는 다칠 거야."

"도훈이는 왜죠?"

서경이 경기를 일으키듯 물었다.

"뇌이식 연구를 한다고 하고, 뒤로는 유전병 치료를 하는 걸 정말 아무도 모른다고 생각했어? 쯧쯧쯧, 순진해 빠진 것. 게다가 그것들은 너무 튀어. 저들은 이미 너를 주인공으로 시나리오가 만들어진 상태야. 인간을 대상으로 실험을 벌인 희대의 미치광이 박사. 헤드라인이 어째 어디서 많이 들어봤지 않니?"

재익이 탁한 목소리로 껄껄 웃었다. 결국 제 딸도 똑같이 세상에서 지탄받는 대상이 되는 게 저리 즐거운지 묻고 싶었다. 어느새 서경은 말끔히 표정을 지웠다. 그런 그를 두고 나와 문 앞을 지키던 경호원에게 당장 한재익을 치워줄 것을 명령했다. 그런데 경호원의 표정이 난처했다.

"대표님, 아드님이 총에 맞았다고 합니다. 대영 직원들이 들짐승인 줄 알고 오인해서⋯⋯."

"어디야!"

끔찍한 삶이다.

"어디야?"

서경의 물음은 명했다.

"지금 집무실로 이동했다고 합니다. 더 빨리 말씀드리려고 했는데."

경호원의 말은 더 이어지지 못했다. 서경은 그를 지나쳐 엘리베이터로 가다가 다시 뒤를 돌아보았다. 복도에서 한재익 아니, 이제사가 서경을 측은하게 보며 말했다.

"놓아주거라."

천만에요. 그가 또다시 샨티를 넘보고 있었다. 인간 생사를 완전히 지배하겠다는 이제사의 야욕은 한 치의 수그러짐도 없었다. 그는 스스로 신이 되길 원했다. 인간의 숨을 제 손아귀에 넣어 마음대로 쥐락펴락하는 날을 꿈꾸었다.

서경은 본관으로 연결된 지하통로를 빠르게 내려갔다.

지나치는 모든 풍경이 일시에 색을 잃어버렸다. 도훈이 죽었다면, 이 모든 것들을 불살라 버릴 것이다. 희대의 업적, 억만장자가 될 기회? 다 필요 없었다. 서경에게 샨티는 곧 도훈이었으니까.

집무실에 주식이 먼저 와 있었다. 사람들에게 업혀온 도훈은 숨이 금방 꺼질 듯 거칠게 쌕쌕거리고 있었다. 아들의 입에서 울컥 피가 쏟아졌다.

예정된 수순이었으나 주식도 막상 아들을 보자 입에서 쓴맛이 났다.

소식을 듣고 달려온 의사가 옆에서 분주하게 응급처치를 할 준비를 했다.

주식이 손을 저으며 의사를 바라봤다. 이미 늦었다. 모두가 도훈이 죽기만을 바랐다.

도훈의 손이 주식의 손을 꽉 잡았다. 절실한 눈동자가 뭔가 하고 싶은 말이 있는 듯했다.

"엄마한테…… 서 이레 좀 구해줘……."

이런, 누구를 닮았는지 아들은 로맨티스트였다.

헛웃음이 나왔다. 그러겠노라고 주식은 순순히 고개를 끄덕였다. 끊임없이 갈구하던 도훈의 눈이 서서히 감겼다. 주식은 벽시계를 확인했다. 22시 55분. 아들이 죽은 시각이다.

주식은 놀랍도록 아내를 닮아 아름다운 미소년의 얼굴을 내려다 보았다. 도훈이가 샨티에 오지 않았다면, 더 오래 살 수 있었을까. 아니다.

주식은 고개를 저었다.

대영그룹에 먼저 손을 내민 건 주식이었다. 어떻게 하면 서경과 갈라서고 더 많은 재산을 얻을 수 있을지 머리를 굴리던 주식은 서 경이 운영하는 샨티가 이른바 빛 좋은 개살구, 부실 경영이라는 것 을 내역으로 뽑아 건넸다. 두 달이 지나도 대영에서는 아무런 말이 없었다.

어느 날 그룹의 직책이 꽤 높은 상무가 호출했다. 총알처럼 튀어 간 주식에게 상무는 이상한 말을 했다.

"아드님이 지병이 있다면서요. 그 약이 궁금해서요. 시판이 가능 한지 좀 알고 싶은데, 은밀하게 구해줄 수 있을까요?"

"아들의 지병은 외가 쪽에서 내려오는 유전병이라 저는 잘 모릅 니다."

"그러니까요. 그게 획기적인 물건이 될 수 있을 것 같아 그럽니다. 아시다시피 이 대표님이 아드님에 관해서는 좀 결벽증이 있으셔서 구하기가 쉽지 않습니다."

바이오 재단은 무엇을 연구하는 것인지, 뭘 위해 있는지 철저히 비밀로 부쳐져 있었다. 그래서 주식은 재단이라는 이름 아래 구린 돈들이 들어가는 유령재단으로 확신했다. 그런데 약을 구해달라고? 정말 이들이 뭘 연구하기는 한단 말이야?

서경과 사이가 멀어져 별거에 들어갔던 주식은 아들의 약을 몰래 빼오기 위해 다시 성북동 자택으로 들어갔다. 다시 당신과 잘해보고 싶다고 서경에게 아양을 떨기도 했다.

주식은 그들이 원하는 대로 착실하게 그 빨간약을 꺼내 갖다 바쳤다.

다시 한 달 동안 묵묵부답.

답답해진 주식은 대영 말고도 다른 그룹들을 차례로 순회했다.

그럼에도 도무지 입을 열지 않던 그들이 숨기는 게 무엇인지 알 수가 없었다. 뭣 때문에 능력도 없는 아내를 그렇게 믿는 거지?

단순히 천재 의사 아버지를 둔 후광 때문일 수는 없었다.

실마리는 연구소였다. 서경이 연구소를 지휘하고 있었다. 실패한 더미들을 왜 죽이지 않고 위험을 감수하면서까지 데리고 있는지 생각해보면 그 이유는 너무나 자명했다.

7층에서 정체가 탄로 난 후 운 좋게 대영 쪽과 접선할 수 있었다.

"당신 아들. 심도훈이 우리 바이오 산업의 심각한 장애물입니다. 이서경 씨가 너무 많은 돈을 쓰고 계세요. 우리가 손을 쓸 거니까 그냥 모르는 척해주시면 됩니다. 원하는 자리는 보장합니다."

비서실장이 잘 알아들었으면 가보라고 손짓했다. 더미들은 아들의 병을 고치기 위한 실험체였다. 굳은 살 하나 박히지 않은 자신의 손을 내려다보며 주식은 방금 자신이 무슨 짓을 했는지 깨달았다. 아들을 죽음의 구렁텅이로 밀어 넣었다는 것을.

그러나 되돌리고 싶은지 제대로 마음이 서지 않았다.

그들은 샨티와 요양원 산하에 있는 바이오재단의 대표 자리까지 모두 주식에게 넘길 것을 약속했다. 이서경이 살아있는 한 가질 수 없는 부와 권력이었다. 재벌들이 미쳐 있는 한 뇌이식 바이오산업은 황금 알을 낳는 거위였다.

자식은 또 낳으면 된다. 유전병 따위는 없는 건강한 여자는 많았다. 이서경을 사랑하지 않는다. 아내가 죽어도 침을 뱉으면 뱉었지, 눈물 한 방울도 아까울 지경이었다. 오늘만 참으면 심주식 인생의 터닝 포인트가 되는 것이다.

주식은 스스로의 냉소에 깜짝 놀라면서 도훈의 얼굴 위로 외투를 벗어 덮어줬다.

의사는 눈물 한 방울 흘리지 않는 주식을 유심히 관찰하고 있었다. 침통한 표정으로 주식이 눈물을 흘리자 그제야 의사는 신경을 돌리고 써보지도 못한 처치 도구를 주섬주섬 챙겼다.

잠시 후 핏기 하나 없는 창백한 안색으로 서경이 들어왔다.

서경은 머리를 덮어둔 주식의 가죽재킷을 더러운 물건이라도 되는 듯 매섭게 치웠다.

주식이 서경의 어깨를 붙잡았다.

"손을 써볼 틈도 없었다. 그래도 녀석이 힘들지 않게 갔어."

주식의 말은 허공을 떠돌다 흩어졌다. 그는 서경이 쇼크를 먹고 쓰러지지나 않을까 생각했다.

도훈을 살피는 서경의 몸짓은 왠지 죽은 자식을 대하는 것 같지 않았다. 아직 더운 피가 흐르는 상처를 냉정하게 살폈다. 어미보다는 의사로서의 태도가 더 가까운 손길이었다.

숨을 쉬지 않는 도훈의 코에 손가락을 가져다가 미약한 숨결을 찾으려 했다.

그래도 우리가 행복한 순간들이 아주 없는 건 아니었지. 주식은 막 걸음마를 떼고, 까르르 웃던 도훈과 행복에 겨워 어쩔 줄 몰라

했던 젊은 날의 서경을 떠올렸다. 가슴 한구석이 찢어지는 고통이 뒤늦게 찾아왔다. 주식은 서경을 품에 안으려고 어깨를 끌어당겼다.

"여보."

흠칫 서경의 몸이 떨렸다.

무거운 공기를 깨듯 집무실 책상 밑에서 비상 전화가 왔다.

오직 서경만 받을 수 있는, 지문 인식으로 받을 수 있는 전화였다.

서경은 수화기를 들고 짧게 응, 응, 잘했다. 세 마디를 하고 전화를 끊었다.

서경은 테이블에 기대서서 주식과 도훈을 내려다봤다. 주식은 오열이라도 할 줄 알았던 서경의 냉철한 시선에 어리둥절했다.

밖에서 바퀴 구르는 소리가 들리더니 직원들이 사람이 들어갈 수 있을 만한 크기의 특수 냉동고를 끌고 왔다. 직원들이 서경의 지시대로 도훈을 조심스럽게 들어 냉동고에 담았다.

"무슨 짓을 하는 거야?"

주식이 서경을 밀치고 냉동고의 문을 열려고 했다.

"아직 시간이 있어. 수술로 내 아들을 살려낼 거야. 껍데기는 달라지겠지만, 그딴 거 아무 상관없어."

"너 미쳤니? 죽은 애를 어떻게 살려내!"

주식이 서경의 몸을 흔들었다.

"아직 도훈이는 완전히 죽지 않았어. 우리 도훈이 그 동안 건강하지 못한 몸으로 고생 많았잖아. 이제 좋은 옷을 입힐 거야. 자, 서둘러. 어서 연구소로 옮겨."

서경은 완전히 미쳐 있는 사람 같았다. 주식은 서경의 계획에 소름이 끼쳤다. 직원들이 일사불란하게 냉동고를 끌고 나갔다.

"좋은 옷이 누구야? 누구를 얘기하는 거야?"

"당신도 뒷조사를 착실히 했으니 잘 알거야. 김이레."

한겨울 얼어붙은 호수에 마음을 놓고 달렸다가 실금이 갈라져 도망치기도 전에 물에 잠겨버리는 것 같았다. 잘못 건드렸다.

서경의 시린 눈동자가 더 깊게 들어가 있었다. 검사 시절 숱하게 보아온 살인자들의 눈빛이 거기 박혀 있었다.

아무런 예고도 없었다. 주식은 고급 캐시미어 니트를 뚫고 들어온 생경한 칼날의 감각에 등골이 오싹했다.

다시 움푹 더 깊게 칼날이 쑤시고 들어왔다. 서경이 비릿하게 웃었다.

네가 웃어? 이 미친년아. 말을 하려고 입술을 떼는 순간, 칼은 순식간에 몸속의 장기를 헤집고 나갔다가 다시 쑥 들어왔다.

이번에는 주식도 힘을 써서 서경의 어깨를 꽉 눌러 밀쳐냈다.

"내가 결혼을 잘못했구나."

주식이 처지를 비관하며 농담을 터트렸다.

"당신 기억해? 도훈이 처음 아프고 유전병 판정 받았을 때도 똑같이 말했어."

엉덩방아를 찧으며 나자빠진 서경이 말했다. 주식은 갈비뼈 아래 꽂힌 칼을 보며 눈앞이 하얘지는 것을 느꼈다.

"진짜 죽이고 싶었거든. 나는 그날부터."

서경이 하이에나처럼 날쌔게 다가와 주식의 갈비뼈에 꽂힌 칼을 뽑아 경동맥을 찔렀다.

천장으로 솟구치는 피를 보면서 주식은 한 가지 사실을 전하지 않았다는 것을 깨달았다.

도훈의 유언을 전해주지 못했구나. 그놈의 뇌수술이 성공해서 도훈이 살아난다면 퍽이나 행복한 삶을 살겠다고 웃기는 생각이 들었다. 찰나의 순간, 모든 게 편안해졌다.

***

갈대밭 끝까지 뛰어간 평경과 이레는 그 둘레가 촘촘한 철조망으로 이루어져 결코 빠져나갈 수 없다는 것을 확인했다. 둘은 하는 수 없이 최대한 외곽 쪽으로 몸을 붙여 다시 정문이 있는 곳으로 내려올 수밖에 없었다.

평경은 이레에게 샨티에서 일어나는 일을 듣고도 믿을 수 없어 했다. 연신 '말도 안 돼' 하고 중얼거렸으나 전부 다 사실이라는 것을 알았다.

요양원의 동태는 평소와 다를 바 없이 겉으론 조용했다. 흙탕물이 잔뜩 운동화에 들어차 찌걱찌걱 소리를 냈다. 발이 시리다는 것을 넘어 감각이 아예 사라진 것처럼 딱딱하게 굳어갔다. 그들은 본관 뒤에 숨어 정문을 지키는 직원들이 잠시라도 자리를 비울 때를 기다리고 있었다.

평경이 그새 감기에 들었는지 코를 훌쩍거리며 가까스로 기침을 참았다.

"그런데 궁금한 게 하나 있어. 왜 하필 너야? 고아라서?"

평경의 '고아'란 말을 할 때 살짝 소리가 작아졌다. 이레는 별반 신경을 쓰지 않는 듯 생각에 잠겼다. 바로 그 점을 이레도 줄곧 이해할 수 없었다.

"아마 내가 너무 싫어서 그런 걸 거야. 도훈이 앞길을 막는다고 생각해서."

"말도 안 돼. 겨우 그 이유로 네 몸을 재벌 회장한테 넘긴다는 게 상식에 맞다고 생각해? 내 생각에는 말이야, 네가 좀 다른 사람과는 별난 에너지가 있는 것 같아. 이를테면 초능력 같은?"

평경의 말이 끝나기도 전에 이레가 피식, 웃었다. 남들보다 뛰어난 구석이 하나도 없었다. 가진 것도 없었고, 잘하는 외국어나 특기가 있는 것도 아니었다. 학교 성적은 뒤에서 세는 게 훨씬 빨랐다.

"나는 그게 뭔지 알 거 같아."

불쑥 평경이 입을 뗐다. 하지만 말해줄 생각은 없는지 빙그레 미소만 지어 보였다.

그때, 어디선가 나타난 비글이 두 사람을 향해 꼬리를 흔들었다.

평경은 주인을 찾아 적막한 주변을 살폈다. 가까이 다가와 반갑게 웃는 비글의 작은 머리를 쓰다듬으려던 이레는 손길을 거뒀다. 머리통에 동그랗게 꿰맨 자국이 나 있었다.

이레는 뻣뻣해진 손을 뒤로 감추며 물러섰다.

평경 역시 뒤늦게 비글의 정체를 의심하다가 발작처럼 기침을 해 버렸다.

근처에 있던 가드의 귀가 쫑긋하는 게 눈에 선했다. 가드는 못된 사냥개처럼 사방을 주시하며 돌아다니기 시작했다.

이레와 평경이 도망칠 곳을 찾았지만 도망갈 타이밍이 아니었다. 가드들의 눈알이 사방을 향해 뻗어 있었다. 숨어봐야 숨바꼭질을 한답시고, 얼굴만 가리는 격이었다.

여전히 두 사람을 향해 반가운 꼬리를 흔들던 비글이 휘파람 소리를 들고 총총히 사라졌다.

두 사람은 납작 엎드려 숨을 죽였다. 잔디가 깔린 현관 앞에서 낮은 말소리가 들렸다.

누군가가 그들에게 가까이 다가오고 있었다.

바퀴에 깔려 풀들이 사락거리며 신음을 흘렸다.

헥헥거리며 비글이 다시 모습을 드러냈다.

"도망치는 걸 아주 잘하는구나. 언덕에 있을 줄 알았는데."

재익이 낮게 말했다. 이레는 고개를 들어 재익을 바라봤다.

즐거웠던 저녁 식사가 주마등처럼 스쳐지나갔다.

재익이 밀실에서 꺼내 자신을 옮겨다놓은 것인가. 있을 수 없는 일이었다. 방 앞에서 지키고 있던 사람들의 무서운 얼굴이 떠올랐다. 이레는 혼란스러운 얼굴을 숨기지 못하고, 눈에 띄게 재익을 경계했다.

"아저씨 개예요?"

잠자코 있던 평경이 물었다.

"그래, 이름은 모리."

"모리? 예쁜 이름이네."

평경은 말하다 말고 이상한 기운을 느꼈다. 갑자기 이레가 손을 꼭 잡아왔기 때문이다.

곁눈질로 본 이레는 아무것도 모르는 척 모리란 이름을 가진 비글을 보고 있었다.

"춥다. 안으로 들어가자."

"저희는 신경 쓰지 마세요. 우린 가야 해요."

이레가 말했다.

이레는 한재익 옆에 태연하게 앉은 모리를 보는 순간 소름이 훅 끼쳤다. 머리 위에서 빨간불이 켜졌다. 가까이 가면 안 된다고 위험 신호를 보냈다. 풀밭에서 일어난 이레는 평경을 잡아끌었다.

"갈 데가 없잖니? 내 옆이 가장 안전할 텐데."

한재익의 말에 이레의 표정이 눈에 띄게 굳어졌다. 평경도 덩달아 재익을 경계했다.

'뛰자.'

이레가 평경에게만 들릴 듯 말 듯한 언어로 속삭였다. 그때 이레의 눈에 보인 것은 어둑한 밤이라 천사인지 악마인지 분간이 잘 되지 않는, 분수대 옆에서 날개를 펼친 천사 토피어리였다.

반대편 사무관에 가드 요원들이 몇몇 있었지만, 그들은 다른 일로 매우 바빠 보였다.

이레와 평경이 동시에 중앙 분수대를 향해 달렸다.

그때, 이레의 머릿속에 묻혀 있던 두 개의 기억이 떠올랐다. 한밤중에 물을 마시겠다고 중앙계단을 올라가다가 본 이제사의 초상화.

그림 속 그의 무릎 위에 얌전히 앉아 있던 하얀색 말티즈가 떠올랐다. 스스로도 설명이 되지 않았다. 갑자기 왜 하필 그 초상화가 이 시점에서 생각이 나는 거지?

뒤따르던 평경의 컨디션이 좋지 않은지 숨이 가빴다. 돌아볼 틈이 없었다.

두 번째 기억.

우연히 연못 위에 뜬 사람의 손가락을 목격했던 장면이 스쳐갔다. 또 그럴 리는 없을 거야. 이레는 애써 침착하게 마음을 다스렸다.

천사 토피어리가 있는 분수대에 다다라 몸을 낮췄다.

평경이 구부정한 자세로 걷다시피 뛰며 따라오고 있었다.

좌우로 가드들이 세 명씩 있었지만 다행히 평경과 이레를 눈치 채지 못했다. 재익은 건물 뒤편에서 모습을 드러내지 않았다.

됐어. 마음을 한시름 놓고 이레는 숨을 몰아쉬었다. 서경의 집무 실로 가서 전화로 외부에 도움을 요청해야겠다는 생각이 들었다. 하지만 어떻게 들어갈지 좋은 방법이 떠오르지 않았다.

두 사람은 본관과 사무관의 딱 중간 지점인 연못까지 도착했다. 수면은 잠잠했다.

으아아악!

별안간 내지른 평경의 괴성에 놀라 이레는 얼른 고개를 돌렸다. 평경의 입을 재빨리 막고, 평경의 시선이 닿은 곳을 바라봤다. 하마 터면, 이레도 소리를 지를 뻔했다.

연못 위에 붕 뜬 시체였다. 이번에는 사지가 다 멀쩡한 땅딸만 한 사내의 뒷모습이었다.

이레는 또 한 번 혼이 빠져나가는 것 같은 기분이었다. 비명을 들 은 가드들이 사방에서 그들을 향해 뛰어오고 있었다.

평경은 반쯤 정신이 나간 상태로 다가와 이레의 등을 꼭 껴안았 다. 극도의 공포가 그대로 전달되었다. 하지만 이레는 평경이 원망 스러웠다.

'잘하면 빠져나갈 수도 있었잖아, 이 바보야.'

모든 게 망했다. 그리고 평경이 오지 않았다면, 진즉에 빠져나갈 수 있었다는 아쉬움. 이 모든 것이 합쳐져 평경을 낙인찍듯 모나게 바라봤다.

"그렇게 소리 지를 건 없었잖아."

평경에게 타박하자마자 눈물이 쏟아졌다.

살짝 닿은 평경의 뺨이 불덩이 같이 뜨거웠다. 자신들을 향해 가드들이 공간을 좁혀 왔다.

두려움이 깃든 평경의 눈을 보며 이레는 무슨 말이라도 해주고 싶었다.

"미안해."

평경이 먼저 말했다. 가드들이 뛰어와 도망치려는 두 사람을 잽싸게 덮쳤다. 이레는 말을 잇지 못했다.

"꼭 살아야 해!"

다시 평경이 말했다. 평경이 먼저 잡히고 나서 뒤이어 이레가 양팔을 뒤로 결박당한 채 잡혔다. 어디로 데려가는지, 이번에는 각자 따로 따로 끌려갔다.

이레는 자꾸 돌아보며 잔기침을 하는 평경을 걱정했다.

"나 버려. 나 버리고 가, 평경아! 안 그러면 절교야."

이레가 처연한 목소리로 울부짖었다.

12시. 예정대로였다면 본격적인 뇌이식 수술이 시작됐어야 했다.

민태관은 더 이상 허둥지둥하는 김 박사를 볼 수가 없었다.

그는 결국 헬기를 띄워 대학병원으로 민 회장을 옮기기로 결정했다. 태관은 망해버린 수술실을 나서며 내일 아침 뉴스 1면에 실릴 기사를 주요 언론사에 제보해놓으라고 지시했다.

김 박사는 태관에게 제대로 된 인사를 할 겨를도 없어 보였다. 무슨 양반이 그렇게 땀을 흘리는지 죽을 때가 다 된 모양이었다.

연구소를 내려가면서 태관은 홀에서 대기하고 있는 부하들에게 호통을 쳤다. 빨리빨리 움직이지 않고 뭘 하고 있느냐고 다그쳤다.

"문이 열리지가 않습니다."

수행비서가 당황스러운 얼굴로 말했다.

두꺼운 쇠문은 꼭 닫혀 있었다. 동시에 연구소 내에 경보음이 울리며 빨간 등이 켜졌다. 태관은 어디론가 바삐 지나가는 연구원을 붙잡았다.

"이거 뭐요?"

"4단계가 발령된 것 같습니다. 4단계가 발령된 것은 처음이라 저도 잘 모릅니다."

"문이 안 열리는데?"

"맞습니다. 출입구는 전부 폐쇄가 되고, 통신 서버도 잠깁니다."

그때 비서들이 어디서 구해온 지렛대를 가져와 문틈에 넣었다. 척 봐도 될 리가 없었다. 특수하게 설계된 쇠문은 꿈쩍도 하지 않았다.

"다른 출구는 없어?"

"지하 통로가 있긴 한데, 그곳은 위험합니다. 샨티 애들이 곳곳마다 총 들고 지키고 있는 곳이라서요."

"그딴 게 무슨 상관이야!"

태관이 먼저 앞장서서 계단 표시가 되어 있는 비상구로 향했다.

태관의 핸드폰으로 전화가 울렸다. 지지직거리는 잡음 때문에 목소리가 제대로 전달되지 않았다. 언제까지, 기다려. 이 같은 말들이 이어지다가 뚝 끊겼다.

수행비서가 얼른 따라붙으며 속삭였다.

"심도훈이 제대로 처리가 안 된 것 같습니다. 심주식이 죽었답니다. 그 후에 이서경이 직접 폐쇄를 지시했답니다."

"아이 시발, 가만 보면 나보다 더 콩가루 집구석이야."

잔뜩 짜증이 나 있던 태관의 얼굴에 탐욕스러운 웃음꽃이 폈다. 갈증이 일던 차에 잘됐다는 듯 걸음걸이가 건들거렸다. 태관은 쓸모없어진 핸드폰을 던졌다.

사무관 옥상의 헬기장에서 헬기가 비상을 기다리고 있었다.

기훈은 연결 실패라고 뜬 핸드폰을 답답하게 바라봤다.

기장이 돌아보며 시계를 확인했다. 일기예보에는 밤사이 싸락눈이 내릴 거라고 했다. 바람도 심해질 것이다.

여러 개의 링거 줄과 자극선을 매단 민 회장이 뒷좌석에 누워 있었다. 태워야 할 마지막 손님, 민태관이 감감무소식이었다.

"심박수가 점점 떨어지고 있어요. 시간이 없어요."

응급대원 중 한 명이 보챘다.

기훈은 헬기에서 뛰어내려 연구소 쪽을 바라봤다. 불빛 하나 비추지 않고 숨은 연구소는 깊이 잠든 것 같았다.

누군가가 사무관 옥상으로 올라오고 있었다.

기훈이 핸드폰 플래시로 반대편을 확인했다.

걸음걸이가 불편해 보였다. 남자는 한눈에 봐도 심각한 총상을 입은 것 같았다.

"누구야?"

기훈이 총집에 손을 대며 경계했다. 플래시에 눈을 반쯤 감은 남자는 지쳐 있었다. 겉옷 밑으로 피가 뚝뚝 떨어졌지만 별로 상관하지 않는 듯한 태도였다.

치켜 올라간 눈썹이 예민한 성격을 드러내고 있었다.

"나는 이시억입니다. 민 사장님의 부탁을 받고 왔습니다. 먼저 가라는 지시를 받았습니다."

"어디서 오는 길이지?"

"연구소요. 연구소는 지금 폐쇄되어 외부의 도움이 필요합니다."

안 그래도 불안했던 차에 기훈은 속히 결단을 내렸다. 서둘러 헬기에 타서 이륙을 지시했다.

멀뚱히 선 시억을 보다가 기훈이 마지못해 고개를 끄덕였다.

"얼른 타요. 치료가 급한 것 같은데."

시억은 남아 있던 모든 힘을 내어 헬기에 탔다.

문이 닫히고, 응급대원 중 하나가 핏물로 적신 시억의 셔츠를 뜯었다.

어떻게 여기까지 왔지, 기훈은 핏덩이로 잘 구분도 되지 않는 상체를 보다가 고개를 돌려버렸다.

"경찰에, 아니 특공대에 지원요청을 해주세요. 인질이 되어 있을 겁니다."

시억이 핏덩이를 토하며 기절했다.

백열등이 너무 가까이 있어 이레는 눈이 멀어버릴 것만 같았다.

가드들에게 포위되어 이레는 다시 연구소 수술실로 들어왔다.

움직이면 삐걱거리는 철제 침대에 누워 이레는 옆으로 흐르는 눈물을 그대로 흘려보냈다.

296

가끔씩 도구를 딸깍거리는 소리만 들릴 뿐 사방은 폭풍전야처럼 고요했다.

"왜 또 왔니?"

김 박사였다.

이레는 고개를 옆으로 돌려 김 박사의 목소리가 들리는 곳을 바라보았지만, 시야에 걸리지 않았다.

김 박사는 지친 얼굴로 간이의자에 앉아 있었다. 손끝이 차갑고 힘이 없었다. 민 회장의 수술이 미뤄지면서 김 박사는 위스키를 몇 잔 들이킨 후였다.

서경의 긴급호출이 있기 전까지 이레가 있던 대기실 방에서 죽은 제자들과 더미를 보고 온 후였다. 언젠가는 음지에 있던 연구소가 세계 최고로 인정받는 연구소가 될 거라고 독려하며 키운 제자들이었다.

김 박사의 나이는 예순넷이었다. 다시 손발이 맞는 제자들을 구할 수도 없었고, 무엇보다 이곳에 어떤 희망이 있으리라는 어리석은 꿈을 접은 지 오래됐다.

대영그룹의 수술을 하지 말라는 한재익의 은밀한 요구는 자연스럽게 이루어졌다. 이제 샨티를 벗어나고 싶었다. 저 꼬마의 뇌를 꺼내 다시 괴물을 만들고 싶지 않았다.

"이렇게 될 운명인가 봐요."

그러나 네모난 벽에 가로막힌 이레의 목소리는 무덤덤했다. 이레는 더 이상 죽는 게 두렵지도 않았고, 지긋지긋했다. 이미 몇 번이고 죽어본 것 같은 착각마저 들었다.

"선생님, 궁금한 게 있는데요. 왜 하필 저여야 해요? 엄마 아빠도 없어서?"

"아니."

잠자코 이레가 다음 말을 기다렸다.

"네가 임신을 했기 때문이다."

"그게 무슨 상관이에요?"

이레는 뜻밖의 대답에 놀라 얼른 되물었다.

"20년 전, 천재 의사가 다섯 사람을 불법 뇌수술로 죽인 사건이 있었어. 나의 스승이자, 여기 샨티를 세운 인물이었지."

"도훈이 할아버지요?"

김 박사는 잠자코 고개를 끄덕였다.

이제사가 죽고 난 뒤 뇌이식 수술은 거의 사장된 것이나 다름없었다. 정부에서는 연구비를 회수했고, 샨티는 하루아침에 폐업 위기를 맞았다.

김 박사는 서경의 등쌀에 못 이겨 뇌이식 수술을 진행하기는 했지만, 번번히 죽어나갔다.

김 박사는 그 자신도 이해할 수 없었다. 어째서 이제사의 뇌이식 수술은 성공시켰으면서 이후로는 계속해서 실패하는지. 우연과 의술이 맺은 말도 안 되는 행운이었나. 겨우 행운에게 기댈 수밖에 없는 자신이 한심스러웠다.

그러는 동안 아까운 목숨들이 스러져 갔다. 김 박사는 자신의 기다란 열 손가락을 내려다보며 모든 것을 다 소진했다고 느꼈다. 스승인 이제사가 갖고 있던 집요함과 그만한 열정이 없었다.

책상을 정리하고 완전히 샨티를 떠나야 할 때, 낯선 서류 하나가 배달되어 책상에 놓여 있었다.

이제사는 모든 것을 굽어본 듯했다. 서류에는 특별한 연구기록들이 세세하게 적혀 있었다.

뇌이식 수술에 관한 너무나 획기적이고 치밀한 논문이어서 김 박사는 당장 서경에게 전화해 임산부를 하나 구해달라고 했다. 임신한 지 5개월이 채 안 되는 건강하고 젊은 여성으로.

그리고 보란 듯이 뇌이식 수술은 성공했다.

돈 많은 30대의 뇌사자는 여성의 몸으로 다시 태어났다. 임산부에게서 생성되는 호르몬 물질이 뇌의 신경전달 세포에 특별한 기능을 했다. 그 물질의 정체는 아직도 연구 중이었다. 김 박사는 그 물질을 M이라고 명명했다.

"다들 미치광이다, 정신병자라고 했지만 내가 본 이제사 박사는 천재가 맞았다. 그가 없었다면 뇌 분야가 이렇게까지 발전하지는 않았을 테니까. 아무튼 그는 자기 아내를 대상으로 과도한 연구를 했어. 그때 이제사의 아내는 너와 같이 임신 12주가 지났을 즈음이었다. 뇌 이식 수술이 그때 최초로 성공을 거뒀다. 네 몸 속에서 흐르는 호르몬 물질은 아마도 뇌에 강력한 동기부여를 주는 듯싶구나. 임산부들이 모두 다 뇌이식에 성공한 건 아니야. 하지만 확률은 30퍼센트를 넘어서지. 얼마나 놀랄 만한 숫자인지 알겠니?"

"아이를 살리고 싶어 하는 마음에서 비롯된 것 아닐까요?"

이레는 곰곰이 생각하며 말했다. 그렇다면 뱃속의 아이는 수술 도중 죽는 것인지 묻고 싶었으나 차마 묻지 못했다. 가슴이 더 아플 것 같았기 때문이다.

"생각하는 게 순수하구나."

작은 실소. 문간에 들어선 서경이 말했다.

김 박사는 서경을 보고 깜짝 놀라 들고 있던 주사기를 바닥으로 떨어트렸다.

수술실에 들어온 서경은 맨발에다, 실크 블라우스는 피에 흠뻑 젖어 있었다. 눈가에 지워진 마스카라 자국으로 얼굴이 엉망이었다. 핏기가 없는 입술이 언제라도 누군가를 물어뜯을 듯 달싹거렸다. 떨어진 주사기를 주워 서경은 수술대 옆 도구함에 놓았다. 신경을 긁는 금속 마찰음이 수술실 내에 울렸다.

"예상은 하고 있었는데, 직접 들으니 그다지 기분이 좋진 않군요, 김 박사님. 엄마가 임신 상태였냐고 물었을 때 그렇게 아니라고 잡 아떼시더니."

"당신을 위해서 이제사 박사님이 부탁한 것이라 선택권이 없었어요."

"그렇군요."

서경은 더 이상 말을 하지 않았다. 그때 직원들이 이동식 냉동고를 끌고 들어왔기 때문이다.

간이침대에 옮겨져 옆에 누운 도훈을 보고 이레는 할 말을 잊어 버렸다.

옆에서 본 도훈은 핏기 하나 없이 얼어붙어 있었다. 언뜻 보아도 잔뜩 얼어붙은 시체였다.

김 박사는 도훈의 상태를 눈으로 확인했다. 청진기를 갖다 대거나 심박수조차 체크하지 않았다. 이것으로 뭘 하라는 것인지 김 박사는 묻고 싶었다. 이미 죽어버린 뇌를 어떻게 이식을 한단 말인가. 결국 애꿎은 이레만 희생될 게 뻔했다. 하지만 그것 역시 서경이 원하는 결말일 수도 있었다.

"도훈아."

이레가 눈을 떠보라고 옆에 누워 도훈을 불렀지만, 뻣뻣이 굳어 있었다.

"시작하시죠. 시간이 없어요."

서경이 판결을 내리는 판사처럼 방의 분위기를 갈랐다. 잔뜩 멍이 지고 피부 껍질이 벗겨진 이레의 팔뚝을 보는 순간, 김 박사는 다시 용기를 내어 물었다.

"심 정지 후 뇌가 살아있는 30초 내에 사체를 냉각시킨다는 것은 불가능합니다. 대표도 의사니까 잘 알 겁니다."

"그 전에, 도훈이가 죽기 전에 냉각했습니다. 뇌는 살아있어요."

서경이 살기 어린 눈빛으로 쏘아붙였다. 더 이상 말을 붙였다가는 수술실 메스를 들고 무슨 짓이라도 벌일 것 같았다. 그만큼 그녀는 이성을 잃었고 위태위태했다.

"설령 수술이 성공해 내 얼굴로 살아간다면 도훈이가 행복할까요?"

이레가 당돌하게 끼어들었다. 서경이 까맣게 빛나는 이레의 눈동자를 바라봤다. 아들이 사랑했던 두 눈.

"물론 네가 잠든 사이에 네 두 눈을 꺼내 멀게 만들 거야. 그러면 도훈이는 자기가 누군지 알 수 없겠지."

서경은 등을 곧추세우며 얼른 시작하라고 김 박사에게 눈짓했다.

김 박사는 이레에게 다가가 정맥을 찾았다. 투명한 액체가 든 주사를 놓기 시작했다. 이레는 벨트에 묶여 움직일 수 없는 양손을 꽉 쥐었다.

"괜찮을 거다."

김 박사의 목소리는 의외로 착 가라앉아 있었다.

그때까지 서경은 굳어서 움직이지 않는 도훈의 차가운 손을 잡고 있었다.

쿵, 갑작스러운 굉음과 함께 건물 전체가 흔들리는 소리가 들렸다.

김 박사와 서경은 동시에 서로를 마주봤다. 지진이라도 난 게 아니라면 폭탄이라도 터진 건가.

옅은 비명이 들리자, 결국 서경이 도훈을 꽉 잡은 손을 풀고 일어섰다.

"상황 보고 올게요. 김 박사님, 이 수술만 끝나면 샨티를 떠나도 좋습니다."

서경이 이미 김 박사의 마음을 간파한 듯 말했다. 김 박사는 작게 고개를 끄덕였다. 수술실 문이 잠겼다.

이레는 점점 줄어가는 주사기의 투명한 액체를 보면서 정신이 아득해지는 것을 느꼈다.

"너는 살아서 나갈 거야."

김 박사가 말했지만 이레는 듣지 못하고 정신은 이미 다른 세계로 가고 있었다.

"그새 사람 하나 죽이고 왔어요?"

태관이 핏물을 뒤집어쓴 것 같은 서경의 모습을 보며 물었다.

두 사람은 지하 통로에서 맞닥뜨렸다.

환풍구에서 큰 충격의 여파로 콘크리트 부스러기가 바닥으로 떨어지고 있었다. 바깥에서 입구를 폭파시켜 강제로 문을 연 것 같았다.

민태관이 부른 특수기동대가 와서 연구소로 진입하려고 애를 쓰는 모양이었다. 그렇다 해도 지하통로까지 연결된 문이 많았다. 절대 들어오지 못할 것이다.

반대편에 선 태관은 이미 전세가 자신 쪽으로 기울고 있다는 것을 알았다. 앞으로 5분? 겨우 그 정도가 서경에게 남겨진 시간일 것이다.

서경은 아들을 죽음으로 몰고 간 대영그룹의 사람들을 모조리 없애버리고 싶었다. 그 불쌍한 애가 무슨 잘못이 있다고.

"처음부터 돈 따위는 줄 생각이 없었겠지? 수술이 끝나면 본격적으로 샨티를 가지려고 했던 거야. 성공 여부와 상관없이."

서경의 물음에 태관이 순순히 고개를 끄덕이며 손뼉을 쳤다.

"이 대표, 똑똑한 건 알고 있었어요. 이게 어디 나 혼자만의 생각인 줄 알아요? 재벌 회장님들 허투루 본 이 대표 잘못이야. 그래도 그분들이 이 대표 아버님이랑 옛정을 생각해서 이쁘게 봐준 거 아닙니까. 좀비 실험도 다 참아주고."

서경이 옆에 있던 가드의 총집에서 리볼버를 빼들었다.

어이구, 태관이 과하게 뒷걸음질 치며 물러섰다. 무섭다는 시늉을 할 뿐, 입매는 여전히 꿈틀대며 웃고 있었다.

뒤에 붙은 수행비서들 역시 순식간에 총을 빼들어 서로 총구를 들이댔다. 팽팽하게 서로를 겨누고 있었다. 누군가 실수로라도 방아쇠를 당긴다면, 피바다가 될 참이었다.

밖에서 특수기동대가 문을 열려고 시도했다. 폭발 장치도 별 효과가 없는 듯했다. 다시 한 번 지진이 나는 것처럼 땅바닥이 진동했을 뿐, 여전히 그들의 고함소리는 멀었다.

"네가 착각하는 게 있어. 여기는 원래 방공호였어. 총알을 아무리 쏴대도 여기서 열지 않으면 절대 열리지 않아."

태관이 고개를 옆으로 빼며 서경의 뒤를 봤다.

한재익이 본관 쪽에서 지문 인식장치를 뚫고 통로로 들어오고 있었다.

"저 양반은 쉽게 오는데?"

태관이 웃겨 죽겠다는 듯 말했다. 서경이 당혹스러운 얼굴로 얼른 뒤를 돌아봤다.

"서경의 말이 맞아. 이곳을 마음대로 드나들 수 있는 사람은 이서경과 김홍수 박사 그리고 애초에 이 모든 시스템을 만든 주인, 셋이야."

"그럼 뭐야? 당신이 여기 주인이야? 지금 그 소리예요, 머리 아픈 양반?"

"그렇소. 샨티는 내가 만들었으니까."

한재익의 말이 끝나기가 무섭게 태관이 푸하하, 웃음을 터트렸다. 그는 총구를 흔들며 제발 조용히 등 뒤로 지나가라고 손짓했다.

"이제사 선생님, 조심히 가던 길 가세요."

태관이 비꼬며 길을 내줬다. 재익이 휠체어를 끌며 서경을 지나쳐 가운데로 나갔다.

서경을 호위하던 가드 몇이 머리를 갸웃거리며 한재익을 내려다봤다.

그들이 의혹에 싸인 눈빛으로 서로를 의심하듯 바라봤다. 지하 통로의 휜한 불빛 아래, 한재익의 짧게 자른 머리 사이로 진한 절개 자국이 눈에 띈 것이었다. 뇌수술을 했다는 표시였다.

무거운 침묵은 진실을 말해주고 있었다. 가드들이 '대표님?' 하고 서경을 불렀다.

그들은 한재익의 말이 사실인지 궁금했다. 만약 그게 사실이라면 가드들은 한재익의 안전 또한 책임지고 지켜야 했다. 샨티원들에게 이제사는 신화 같은 존재였다.

서경은 갈등 속에서 결국 침묵을 지킴으로써 더욱 한재익의 위치를 확신하게 만들었다.

가드들은 그들의 대장이었던 이희원이 사라지고 나서 은연중에 쌓여 왔던 이서경에 대한 불신을 터트리고 있었다. 한재익이 이제 사라면 지켜야 했다. 이서경보다 더 중요했다.

"하, 나 돌아버리겠네. 분위기 왜 이래, 다들 돈 거야? 진짜야? 진짜 저자가 그 노인네라고……?"

태관이 미치겠다는 듯 분통을 터트리며 물었다.

그때, 다시 한 번 연구소로 통하는 입구에서 진동이 요동쳤다.

대치중이던 가드와 대영그룹의 사람들이 콘크리트 부스러기가 떨어지는 천장을 불안하게 바라봤다.

"딸이 인정하지 않으니 조용히 지나가리다."

재익은 열심히 팔을 놀리며 통로 중간쯤까지 단숨에 갔다. 휠체어 바퀴가 유연하게 돌더니 아직도 멍해 있는 민태관의 앞에서 멈췄다.

아, 민태관이 신사답게 옆으로 비켜섰다. 순간, 재익은 휠체어 의자 바닥에 부착해둔 총을 꺼냈다. 그는 눈 깜짝할 사이에 총을 꺼내 번개처럼 반대편 네 사람에게 총을 난사했다.

수천 번을 연습한 것처럼 조금도 빗나가지 않고, 대영그룹 황태자 민태관의 관자놀이 정 가운데를 쏴 즉사시켰다.

놀란 수행비서들이 사방에 대고 총을 쐈지만, 한재익의 동작이 훨씬 빨랐다. 그들은 마른 날의 장작처럼 퍼석 쓰러졌다.

한재익이 돌아보며 굳은 샨티원들을 확인했다. 누구도 털끝 하나 다치지 않았다. 놀랄 만한 솜씨였다.

밖에서 다시 폭발음이 터졌다. 이번에는 경찰들의 목소리가 정확히 들렸다.

어서 뚫어, 전진해, 같은 명령이 들렸다. 서경이 정신을 차리고 한 재익을 바라봤다.

"피해야지."

재익이 서경에게 말했다.

"피해? 어디로?"

말이 끝나는 것과 동시에 서경이 총을 들어 재익을 겨눴다.

서경의 눈동자는 심하게 흔들리고 있었다.

재익은 서경이 자신을 얼마나 증오해왔는지 알 수 있었다. 그는 그 모든 일, 서경 애미의 일까지 일어날 수밖에 없는 숙명으로 맺어진 악연이라고 생각했다. 딸이 자신의 뒤를 따라 인류의 미래를 바꿔놓겠다는 사명을 갖게 하는 것이 그리도 어려울 줄은 몰랐다.

그릇이 그것밖에 안 돼서야. 재익은 한심하다는 듯 서경을 향해 혀를 끌끌 찼다.

"이래봐야 남는 게 아무것도 없을 거다, 서경아."

재익이 타이르듯 부드럽게 말했다.

서경은 도훈마저 죽어가는 마당에 더 이상 거리낄 것도 두려워할 것도 없었다. 그녀의 흑요석 같은 눈동자는 진정으로 그것을 원하고 있었다.

파멸.

서경이 방아쇠를 쥔 채 눈을 감았다. 바보같이. 아직도 제대로 총을 쏠 줄 몰랐다.

재익은 서경이 성인이 되던 해 가르친 사격 실력이 여전히 형편없다고 생각했다.

"눈을 떠야지."

재익의 말에 서경은 질끈 감았던 눈을 떴다.

"죽어어어어!"

서경이 괴성을 지르며 재익을 향해 소리쳤다. 방아쇠가 당겨졌다. 그때, 뒤에 있던 가드 하나가 서경에게 덮쳤다. 탕, 총이 반대편 유리문에 가 박혔다.

가드들은 미성년자 때부터 샨티에서 생활하면서 영생을 꿈꾸던 이들이었다. 그들은 이미 서경 대신 다른 이로 모습을 바꾼 한재익을 지키고 있었다. 서경이 발악하며 거세게 몸부림쳤지만, 성인 장정들의 손을 벗어나기는 어려웠다.

그들은 시키지도 않았는데, 세뇌가 잘된 사람들답게 벨트를 풀어 서경의 양 팔을 단단한 묶었다.

"이거 놔. 샨티는 내 거야. 저놈은 이미 죽었어야 할 괴물이라고!"

서경이 소리쳤지만 누구의 관심도 끌지 못했다.

등 뒤에서 특공대가 전기톱을 가지고, 반쯤 부서진 문의 경첩을 자르기 시작했다.

가드가 한재익의 휠체어를 끌고 반대편 통로로 향했다.

서경이 기어가서 눈앞에 떨어진 권총을 다시 손에 넣으려고 하자, 가드가 옆구리를 가차없이 내려찍었다. 서경은 격렬한 통증에 바닥을 굴렀다.

가드들이 서둘러 반대편 통로로 빠져나가고 있었다.

서경을 겨누던 총구도 이내 어둠 속으로 사라졌다.

"총 버리고 두 손 머리 위로 올려!"

어느 틈에 문을 부수고 들어온 경찰들이 서경에게 총을 겨누며 지시했다.

특수기동대는 바닥에 죽어 있는 민태관을 보고 상당히 놀란 눈치였다. 서경은 뒤를 돌아보며 말했다.

"여기의 주인은 나야. 명령은 나만 할 수 있어!"

시퍼런 얼굴로 서경이 말했다.

경찰들이 벨트를 풀고, 수갑을 채웠다. 서경은 더 이상 반항하지 않았다. 방금까지 자신이 죽이지 못한 한재익을 생각했다. 죽였어야 했는데, 그놈을.

서경이 분노로 얼굴을 일그러트리며 울음을 터트렸다.

갑자기 펑펑, 뭔가 터지는 소리가 들렸다. 경찰들이 무슨 일인지 알아보려고 밖으로 나갔다. 검은 하늘에서 다채로운 빛깔의 불꽃이 터지고 있었다.

"무슨 축제 같네."

황당한 경찰들이 때 아닌 불꽃놀이를 바라보다 허망하게 실소했다.

"축일이니까."

서경이 말했다.

에필로그

  병원에서 눈을 뜬 이레는 자신의 손을 잡고 불편한 자세로 잠들어 있는 사람을 봤다.

  긴 파마머리가 얼굴을 가리고 있어서 누군지 감이 오지 않았다. 이레는 천천히 파마머리에게서 고개를 들어 활짝 열린 창밖에 쏟아지는 햇살과 빌딩 숲을 보았다.

  그리운 줄 몰랐는데, 그리워했구나.

  울컥 이레는 눈물이 나왔다. 추웠지만 신선한 공기가 폐 깊숙이 들어왔다. 이레는 침대에서 일어서려고 했다. 이레의 움직임을 느끼고 움찔한 파마머리가 고개를 들었다.

  이런, 평경이었다. 평경이 부스스한 얼굴로 일어나 이레를 바라봤다.

  "좁아 죽겠다."

  이레의 말에 평경이 토끼눈을 뜨고 바라봤다. 5초간의 정적.

  벌떡 일어난 평경이 밖으로 뛰쳐나가 큰 소리로 말했다.

"쌤! 여기, 우리 이레가 눈 떴어요. 이레가 깨어났다고요!"

평경의 목소리가 우렁우렁했다. 이레는 그만 웃음이 나왔다. 그 바람에 목젖이 너무 메말라 있어 따가웠다.

평경이 지나가던 간호사를 막무가내로 끌고 왔다.

간호사가 링거 투여량을 확인하더니 괜찮냐고 물어왔다. 이레는 작게 고개를 끄덕이고는 무심결에 TV에 나오는 뉴스를 바라봤다.

낯익은 얼굴이 화면에 잡혔다.

얼굴도 가리지 않은 서경이 경찰들에 의해 끌려가고 있었다.

취재진 카메라와 사람들에 밀쳐지기도 했지만 서경의 표정은 샨티에서와 똑같이 당당했다. 오히려 더 평정심을 찾은 얼굴이었다. 좋아 보였다.

간호사가 TV를 껐다.

"기분 어때요?"

"저 살아있는 거 맞아요? 계속 살 수 있어요?"

"그럼, 당연히 살아있지."

평경이 말을 가로채며 대답했다. 말끝에 물기가 묻어났다.

"체온, 심박, 혈압 다 정상이에요. 환자분, 삼 일을 내리 잤어요. 아직 어린 나이고, 혼자서 아이 키우기도 쉽지 않았을 거예요. 아이는 때가 되면 다시 찾아올 거니까 너무 마음 아파하지 말아요."

간호사는 오래 알아온 친언니처럼 다정하게 위로했다.

이레는 차마 자신의 아랫배에 손을 가져갈 수가 없었다. 그 사이에 죄책감이 파고들었다. 살았다는 해방감에 아이를 완전히 잊고 있었던 것이다. 게다가 김 박사와 마지막 대화를 마치고, 정신을 잃었을 때 이레가 생각했던 것은 아이가 죽었으면 좋겠다는 것이었다. 그랬으면 이런 고통을 겪을 이유가 없었으니까.

"구급대가 와서 발견했을 때 이미 유산된 상태였대. 어떻게 할 수가 없었어. 의식이 없어서 나는 죽은 줄 알았는데 그래도 너는 괜찮다고 하니까…… 나는 잘됐다고 생각해. 정말."

평경이 말했다. 평경은 폭포수처럼 눈물을 흘리는 이레의 얼굴을 닦아주기 위해 티슈를 마구 뽑았다.

이레는 눈을 감고 생각에 잠겼다.

"너 끌려가고 나서, 연구소에 한바탕 소동이 있었어. 나도 방에 갇혀 있어서 제대로 보진 못했지만 시억 오빠가 샨티를 벗어나 여기저기 도움을 요청했어. 그렇게 많은 경찰들을 실제로 본 적이 처음이었거든. 그날, 연구소에서 열두 명이 죽었대."

"……그만해주라."

이레가 말을 막았다. 평경이 미안하다는 얼굴로 물었다.

"쉴래?"

"응."

이레는 극심한 두통을 느끼며 관자놀이를 주물렀다.

그 순간, 평경이 이레의 눈치를 보며 시선을 피했다.

손에 걸리는 이상한 자국에 이레가 놀란 눈으로 평경을 바라봤다.

이레는 손으로 더듬어가며 관자놀이 위에서 시작된 실로 꿰맨 상처를 손으로 그리듯 따라갔다. 수술 자국은 동그랗게 머리 위에 나 있었다.

"거울 좀 줄래?"

평경이 머뭇거렸다.

이레가 의혹에 찬 눈길로 쳐다보자 평경은 자신의 백팩을 뒤지며 거울을 찾는 시늉을 했다. 하지만 이레는 먼저 전원이 꺼진 TV 화면에서 자신의 모습을 흐릿하게나마 볼 수 있었다.

삭발된 머리에 둥그렇게 난 상처 자국. 한밤중 샨티의 복도를 걷다 본 더미들과 같은 모습이었다. 이레는 머리에 피가 몰리는 것과 동시에 어지러움증을 느꼈다.

"별 이상 없대! CT고, MRI고 다 찍어봤는데 괜찮대! 나처럼 당분간 가발 쓰고 다니면 아무도 몰라."

평경이 서둘러 말했다.

"내가 나 맞는 거야?"

이레는 자신의 질문이 바보처럼 느껴졌다. 그러나 어느 때보다 절박한 것도 사실이었다.

"너 맞지. 내 친구 김이레."

평경이 이레를 꼭 껴안았다. 창밖은 여전히 화창했다. 세상이 이리도 아름다웠던가.

다시 극심한 두통이 일어 메스꺼움을 느끼고 이레는 평경을 밀치며 구역질을 했다. 괜찮다고 등을 쓸어주는 평경의 손을 아프도록 세게 잡았다.

"평경아, 나는 앞으로 제대로 살 수 없을지도 몰라."

"그날 밤 기억나? 우리 건물 뒤편에 숨어서 내가 너한테 말했잖아. 넌 다른 사람이랑 다른 초능력이 있다고. 그게 뭔지 말해줄게. 넌 한순간도 일어서지 않은 적이 없어. 겁은 많지만 금방 일어나서 툭툭 털고 잊어버리지."

"그건……."

"슈퍼맨, 원더우먼, 배트맨도 다 그런 어두운 순간이 있었어."

이상했다. 평경의 허무맹랑한 초능력자 이론이 힘이 된다니. 마음이 한순간 녹아내리며 이레는 더 이상 눈물이 나오지 않는 것을 깨달았다.

그 대신 미소가, 다시 평경을 눈앞에서 볼 수 있고, 화창한 날들이 이어진다는 데 미소가 나왔다.

"진짜 최고의 위로다."

이레가 아닌, 평경이 말했다. 제가 말해놓고 스스로 뿌듯해하다니. 웃음이 터져 나왔다.

황폐한 땅에서 풀들이 제멋대로 자라나 있었다.

물을 강제로 빼버린 연못은 말라붙었고, 죽은 지 오래된 잉어 몇 마리가 썩은 내를 풍기고 있었다. 반쯤 뜯어진 폴리스라인이 바람에 멋대로 날리고 있었다. 그는 샨티의 오래전 그날을 꿈꿨다.

한재익은 휠체어를 끌고 연구소 쪽으로 갔다. 무릎 위에 동여 멘 보따리를 소중히 만졌다.

안에는 이제사의 의사면허증이 액자에 담겨 있었다.

바람이 불 때마다 숱이 없는 그의 머리카락이 지는 이파리처럼 흐트러졌다. 그 사이에 언뜻 진한 수술 자국이 비쳤다.

멀리서 자동차 소리가 들렸다. 노란색 봉고차가 모습을 드러냈다. 봉고차는 순식간에 샨티의 정원을 지나 재익 앞에 도착했다.

'치매전문요양원'이라는 하얀 글씨가 봉고차 옆면에 붙어 있었다.

체격 좋은 중년 여성 둘이 내리더니 짜증을 부렸다.

"이 사람이 왜 자꾸 사람을 귀찮게 해서…… 이건 다 뭐야."

여자는 한재익이 귀하게 여기던 보따리를 펼쳐보더니 바닥에 팽개치듯 버렸다.

재익의 시선이 떨어진 보따리를 향했다. 그는 뭐라도 말을 하고 싶은데, 말이 잘 나오지 않아 팔을 강하게 흔들며 거부의사를 밝혔다.

여자들은 베테랑 요양사들인지 아주 쉽게 한재익을 제압하고는 의자에 묶었다. 문이 쾅 닫히고 노란 봉고차는 샨티를 떠났다.

"어라라, 이제 얌전해졌네. 자꾸 돌아다닐 거예요!"

"젊은 사람이 벌써부터 치매에 걸려서 봄바람도 쐬고 싶은가 본데, 너무 뭐라고 하지 마요. 한때 대한민국 영웅이었잖아요, 저 사람."

운전대를 잡은 직원이 뒤를 돌아보며 한마디 했다.

양 옆에서 한재익의 팔짱을 단단히 긴 두 중년 여성은 아랑곳하지 않고 콧방귀를 꼈다. 쉬어터진 홀애비 냄새가 난다며 차창을 내렸다.

한재익은 뒤를 돌아보며 멀어지는 샨티를 아쉽게 바라봤다. 라디오에서 아나운서의 뉴스 속보가 낮게 배경음처럼 깔렸다.

"서른네 살의 김환 직원이 파격적인 조건으로 대영그룹 산하 계열사 대영모터스에 부사장으로 취임했습니다. 일각에서는 그룹의 친인척으로 알려졌으나, 김 부사장은 고아원에서 자라 국립대 출신으로 큰 사고를 겪은 후 일 년 동안 코마 상태로 병상에 있던 대학생이었던 것으로 밝혀졌습니다……."

"인생 재밌네."

운전사가 라디오 주파수를 돌리며 시부렁거렸다.

철 지난 가요가 라디오에서 흘러나왔다. 정지 신호를 받고 봉고차가 횡단보도 앞에서 멈췄다. 재익은 여기가 대체 어딘지 몰랐다.

까맣게 덮은 기억은 결코 잡히지 않았다. 노인성 치매가 올 줄은 예상도 하지 못했다. 갑작스럽게 재익이 신경질을 내며 몸부림을 치자, 옆에 있던 여자가 급하게 신경안정제를 주사했다.

푹 쓰러진 재익의 얼굴 위에 햇빛이 나른하게 내리쬐었다. 희한하게도 두개골 모양이었다.

이레는 벚꽃이 떨어지는 길목에 서서 누군가를 기다렸다. 등 뒤에서 톡톡, 조심스럽게 어깨를 건드렸다. 시억이었다. 작은 일에도 깜짝깜짝 놀라는 이레를 위한 작은 배려였다.

나들이를 나온 사람들 틈에서 시억은 한 번에 이레를 찾아냈다. 언제나 이레는 시억에게 눈에 띄는 존재였다. 시억은 샨티의 59명 피해자들 중 하나로 정부에서 연계한 6개월간의 긴 정신 상담과 교정수업을 받고 있었다. 최근에는 검정고시를 준비하느라 바쁜 나날을 보냈다.

그간 시억은 조금 살이 올라 날카로운 인상이 한결 누그러졌다. 이레가 꿈이 뭐냐고 물었을 때 시억은 쑥스럽게 웃기만 했다. 그 자신도 몰랐다.

두 사람은 벚꽃이 지는 도로를 지나 갓길에 주차된 시억의 고물차로 향했다.

"이거 굴러가긴 해요?"

이레의 물음에 시억은 예의 그 실룩이는 미소로만 대답했다.

시동을 켜기 전 시억이 몸을 틀어 이레를 바라봤다. 영혼이 그대로 비추는 것처럼 투명한 눈빛이었다.

"그냥 돌려줘도 돼. 나쁜 기억들은 그냥 잊어버리는 게 좋을 수도 있어."

"알아요. 그래도 봐야 내가 더 이상 악몽을 꾸지 않을 것 같아요."

이레의 말에 시억의 표정이 금세 어두워졌다.

"아직도 꿈을 꾸니?"

"응, 내가 도훈이가 되는 꿈."

삭발한 머리는 금방 자라나 귀밑까지 오는 단발머리였다. 그렇지만 아침에 머리를 감을 때마다 문득문득 수술 자국이 손가락 끝에 걸렸다.

그럴 때면 이레의 목덜미에 솜털이 오소소 돋아났다.

한동안 화장실 문도 닫지 못한 채 샤워를 해야만 했다. 곁에 평경이 없으면 잠을 제대로 잘 수도 없었다.

자신이 사라진 곳에서 도훈이 소름끼치게 웃는 것 같은 착각이 들었다.

이틀 전, 이레의 통장으로 30억이라는 거액의 돈이 입금됐다. 입금자는 '심도훈'이었다.

도훈은 죽었으니 이레는 그 돈을 보낸 사람이 누구인지 짐작할 수 있었다.

샨티의 스캔들은 아직도 한국을 흔들고 있었다.

서경은 살인죄를 비롯한 다수의 명목으로 무기징역을 언도받았다. 그녀였다. 그녀가 때가 되었다고 자신을 부르고 있었다. 이레는 인연을 완전히 매듭지어야겠다는 생각이 들었다.

두 시간을 달려 도착한 청주교도소에서 이레는 잠자코 서경을 기다렸다.

대낮의 교도소는 눈에 띄게 한가했다. 몸이 좋지 않은 서경은 곧 병원으로 이감을 앞두고 있다고 했다. 봄을 넘기기 힘들 거라는 시한부 판정을 받았다.

이레는 화장기 하나 없는 얼굴에도 고고한 눈빛으로 카메라를 노려보던 서경을 떠올렸다.

반성할 줄 모르는 태도에 신이 난 언론들의 포장으로, 한국에서 그녀를 대적할 만한 악한은 없어 보였다. 피해자들에게 용서를 빌 생각이 있느냐는 어느 기자의 말에 서경이 대답했다.

"나는 다만, 아들을 구하고 싶은 평범함 엄마였습니다."

거기에는 아무런 적의도 악의도 없었다. 그저 했어야 할 일을 했다는 담담함과 후련함이 섞여 있을 뿐이었다.

교도소 문이 열리고, 수인복을 입은 서경이 교도관의 부축을 받으며 모습을 드러냈다.

이레는 자리에서 일어나 그녀를 맞았다.

피를 뒤집어쓴 채 아들을 살릴 수 있을 거라고 믿던 절박한 눈빛은 이제 없었다. 서경은 눈에 띄게 말라 있었고, 안색은 더없이 창백했다.

한순간에 무너져버린 듯 주름 하나 없던 얼굴에는 잔가지 같은 주름들이 자리 잡았다.

서경은 맑게 웃었다.

"잘 지냈니?"

마치 어제 마주친 옆집 아이에게 안부를 묻는 것 같은 다정함이 묻어났다.

이레는 꾸벅 그녀를 향해 인사했다.

여기에서 서경이 아무것도 할 수 없다는 걸 알면서도 이레는 이마에 식은땀이 났다. 그녀가 너무 두려웠다. 그 순간 자신이 별로 괜찮지 않다는 걸 깨달았다. 여전히 그녀에게 조종당하고 묶여서 애원하던 일주일의 기억이 뒤죽박죽 일어나 견딜 수 없이 머리가 아팠다.

관자놀이를 문지르는 이레를 서경이 걱정했다.

"아스피린 가지고 다니지. 괜찮니? 그래도 얼굴이 너무 좋아졌다. 몰라보겠어."

"저한테 주신 것이 필요 없어서 가져왔습니다. 이 돈이면, 샨티 피해자들 보상도 할 수 있는 돈이더라고요. 도로 가져가세요."

서경은 이레가 건넨 서류 봉투를 바라봤다.

"내가 자식에게 주는 선물이야. 그 돈만이라도 건지려고 얼마나 고생했는데."

서경의 말이 이상하다고 여기면서 이레는 딱딱하게 대답했다.

"제 걱정은 하지 마세요."

"걱정이 돼서 그래. 대학도 가고 결혼도 해야 할 거 아니니? 몸이 좋아져도 언제 또 아플지 몰라. 보험은 제대로 들었어? 안 들었지? 미리미리 해둬야지. 하루가 멀다 하고 병원 신세졌던 놈이, 몸 좀 괜찮아졌다고 벌써 잊으면 안 된다."

서경의 잔소리에는 마치 엄마처럼 다정한 타박이 섞여 있었다. 눈이 웃고 있었다.

이레는 전에 없는 서경의 태도에 괴리감을 느꼈다. 그녀의 눈에서 오래된 그리움이 묻어났다. 그녀는 지금 이레를 다른 사람으로 보는 것 같았다.

"당신 아들은 그때 죽었어요!"

이레가 깜짝 놀라 소리쳤다.

갑자기 서경이 몸을 낮추며 소곤거렸다.

"엄마는 아마 여기서 죽을 거야. 자주 와줘. 껍질이 바뀌어도 넌 내 아들이야."

"아니에요, 아니라니까!"

"나는 지금도 하나도 후회하지 않아."

서경의 갈퀴 같은 손이 이레의 뺨에 닿았다. 이레가 의자를 뒤로 빼며 물러났다.

서경은 단단히 오해하고 있었다. 흉터만 남긴 김 박사의 장난을 진짜로 믿고 있었다. 결국 그녀가 그렇게 믿음으로써 그녀는 목적 달성에 성공한 셈이었다. 그래서 그녀는 후회할 게 없었다.

도훈이를 살렸으니까.

더 이상 있을 수가 없었다. 이레는 가방을 들고 그 자리를 도망쳐 나왔다.

교정에서 운동화 끝으로 흙바닥에 괜한 장난을 치던 시억이 달려오는 이레를 놀란 눈으로 바라봤다.

이레는 그대로 시억에게 뛰어들었다. 울음이 터졌다.

이레는 심하게 떨고 있었다. 시억은 영문도 모르면서 괜찮다고 쓸어주었다. 이레는 결국 싸움에서 진 서경의 모습을 보고 싶었다는 것을 인정했다. 그 모습을 보면 잠도 잘 자고, 힘도 날 것 같았다.

"무서웠어요. 너무 무서웠어."

"그래, 괜찮아. 괜찮아."

자신을 도훈으로 생각할 줄은 꿈에도 몰랐다. 그들은 얼른 교도소를 빠져나갔다.

갓길에다 차를 세우고, 시억은 울고 있는 이레를 가만히 바라봤다. 이레의 몸이 떨길래 시억은 히터를 틀었다. 봄기운에 세상이 따뜻한데, 서늘한 음지에 들어선 듯 두 사람은 추위를 느끼고 있었다.

"……우리가 앞으로 제대로 된 인생을 살 수 있을까요?"

울음 끝에 겨우 이레가 말했다. 열여덟 나이에 너무 많은 것을 봐버린 아이. 시억 역시 샨티를 벗어난 후 늘 스스로에게 던졌던 질문이었다. 시억과 이레는 명확히 처지가 달랐다. 시억은 샨티의 편에 섰던 조력자이기도 했다. 시억은 아닐 거라는 것을 알면서 이레만을 위해 힘을 내어 말했다.

"응, 시간은 네 편이야. 너는 앞으로 60번은 더 봄을 맞이할 거야. 그리고 언젠가는 모든 걸 잊고 웃게 되겠지. 그게 앞으로 네가 할 일이야."

이레는 눈물을 멈추고, 시억의 어깨에 고개를 파묻었다.

시억은 이레의 머리를 쓰다듬으며 여전히 자신이 빠져나올 수 없는 음지에 있다는 것을 알았다.

그러나 이 소녀, 이레만은 꼭 60번의 봄을 맞아 찬란히 빛나기를 소망했다.

청와대 뜰에서 국립악단의 연주가 낮게 흐르고 있었다.

초청된 정재계 인물들이 모여 저마다 향후 한국 경제에 대해 담소를 나누었다. 그들은 하나같이 희끗한 머리에 만면에 주름이 가득했다.

대통령은 창밖을 내려다보며 대영그룹의 새로 취임한 부사장 김환을 기다렸다. 오늘 참석자 중 가장 많은 스포트라이트를 받느라 자리를 빠져나오기 어려운 모양이었다.

똑똑.

"오셨습니다."

밖에서 비서의 목소리가 들렸다.

대통령은 서둘러 문을 열고 김환을 반겼다.

대영그룹에서 혜성처럼 나타난 김환은 서른넷의 나이보다 훨씬 젊어 보였다. 숱 많은 머리는 보기 좋게 넘겨 잘생긴 이마를 드러냈다. 호리호리한 체구에 눈빛은 열정이 넘쳤다.

"이보게, 민 회장. 설마 했지만, 정말 당신인 줄은 몰랐어."

임기를 일 년 남겨둔 대통령은 지난 3년 사이에 몰라보게 늙어 있었다.

대통령은 수족들을 다 내보내고 문을 잠갔다. 일전부터 대통령은 사람을 보내와 '그 사람'을 소개받길 원했다.

김환은 그 사람이 누구냐고 딱 잡아뗐으나 대통령은 권력의 최전방에 있는 사람이었다. 그는 생각보다 많은 정보를 가지고 있었고, 대영의 비밀을 알고 있었다.

공권력을 이용해 그 사람을 데려올 수도 있었지만, 대통령은 결과가 보이지 않는 싸움을 하지 않는 성미였다.

좋게 타협하길 원했다. 김환이 재계가 아닌 정치권에 관심이 있다는 것을 알고, 밑밥을 슬슬 깔기 시작했다.

대통령을 하기에 너무 젊으니 천천히 비례대표부터 올라와 마흔 줄에 들어서서 대선에 뛰어들면 어떻겠느냐는 제안. 여당의 거물들이 모두 그의 손을 잡아줄 것임을 약속했다.

"지금 시간 되십니까?"

환이 불쑥 물었다. 대통령은 예정된 일정을 모두 뒤로 하고 그 사람을 만나겠다고 했다.

대통령의 의전 차량이 복잡한 삼성동 일대를 돌아 주택가로 향했다.

대영그룹 민 회장이 살던 본가 앞으로 의전 차량이 멈췄다.

2,000평이 넘는 저택은 총 4개 동으로 이루어져 있었고, 별채가 하나 있었다. 다른 건물들과 달리 외따로 떨어진 콘크리트 건물은 안에서 뭘 하는지 모르게 까맣게 창문이 선팅되어 있었다.

김환은 별다른 말도 없이 문을 열어주었다.

그는 들어갈 생각이 없는지 대통령 혼자만을 안으로 들여보냈다.

경호팀이 잔뜩 당황한 얼굴로 서 있었지만 대통령은 한사코 그들이 함께 가는 걸 거부했다. 단층 건물로 들어서자, 내부는 최근 새 단장을 했는지 옅은 화학 물질 냄새가 났다.

대통령이 그렇게 찾던 '그 사람'은 소파에 앉아 대형 스크린에 시선을 집중하고 있었다.

주변은 삭막할 정도로 가구들이 없었고, 침대와 식탁, 소파가 전부였다. 다만 파티션이 한쪽을 가리고 있어 그 뒤에 무엇이 있는지 알 수가 없었다.

대통령은 몇 번 헛기침을 했다. 그 사람은 별 반응이 없었다.

결국 대통령이 그의 옆에 앉아 얼굴을 확인했다. 은테 안경 뒤에 가려진 그의 눈이 수수께끼를 담은 듯 기이하게 커 보였다.

"무얼 원하십니까?"

그는 대통령을 봐도 놀라는 기색이 없었다.

"나는 더 이상 야망이 없어요. 그저 젊음을 되찾아 인생을 다시 살고 싶소."

대통령이 짙은 회한에 잠겨 말했다.

"야망이 크시군요. 좋습니다. 당신의 뇌를 스캔 후 맞는 대조군을 찾아보죠."

"대조군은 어디서 찾소?"

"샨티에서 있을 때보다 훨씬 일은 수월합니다. 그룹이 큰 병원도 같이 하니까요. 대통령님까지 뇌 이식에 욕심을 부리시니 결코 발각될 일은 없겠군요. 안심입니다."

대통령은 김 박사를 바라봤다. 진한 술 냄새가 풍겼다.

그의 얼굴에는 오래된 단념과 절망이 깃들어 있었다. 그는 리모컨을 눌러 재미없게 보던 영화를 껐다. 그의 옆으로 밖에서 봤던 창문이 보였다.

창문 밖의 노란 금빛을 수놓은 듯한 바다가 넘실거리며 해가 지고 있었다. 대통령은 감쪽같은 풍경에 넋을 잃고 다가갔다. 그것은 홀로그램이었다. 김 박사는 샨티에서 대영그룹으로 이직했다. 말이 이직이지 사실은 감금된 상태였다.

"내가 보답으로 뭘 하나 해주고 싶소만……."

처음으로 김 박사의 두 눈이 광채를 띠고 번뜩였다.

김 박사는 책상에 어질러놓은 사진들을 대통령에게 보여주었다. 거리에서 아이스크림을 먹으며 활짝 웃고 있는 여자의 사진이었다. 한눈에 보아도 싱그러운 젊음이 빛을 발하고 있었다. 대통령도 샨티 사건의 생존자인 김이레를 만나본 적이 있었다.

"정말 이들의 젊음을 빼앗고 싶으십니까?"

한참 입을 함구하던 대통령이 사진에서 시선을 거두며 말했다.

"살고 싶네. 오래 오래."